噩梦列车

王措 著

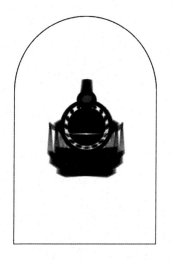

中国友谊出版公司

图书在版编目（ＣＩＰ）数据

噩梦列车 / 王措著 . -- 北京 : 中国友谊出版公司，
2020.9

ISBN 978-7-5057-4964-1

Ⅰ. ① 噩… Ⅱ. ① 王… Ⅲ. ① 长篇小说—中国—当代
Ⅳ. ① I247.5

中国版本图书馆 CIP 数据核字 (2020) 第 154568 号

书名	**噩梦列车**
作者	王措
出版	中国友谊出版公司
发行	中国友谊出版公司
经销	新华书店
印刷	天津创先河普业印刷有限公司
规格	880×1194 毫米　32 开
	9.25 印张　200 千字
版次	2020 年 9 月第 1 版
印次	2020 年 9 月第 1 次印刷
书号	ISBN 978-7-5057-4964-1
定价	48.00 元
地址	北京市朝阳区西坝河南里 17 号楼
邮编	100028
电话	（010）64678009

目　录

楔子

欧阳健自己都忘了，三年前，他在黄河边抛过一具尸体。眼下城市像泡在海里，黄河穿城而过，他想起那天夜里河面黑漆漆的，但自己一点都不怕。

这是 2017 年盛夏，正午阳光四合，欧阳健坐在三水大厦 46 楼的咖啡厅里，面前这女孩还在说话，可他突然想起那具被冻得生硬的尸体，就像铁疙瘩。

女孩是工作室助理，上岗第三天，短头发，高鼻梁，眼睛冒光，说话像饶舌。她干劲儿十足，可让欧阳健觉着她乐于小题大做、磨磨叽叽。

一对情侣向欧阳走来，手里都拿本书，当女生的一句"你好"传来时，欧阳才神游而归。他转头一看，问，是在和我说话吗？女生满脸欣喜："您是作家欧阳健吗？推理大神欧阳健。"

欧阳看到他们手里的书，是他去年出版的推理小说，《镜子恋人》。

他们是来要签名的，欧阳健跟助理说："罗欣，签字笔给我。"

他接过两本书，挨个儿在扉页信手一划。

女生说，健哥，能和您照张相吗？欧阳健挤出一个微笑，点头说，好啊。女生把手机递给罗欣，拜托她帮忙拍照，连拍数张才作罢。

看女生依依不舍地离开，欧阳健问罗欣，这就是你说的，不会有人打扰我？罗欣有些慌，连忙欠身说，对不起，这地方平时没人，再说离今天签售的书店很近，所以……

欧阳健摆手说，好了，坐下吧。罗欣问，那您明天去不去？欧阳健反问，去哪儿啊？罗欣说刚刚说过的。他问刚才说哪儿了？罗欣说去儿童福利院看望孤儿。他再次看向窗外，低声道，不去了，我明天要爬山，下午有画展。罗欣拿起笔，在面前的计划表上一划，又问，后天社区请您演讲，稿子我写好了，您要过目吗？他问啥演讲？罗欣说，社区之星助力构建美好新社区。他嘴角微微一扬，像是自言自语，社区之星？

罗欣看他漫不经心，便问，那您去吗？欧阳健摇头，笑容里有一丝轻蔑之意。

此时，一个五六岁大的男孩闯入他的视野。男孩手持单筒望远镜，跑到落地窗前，双手一举，睁一眼闭一眼地看向远方。一个长发女人紧随其后，往男孩身旁一蹲，满脸微笑，只给欧阳健一个侧脸。随着男孩身体的转动，望远镜的视线从窗外回到室内，最后竟对准欧阳健。就在这一刻，他看到女人的正脸，那是一副五官精致、天生丽质的美丽的脸，他感觉有些面熟，却浑然不知在哪儿见过。

女人与他四目相对，又瞬间移开了。

欧阳健问助理，玩过望远镜吗？罗欣抬头问，啊？您说什么？他说，望远镜，玩过望远镜吗？罗欣思忖道，您说天文望远镜吗？看月球那种？他摇头道，普通的。罗欣说，普通的当然用过。

"什么时候用？"

"嗯……看演唱会的时候。"

"平时不用吗？"

"平时？平时怎么用？"

"偷窥啊。"

罗欣笑说："没那嗜好，您有吗？"

"你认为呢？"

"应该没有。"

"为啥？"

"您需要偷窥吗？喜欢您的人遍地都是，不存在那种需求吧？"罗欣又说，"哎？我差点儿忘了，您这本新书第一章就写了偷窥行为，这是在考我吗？"

欧阳健微微一笑，视线再次聚焦那个男孩，确切地说，他在注视那个望远镜，思绪却宛如一支飞箭，射进了三年前的那片迷雾。

第一章：行凶前夕

1

她行凶的时候，欧阳健看得一清二楚，那是春天的一个晚上，天气不错，被杀的男人成了血葫芦，有那么一瞬，欧阳感觉那血溅到了望远镜的镜片儿上。女人完全失控了，过程极度惨烈。

三月中旬的清晨，一夜强风拉低了气温，它们来自遥远的北方，生猛而坚硬。上午七点，空中飘起沙尘。欧阳健猫在被子里，一露脸就闻到空气里的土腥味儿。隔壁那对情侣又在吵架，晚上又摇得木床嘎嘎作响。欧阳健认为，他们总吵架，问题肯定出在摇床上，假如男人摇得好，摇得棒，女人不会这么燥。

闹钟指向七点二十八分，秒针转了一圈儿半，铃铛响了。

这是一个非常关键的时刻，半个月来，只要闹钟一响，欧阳健会立马从床上跳起来，跑到窗前搂起望远镜，窥视对楼那个女人。

小区都是砖混楼，最高六层，欧阳健租住在六楼，那女人住对面五楼。欧阳健不知她何时搬来的，注意到她是半个月前的一天夜里。当时他趴在阳台吸烟，突然看到对面五楼的灯亮了，一个短发女人进入他的视野。起初他并未在意，左思右想才回过味儿，对面五楼原本住一老头，这女人是哪儿来的？

她三十来岁，身高将近一米七，当她脱下羽绒服的那一刻，丰满而富含曲线的体态显露无遗。总体来看，可以说 very good，good 不只是漂亮，漂亮的女人到处都是，但大多并不 good。

欧阳健见过老头的女儿，他确定她不是老头的女儿，心里越发好奇，他开始一丝不苟地观察女人，并不停揣测着她和老头之间可能存在的关系。

女人走进厨房，把盛满水的铁壶坐在燃气灶上，然后消失了。根据方位判断，她应该去了北面的卫生间，欧阳健看不到。大概五分钟后，卧室亮了，她走到床前，背对欧阳健，缓缓拉开衣柜。

那一刻，欧阳健的心咯噔一下。

她竟开始一点一点褪下腰间的短裙……

欧阳健垂涎三尺，女人却突然转身，他感觉她的目光宛如飞箭射了过来，搞得他心惊肉跳。他连忙下蹲，用墙体掩护。

当欧阳健再次望去，她已穿上睡衣，携水壶去了卫生间。后来几个晚上，她都会在换衣前合上窗帘，对欧阳健来说，这十分扫兴。但在某天清晨，他看到女人拉开窗帘，睡衣竟敞着怀。打那天起，欧阳展开了科学有效的连续观察，他发现，女人每天都在七点三十五分左右拉开窗帘，可能否看到内容，全凭运气。

空气里浮尘越来越多，望远镜里的画面越发模糊。突然，女人跑进客厅，穿戴整齐，在茶几旁喝了杯水便匆匆离去了。欧阳健十分沮丧，他放下望远镜，披着被子回到床上，准备睡个回笼觉。

可翻来覆去睡不着，他分析自己是不是变态。他今年三十四岁，没碰过一个女人。

早晨十点钟，沙尘遮蔽了对面楼体，欧阳从床上爬起来，他忽然感觉，这世上留给他的女人可能不多了。在卫生间洗漱完毕，又蹲了半小时马桶，其间吸了三支烟，构思了两段小说情节。

没错，欧阳健是写小说的，但不是声名显赫、腰缠万贯那种，他算不上一位作家，叫写手可能更为妥当，虽然可能水平还不错。有朋友说他是无业游民，他还要辩解一下，说，这叫自由职业者。

欧阳健是如何沦为无业游民的，说来实在话长，反正在母亲眼里，儿子这段成长史简直像一本《聊斋》，逢年过节亲戚凑一桌，你也说《聊斋》我也说《聊斋》的场面就十分壮观。

他不是没学历，恰恰相反，他是名牌大学毕业的法学硕士，当初在股份制银行工作，待遇还算可观。那段时间他经常请同学吃饭，所有人都认为他财大气粗，过去联系很淡的朋友也都频繁出现，每天请他吃饭的电话根本不停。这些人十有八九想找他贷款，他们把欧阳健高高举起，举到金字塔尖儿，那阵子，欧阳健很快乐，被满足的虚荣心引发阵阵心态上的高潮。

工作第二年，他的心态变了，巨大的工作量和业绩指标让他精神紧张，那段时间他经常看到一个白胡子老头，坐在黄河边的石头上钓鱼，手里却拿着台球杆儿。幻觉还是次要，最关键的是，自己的劳动成果经常被领导瓜分，毫无缘由。

2008 年初秋，欧阳离开银行，在考虑生计的时候，突然发现网上有人写小说，听说挣得不少。欧阳健十分动心，觉着自己也能写。

一写三年，连载了六部悬疑小说，几乎颗粒粒无收，可他脑子轴，总觉得自个儿能成，埋头又写了三年，还是水中捞月。他和大多朋友断了往来，已经很久没人请他吃饭了。他每天都刷朋友圈，从不发，他感觉自己像只鬼，已经和网上的人们阴阳两隔。

他感觉周围的一切都在变化，只有靠小说发财这个梦，一直没变过。

去年早些时候，网上一个自称编辑的人，打着帮他出书的旗号骗了他七千块钱。直到那家伙被抓，欧阳健才幡然醒悟，否则还在幻想某天走进书店，能看到自己的惊世之作。那编辑因诈骗入狱，诈骗对象都是网络写手，涉案金额高达五十万元，据说他常年在河南、湖北一带推销避孕套，闲了才给人下套。

这七千块钱是母亲的，他说帮她买理财产品。儿子过去在银行工作，母亲对此深信不疑。欧阳健被卖套的给骗了，他觉得很丢脸，甚至想过用马桶把自个儿淹死。

上午十一点半，走廊传来敲门声。欧阳健跑去开门，原来是房东王老头。

王老头面色铁青、挤眉弄眼，他是来讨房租的。王老头问他房租季付，对不对？欧阳健说对。

王老头说对个屁！这都四个月了，钱呢？欧阳健皱起苦瓜脸说，王叔，您再容我几日行不行？王老头说几日几日，你有完没完？小欧你抓紧搬吧！我也上有老下有小，全指这房子糊口了，你成天磨磨叽叽、咋咋呼呼的，这是要我命啊。

欧阳健弹出一支烟，塞给王老头，语重心长说，王叔，这回不蒙你，再给我三日，我一定补上，行不？王老头一咬牙说，三日，你说的？

"就三日。"

"成，我丑话说前头，那时候你要再没钱还赖着不走，我叫警察帮你挪。"

"您把心放兜里。"

王老头离开后，欧阳健犯了愁，他缩回电脑旁点了支烟，心里不停掐算，每月房租五百，四个月两千。两千块钱，这上哪儿弄呢？他翻出通讯录，发现四百多个名字里，能张嘴借钱的对象只有俩，一个是母亲，一个是研究生院睡他上铺的兄弟陆飞。

陆飞毕业后进入公安局工作，许久没联系，实在难为情。可当电话那头传来"欧阳"二字时，那蒙尘的记忆瞬间又展现开来，栩栩如生。

"欧阳，说话呀。"

"哦，最近咋样？"

"大作家，咱把这句省了吧。"

欧阳健憨笑："干吗呢？"

"忙呢，怎么想起糟蹋我了？"

"没事儿，我就问候一下。"

"我全家都好，那我挂了。"

"哎哎哎，你大爷，先别挂呀你。"

陆飞哈哈大笑："说吧大哥，让我干啥？"

"也没啥。"

"赶紧说，我这儿挺忙的。"

"那我说了？"

"借多少？"

欧阳健尴尬地笑了一声："你看看你，咱能先来点儿前戏吗？"

"没那习惯。"

"借一千？"

"成。"

"一千五呢？"

"一次倒干净！"

"就一千五。"

"银行卡、微信、支付宝？"

"微信。"

"行，待会儿转给你，我去忙了。"

"好。"

挂断电话，欧阳健感觉自己特羞耻，尤其是陆飞那句"我去忙了"。别人都在忙，自己却成天待在出租屋里，宛如一只寄生虫。他想到卡夫卡的《变形记》，想到某天清晨，自己坐在马桶上，突的一声，变成一只寄生虫，然后掉在自己大便上。就这样，他被恶心死了。欧阳健想，这结局很温暖，也完美。

将近正午，寄生虫的肚子像磨菜刀似的吆喝起来，他决定去母亲那儿蹭饭，顺趟再要上五百块钱。出门前，他又看了一眼对面的楼，那边的窗户模模糊糊，有点儿神秘。

2

沙尘越来越大，欧阳健戴着墨镜、口罩向母亲家走去。就在路过一家金店时，他看到了对面楼里那个女人！

她像一尊精美雕塑，静静立在玻璃门的后面，黑色的短袖短裙上，罩着一层金色的光。有客人进出，她会拉开大门报以微笑，然后说声"欢迎光临"或"欢迎下次光临"。没客人时，她又切回雕塑状态，盯着一米外的空气。

欧阳健过去在银行工作时，那儿的大堂经理也是一位三十来岁的女人。银行没储户时，她也会站在门口，盯着面前的空气。但那感觉给人的印象，是一种职业性发呆，完全是在用沉默打发时光，她却不同。她好像有许多心事，眼神也有点儿多情。

就在一位客人进门时，她好像察觉到欧阳健的存在，眼神随之刺了过来，欧阳心头一惊，立马转身走开。走出十多米远，他才意识到自己戴了墨镜和口罩，有必要如此慌张吗？

开始下雨了，雨滴砸在他的黑色运动鞋上，渐渐成了泥渍。假如没有意外，这将是一场滂沱泥雨，兰市的每个角落都将无法幸免。

回到家，刚刚一点钟，母亲正往泡菜坛儿里塞萝卜，他打了招呼，走进里屋给父亲上香。半年前的某天晚上，父亲喝了二两酒，到凌晨一点多，急性心肌梗死要了他的命。从那天起，欧阳健对死亡有了新看法，原来死神一直站在父亲身后，当他倒下时，死神朝自己来了。那段时间他不敢在夜里看闹钟，甚至害怕听秒针走动，他感觉那是死神的脚步，穿着高跟鞋。后来是母亲的安慰让他摆脱了恐惧，他渐渐意识到，母亲是他的另一堵墙。

望着青烟盘旋而上，他朝遗像鞠躬，嘴里念叨着"爸呀，你可长点儿心吧，看着我一事无成，您不着急吗？保佑保佑我吧，求你了"。这种念叨，不管别人信不信，反正欧阳健自己信，只要反复祷告，父亲一定能听到。至于为啥还没成效，欧阳健认为，老爸刚过去，人际关系还不顺，需要时间捋一捋。

母亲在厨房里问他吃了吗？他说没吃。他见母亲面色蜡黄，还在咳嗽，就问是不是感冒了？母亲说不知道，昨天夜里胸口疼，一宿没睡好。欧阳说，要不去医院看看吧？母亲说不了，应该是感冒，刚吃了一口阿莫西林。欧阳健说，咋又滥用抗生素，上次说了，你咋不长记性呢？母亲盖好泡菜坛子说，没关系，你去客厅等等，我给你下面。

欧阳健从菜筐里取了个苹果，啃了一嘴说："少放辣子。"

他坐进沙发，顺手打开电视，发现每个台都是蓝屏。他以为机顶盒没接好，检查半天也没发现哪儿有问题，他问母亲电视咋了，母亲说没交钱，他说那你晚上干啥，母亲说有收音机，他说那咋行，不看电视，国家大事儿都不知道。

母亲将一碗热面放在茶几上说："快吃吧，那都不重要。"

"这还不重要？"

"你坐好，我问你一事儿。"

欧阳健拿起筷子说："问吧。"

母亲在沙发一旁坐下说："你去年给我买的那笔理财产品，今天到期了，啥时候能取出来？"

欧阳健脑子闪过一个避孕套，想了想说："是吗？到期了吗？"

"到了，今早看账本，连本带息总共七千三。"

"嗯，那就别取了，过两天再买一笔，接着吃利息。"

"不行，你得给我取出来。"

欧阳健转头问："为啥？你要用钱啊？"

"你爷下星期做手术，昨天你大姑来借钱，我给凑了一万，还不够。"

"他做手术为啥跟咱们借钱？"

"这孩子，那是你亲爷爷，能不借吗？"

"他平时也没管咱的死活呀！我上高中那会儿咱家多穷，逢年过节他给二叔、三叔买鸡腿、买带鱼，咱呢？屁都没！我爸是他儿子不？"

"这孩子，我都不记仇，你倒记上啦？"母亲说，"人家帮你，你要感恩，人不帮你，你也不能怨人家。就算父子也是这道理，明白吗？"

"不明白，我也不想明白。"欧阳健满脸执拗，"这钱让二叔、三叔拿，你的钱我必须要回来，待会就去要。"

母亲说你爷没床位，一直躺在走廊里，厕所门口。要是没钱做手术，就得一直躺在那儿。欧阳健说，躺着呗，我还想躺着呢。母亲说扯淡。看得出来，母亲有点儿生气了。欧阳健不耐烦地说，行，人恶毒你全忘了，既然你乐意，那一万就不要了，别的钱咱一分不出。母亲说不行，我答应你大姑了。母亲又咳嗽起来，说，听话，你去把钱取了，我明天送过去。欧阳健放下筷子说今天取不了。母亲问为啥？欧阳健说，今天到期是没错，但要三天后才能取。母亲说那你把卡给我，我自己去问。欧阳说妈，我在银行干过，你是不是不信我的话？

"不是不信，你爷爷……"

欧阳健抢过话茬儿："好了好了，你就让我好好吃顿饭吧，行不行？"

"人老了都可怜，我不能那么绝情，因为我也会老。"

欧阳健拧着眉头："这怎么说的？我能不管你吗？行行行，过几天取了给你送过来，好不好？"

"那你别忘啦。"

"忘不了。"

说完这句话，欧阳健真想从沙发底下钻进去。他已经骗了母亲，现在还要接着骗，真是于心不安。母亲的信任和善良，被他玩弄在股掌之中，可要说出真相，不知道母亲会有多难过。他内心十分煎熬，恨不得脱光衣服，找个地方把自个儿火化了。他把那个骗人的编辑，不，那个卖套子的在心里又杀了一千次，可就算杀上十万次，又能如何呢？算了，现在要考虑的是三天之后，如何将那七千元原封不动地还给母亲。

欧阳健犯了愁，脑子里翻江倒海，他越想越多，甚至想去火车站偷几个苹果手机卖一下，或者冒充银行人员去骗几个从前的客户，但最终都一一否定。他是名牌大学毕业的法科生，这些想法，让他自己都害怕自己。

他将碗筷送到厨房，点了支烟默默地吸，母亲问他最近写书有没有起色？还问有没有挣到钱？他说挣了些，不过都是小钱儿，眼下有几家影视公司要买版权，开价最高才二百万元，我不想卖。说这话的时候，他感觉自己没皮没脸没羞没臊，但好像已经习惯了，当一个人习惯不要脸的时候，自信会莫名其妙的多。

"两百万元都不卖啊？"母亲笑问。

"我想再等等。"

"人要知足，知道吗？"母亲看向窗外，"沙尘快要过去了。"

"等我挣了钱，带你去海南岛吃海鲜。"

"坐船去吗？"

"飞机啊。"

"那我可不敢坐，万一掉下来可咋办？"

"放心吧，飞机是全世界最安全的交通工具。"

"瞎说，还是火车最安全。"

原本想问母亲要五百块钱，现在该咋张口？望着母亲深深的鱼尾纹，他心里特不是味儿。那些关于"几百万"的屁话，估计全世界只有母亲会信，可她真信吗？这在欧阳心里始终是个疑问，但至少表面上，她从未流露过一丝怀疑。

将近四点钟，泥雨停了，沙尘也尽数退去，但天空依旧氤氲。母亲让他吃过饭再走，他说最近出版社一直催稿，忙得不可开交，要回去赶工。离开前，母亲给他装了一袋吃的，并反复叮嘱，别忘了理财产品的事情。

欧阳健说，妈，我顺路把电视费给你缴了，你一人在家，咋能不看电视呢？母亲说，成，那你等一下。他问干吗？母亲从卧室取了两百块钱，塞给欧阳健说，拿着。欧阳健笑问，这干吗呀？

"缴电视费呀！"

"不用，我有钱。"

"哎呀，拿着吧拿着吧。"

"……行。"欧阳健说，"那我先拿着，你要用钱跟我说，我有钱。"

"给你拿的鸡腿儿要抓紧吃，你没冰箱，容易放坏了。"

"知道啦。"

下楼的时候，欧阳健不知不觉哭了起来，不知道为啥哭，眼泪就是控制不住。他感觉自己就一禽兽，他恨不得立马找个狗头铡，自个儿把自个儿铡了。他想放弃了，这六年对他来说，一切都没有改变，除了葬送青春带来的危机感，什么也没得到。朋友圈里那些同学，大多已事业有成，他们在旅游、在买车、在换新手机、在新的办公室里喝咖啡、在五星级酒店的窗户边感慨自己付出的艰辛，在每一个节日晒出一次比一次昂贵的礼物。

而自己呢？除了每个月从老妈这儿骗点儿钱，除了坐电脑旁边吸毒似的给自己来点儿"上百万"的幻想，他一无所有。

回去路上，他给母亲缴了电视费，但只缴了五十元，剩下一百五，留下来给王老头。

再次路过那家金店，门里换了人，这让他有些失落。在门口来回溜达好几圈，把金店每个角落都搜索一遍，仍没发现她的踪迹。看来她已经下班了，可她每天回家都在夜里十点之后，那么，不上班的这段时间，她会去哪儿呢？

黄昏时分，天空渐渐晴开，欧阳健洗了一个西红柿，趴在阳台一边啃、一边琢磨该哪儿整点钱。这时，她突然出现在客厅里，欧阳健立马躲进窗帘，拿起望远镜观察。她显得很着急，连鞋都没换便跑进卧室，半个月来，这是欧阳健头次见她不换鞋。她在衣柜里拿了些什么，又跑到客厅喝了杯水，那急促的呼吸，让挺拔的胸脯大起大落。欧阳健推测，她应该是一口气冲上五楼的。

就在欧阳健思考是什么令她如此着急时，她放下水杯，突然蹲了下来，并用右手扶着额头，纤细的五指缓缓掠过发丝，最后停在后脑勺上。这套动作显得十分忧伤，好像在一首情歌的 MV 里反复出现过，欧阳想不起是哪首，但肯定是特悲情的那一类。她应该是崩溃了，接下来的半分钟里，她双肩微微、连续、由慢而快地起伏，则证实了欧阳健的猜测——她在哭！那不是一般的难过，成年人的世界不存在一般的难过，假如难过，都会很不一般。

她就像一只蜷缩在远处的兔子，那显而易见的伤感，似乎从窗帘另一侧漫溢进来，令欧阳健感同身受。他感觉世界消失了，望远镜也消失了，他想双手插兜，慢慢走过去，问一声"你怎么了"。是啊，你到底怎么了？为何如此伤心？已经过去五分钟，你的眼泪还没流干吗？欧阳健感觉视线有些模糊，后来才发现，自己也哭了，他想，这可能是人类偷窥史上最诡异的事情，自己一无是处也就算了，如今偷个窥都要老泪纵横，这样的人生简直令人无法直视。

女人从茶几上抽了几张纸巾，迅速在脸上一抹，但眼眶依旧噙着泪，柔软而迷离。她缓缓站起来，开始对着门前的镜子整理头发，由于是烫发，随便一捯饬便恢复蓬松有型。她又从包里取出口红和化妆盒，补了补妆，之后离开了。

接下来的一个小时里，欧阳健一直戳在阳台上，心中怅然若失。他总觉得似乎和什么东西失之交臂了，或许是一次安慰她的机会，或许是安慰之后，女人的一个拥抱、深吻或其他。总而言之，这感觉类似于错失良机后的悔恨和懊恼，无论趁火打劫，还是顺手牵羊，都因距离的遥远而错过了。

欧阳健回到电脑前，打开新文档，用文字记录下刚刚发生的事情："2014年3月17日黄昏，那女人哭了，不知为啥，我也哭了。我觉得很丢人，而我竟然想去安慰她，我是不是疯了？"

他拿起西红柿接着啃，陆飞突然发来短信，问他有没有收到钱。他说收到了，但他没说啥时候还，因为他不敢说。陆飞问他哪天有时间，一起出去吃顿饭。他说最近老有编辑请他吃，大馆子吃腻了。陆飞说既然你这么牛，怎么才借那点儿钱？他说你分明知道我在吹牛，又何必拆穿？陆飞说，我就见不得别人吹牛。他说能不能再借我三百五。

陆飞打来电话问："大哥，你到底干吗呢？咋还有零有整的？"

"我那个……最近处一对象，准备买个大物件。"他说。

"你没赌博吧？"

"赌博？我就差赌命了！没下班吗？"

"没有，昨天出命案，这会儿盯监控呢。"

"命案？"

"对啊！眼睛都快盯瞎了。"

"啥命案？"

"不方便说，见面再聊吧。"

"成，那你忙。"

"钱待会儿转给你。"

"那谢了。"

夜幕降临，欧阳健在手机里下了十个贷款软件。这些软件都支持无抵押贷款，金额可高可低，承诺一秒放款。欧阳健实在想贷，可又不敢贷，他在银行工作过，清楚这些软件套路，只是母亲那边如何交代？他准备铤而走险。

咨询了好几家，都问他要抵押物，他问不是写得明明白白不要抵押吗？更何况只贷七千块，你让我押房产，这不是开玩笑吗？人家说对于无业游民，必须要抵押。他说我不是无业游民，我是自由职业者。人说别咬文嚼字儿，菠菜就是菠菜，叫什么红嘴绿鹦哥？欧阳健心灰意冷，又怒火中烧，他生气不是因为人家不给他贷，是因为他想上当，却连被骗的资格都没有。

夜里十点二十七分，女人回来了！

一如往常，她在门口换了鞋，挎包放在木柜上，然后走进客厅喝了杯水。她是真爱喝水，也不知道水有多好喝，总之动不动就喝，欧阳健怀疑她五行缺水。看样子，她似乎和下午的痛苦和解了，不和解也没办法，所谓人生，不就是和无数痛苦和解的过程吗？欧阳健喜欢看她喝水，她喝水总是侧身，那角度让她双腿显得修长，身体曲线也十分动人。

放下水杯，她打开电视机，这比较罕见，因为她不大看电视，在欧阳健印象里，她顶多看过两回，还是在客厅泡脚的时候。于是欧阳健推测，她可能又要泡脚了，这是欧阳健最喜爱的节目之一。

果不其然，她脱下外套走进卫生间，半分钟后，携一壶热水和一个塑料盆回到客厅。

接下来的环节就十分重要了，那就是脱丝袜！不知道为啥，脱丝袜这事儿总能叫人心惊肉跳。

她先在沙发坐定，然后将裙摆向上一撩，但幅度很小，几乎难以察觉。

她用双手扣住丝袜边缘，轻柔曼妙地向下推，仿佛一个制瓷大师在抚摸心爱的作品。随着推动距离增加，雪白的大腿陡然出现，接踵而至的是纤细的小腿、修长的跟腱和精致的脚踝，在袜子剥落的一瞬，那只微微发胖的小脚映入眼帘，欧阳健不禁"哇"了一声，这一声特别突兀，似乎是另一个人"哇"出来的，他自己根本没想"哇"。

微微发胖不是说难看，不是所有种类的胖都背离现代人审美，有时说胖，是区别于瘦骨嶙峋的一个评价。实际上，她脚趾修长、错落有致，特别耐看，玫红色的指甲油鲜艳柔润，就像刚凋落的花瓣儿。但她脚底儿发黄，那是高跟鞋磨出的老茧。

欧阳健抓紧点了支烟，却把窗帘烧了个洞。王老头说过，这屋里都是老物件儿，全带着亡妻的魂儿，弄坏了你可赔不起。

第二章：除掉他

1

她换了睡衣睡裤，站在阳台吸烟，只留给望远镜一个背影。

有几个瞬间，烟头的光点儿忽明忽暗，从每次发亮的时间来看，她每口都吸得很深。她应该是心事重重，或许是下午的悲伤还在延续，或许又添了新烦恼，总之给人的感觉既孤独又伤感。

不一会儿，打火机又亮了，这代表她开始吸第二支，烟瘾儿实在不小。

约莫一分钟后，那光点儿灭了，她应该把烟掐灭在了阳台。

她徐徐走出阳台，踩着猫步，应该是想隐匿脚步声，宛如夜里入室的贼。她在干吗？家里分明没人，根本不存在打扰别人休息的可能。她穿着橡胶材质的拖鞋，正常走路的话，楼下根本听不到。她的表情有些慌张，视线在大门和茶几之间来回移动，难道有人敲门？是谁呢？谁会令她如此谨慎？又如此紧张？

她终于来到茶几前，躬身拉开抽屉，取出一个长条状物体。欧阳健拉近焦距、擦拭镜片、再拉近焦距，才确定那是一把水果刀，长约二十厘米，刀柄和刀鞘都像塑料，白、棕两色。

就在欧阳健浮想联翩时，她轻轻拽起睡衣，把刀别在后腰，再将睡衣放下来。整个过程行云流水，只是双手有点儿颤。

她在茶几前愣了半分钟，再转头看向大门，又用手摸了摸刀，好像在确认它的存在。

一分钟过去了，也可能是两分钟，她深深吸了口气。

她开始向大门移动，步履轻快，当右手握住金属门把的一瞬，她好像说了句话。

门打开了，进来一个戴鸭舌帽的男人，穿着白衬衣、牛仔裤。他面相很倔，又一脸络腮胡，给人感觉特别脏。这人走路甩着走，像电视剧中王府里的大总管，个头儿也不高，一副死皮赖脸的样子。他站在客厅四下张望，然后笑呵呵地坐在沙发上，跷起来的二郎腿一直抖。

女人神情木讷，缓缓关上门，之后隔着茶几站在男人对面，冷漠地望着他。男人拿起一个毛绒玩具，放在嘴边亲了一口，欧阳健被他这神经质的动作吓了一跳。

女人说了几句话，他突然抬起手掌，意思大概是"你赶快闭嘴"。之后，他们开始了你一言我一语的漫长拉锯战，不知过了多少回合，女人突然走到门口，取来挎包，将一沓百元大钞丢在茶几上，之后用手指着男人，又向大门一挥，可能是说你给我滚。

男人拿起钞票数了一遍，抬头看了她一眼，又数了一遍，这才揣进兜里，站了起来。欧阳健以为他要走，没想他竟摘下帽子，走到女人面前。这就像一枚信号弹，提醒欧阳健必须马上登场，他迅速掏出手机，打开摄像功能，对着望远镜开始录制视频，画面有些模糊，但勉强能看。他想，假如能拍到女人做爱的样子，也算皇天不负有心人了！

男人向前步步紧逼，直到将女人逼到墙角，退无可退。可奇怪的是，女人的眼神并未闪躲，一直都冷冰冰望着男人，这可能与她身后那把刀有关。但欧阳健猜测，她应该不会玩真的。男人将她顶在墙上，抱住她，把头埋进她的脖颈疯狂扭动，似乎要啃下一块儿肉来。欧阳健幻想到即将发生的剧情，他期待女人卸下防备并逐步享受其中。可事实上并非如此，因为她就像一个木偶挂在墙上，只有眼珠子来回移动。

女人将手移到身后，缓缓抽出那把刀。她的手不抖了，恐惧和亢奋似乎都消失了，退去刀鞘的动作平稳而轻巧，就像彩排过一样。欧阳健看到了刀光，一瞬间，他感觉心脏绷住了，一切都寂静无声，一切都陷入黑暗，那束刀光似乎成了宇宙的中心。

只见水果刀向前刺出，男人反应极快，朝右一闪，却仍未躲过一击，左臂的鲜血顷刻在白衬衣上弥散开来。女人乘胜追击，又是一刺，可男人脚速绝伦，后发先至，毫不留情端向她的小腹，将她掀翻在地。

打这儿起，噩梦就算开始了。

男人把刀丢出窗外，回到客厅，随之而来的，是漫长而凶残的施暴。欧阳健看不到她的脸，但她似乎没有哭，因为她是静止的，像一具尸体，只有当打击到来时，纤细的四肢才会轻轻抽动。这抽动是对疼痛的无声抵抗，而打击部位不同，抽动的程度也略有差别。

这男人到底是谁？和她什么关系？她为什么要给他钱？他拿了钱为何不走？她藏刀一定是知道危险，那为啥还要放他进来？男人下手如此凶残，难道不计后果？

诸多疑问在欧阳健脑海中翻滚，却没一个答案。他想报警，又怕惹祸上身，且不说男人和女人什么关系，单就这股狠戾，欧阳健都怕得胆战心惊。

男人似乎踢累了，抡圆膀子又一顿拳，之后在茶几旁喝了杯水，又坐进沙发点了支烟。刚吸了半支，女人吃力地扶坐起来，欧阳健这才见她满脸是血。男人丢下烟头，走到女人身旁，又一脚踹在她脸上，她的脑袋狠狠砸向地板砖，又向上弹了一下。

欧阳健又气又怕，浑身哆嗦。他为自己开解："我还没挣到钱，我不能惹祸，我妈会担心，我要带她去海南岛吃海鲜，我不能动，也不能报警，我不能打电话给陆飞，陆飞来了他也不一定坐牢，坐牢也有出来那一天，出来之后会更凶残。万一出了什么事儿，我只能把这视频匿名寄给警察，但这一切与我无关。"

男人优哉游哉，绕女人转了一圈，然后往她身上一骑，抬手又抽了几耳光，女人砸了他几拳，可每拳都那样软弱无力。他抓起女人的短发，向上提起，提到一个提不动的角度，再狠狠砸向地板砖。这一下势大力沉，欧阳健都觉得脑仁疼。女人不再反抗，他便向后挪了挪，一把撕开女人的睡衣，将脸埋进乳罩。

她不会死了吧？

欧阳健看不下去了，这谁能看下去？他眼泪直淌，决定报警，可就在此时，他看到女人右手微微一晃，再仔细一看，她手中不知何时握住了一支中性笔。她用大拇指轻轻退下笔帽，然后微微抬头，似乎在锁定目标。说时迟那时快，她突然抱住男人的头，中性笔直刺脖颈，男人疯了似的爬起来，又倒在地上左右打滚，双脚东蹬西踹。

中性笔像钉子扎在他的脖颈上，透明的笔杆儿里全是血，他拔又不敢拔，宛如长在身上一样。与此同时，女人站了起来，拖着垮掉的身体向前趄了几步，扶着茶几走向沙发，然后扶着墙面，走进黑漆漆的厨房。

几秒钟后，她再次出现，手里却拎着菜刀！

男人拼命向大门爬去，而女人如僵尸般缓缓靠近，她在男人身旁一跪，抬起菜刀猛然剁了下去，男人用手一挡，正正砍在他右臂上。一刹那，疼痛引发的抽搐让他连滚三圈。女人向前爬动，靠到最近，微微直起身子，抬手又是一刀。这刀直剁后腰，鲜血四溅。

男人疼得原地打转，又向客厅匍匐而去，他五官皱在一起，嘴巴张得像个大黑洞。女人一路跪行，边行边砍。没多一会儿，男人不动了。

女人愣了几秒，终于像散沙一样瘫坐下来，放下菜刀的一瞬，所有愤怒都好像随风而去。她的胸口、脖子和脸上糊满血渍，鲜艳欲滴。

结束了吗？男人死了吗？她该怎么办？会报警吗？诸如此类的问题，在欧阳健脑海里喷涌而出。而刚刚那些恐怖的画面，在欧阳健的海马体中如激流涌动，画面里的女人还在不停挥刀，没有任何办法能让她停下来。

她爬了起来，快步走到窗前，把手上的鲜血蹭在睡衣上，迅速合上窗帘。什么都看不见了，可奇怪的是，女人没离开窗户，她的影子一动不动，像一个幽灵。突然间，她一把拉开窗帘，直勾勾望了过来。欧阳健下意识地转身躲进窗帘，惊得冷汗直冒。

"她发现我了？不会吧。"欧阳健剧烈呼吸，身子一沉，缓缓蹲下来，心里想着，"这房子黑漆漆的，她不可能发现我。可万一呢？"

他弹出一支烟，可手腕抖得不像话，半天才点燃打火机，深深吸了几口，脑子才转过弯儿。他缓缓爬起来，贴着窗沿儿一看，女人消失了，窗帘也合上了。

接下来她会做什么？会分尸吗？如何抛尸呢？会抛去哪儿？欧阳健一边胡思乱想，一边翻看手机，这张小小的内存卡里，现在存着一场噩梦，留着还是删除？沉默还是报警？欧阳健想选择沉默，因为他实在不想惹麻烦，再想想那把菜刀，他真想尿一裤裆。于是他将手指移向视频下方，点了一下，弹出是否删除的提示，可他犹豫了，他点了"否"。

这天夜里，他把视频传进电脑，反复观看，隔壁那对情侣不知怎么了，一点儿动静都没，这真是个诡异的夜晚。

大概十二点，陆飞打来电话，问他钱收到没？他说收到了。陆飞问你咋了，说话像贼。他清了清嗓说，楼下有个人，大晚上喝酒瞎闹，刚干了一架，嗓子喊哑了。陆飞问，没事儿吧？他说没事儿。陆飞说，行，那我睡了，你早点儿休息。欧阳健想了想说，哎，你说那命案是咋回事儿？陆飞说，改天聊吧，我实在困了。他说，成，那你睡。

凌晨一点多，女人没熄灯，三点多也没熄，直到天亮灯才灭了，可窗帘一直合着，什么都看不到。她今天会去上班吗？

2

小男孩拿着望远镜四处乱看，有时也会取下来，用眼睛确认一下。他的眼神澄澈明亮，充满对世界的好奇。女人则非常耐心地陪着他，没一会儿，一个中年男人信步走来，将小孩抱进怀里，三个人便离开了。

欧阳健对助理罗欣说，茶淡了，能再来一壶吗？罗欣看向小巧的石英表说，不好意思，恐怕不行了，签售会十分钟后开始，咱们该动身了。欧阳健叹了口气，似乎非常不情愿，却又无可奈何。他问，还有几场？罗欣问什么？他说签售会。罗欣说，还有两场，后天和下周三。欧阳健轻揉太阳穴。

罗欣把桌上的资料收回书包说，您还想喝啥，我去打包一份。欧阳健说，你干吗老是背个书包呢？没女人用的那种包吗？罗欣笑说，您怎么关心这个了？欧阳健说，随便问问。罗欣将书包放在桌上说，不好看吗？欧阳健说，女人要有女人的样子，背个书包总觉得乳臭未干。罗欣说，好了大作家，咱们该走了。

离开三水大厦，二人走进对街的比目鱼书店，这是兰市最大的一家书店，装修风格十分新潮，深受年轻人喜爱，也是不二的打卡圣地。这里除了书籍，琳琅满目的文创产品更为惹眼，浓郁的咖啡香气无处不在，有一个窗口甚至在兜售冰激凌，许多年轻人正排队购买。

欧阳健的新书海报随处可见，大多挂在显眼位置，每张海报都印着他的照片。他留着精心打理的胡须，眼神十分沧桑，气质往太宰治的方向捯饬。照片一旁写着"推理大神欧阳健，继《镜子恋人》后又一力作，那个沉默的人，是否在你身边"，下方是黑色的新书封面，再下方印着巨大的书名——《沉默的凶手》。

欧阳健问罗欣，这海报谁做的？我有那么老吗？罗欣说，出版公司做的，我觉得还不错。欧阳健说，看这照片，我还以为是我爸呢。罗欣说，叔叔这么帅？有机会一定要见一面。欧阳健望着罗欣说，可以，他住大兴坪公墓，去的时候带瓶酒。罗欣瞪大眼睛说，啊？叔叔是守陵人啊？欧阳健说，没错，他住在一个木头房子里，一年四季都没电。罗欣眨了眨眼说，啊？那怎么生活呀？不看电视吗？手机总得充电吧？

此时，会场里已摩肩接踵，人数大概一百来号。跟随着工作人员，欧阳健来到后台休息，在出版公司介绍下，他认识了一位文学评论人和另一位悬疑作家，按主办方安排，他们将一起出席签售会之前的读者交流会，为欧阳健的新书站台。那位悬疑作家，欧阳健闻所未闻，但还是客气地说着，您的书我基本都读过，情节险象环生，非常精彩。悬疑作家说，不敢不敢，和您比起来，我差得不是一星半点儿，希望能和您成为朋友。

相互吹捧间，外边响起音乐，罗欣推门而入说，各位老师，要上场了。

在美女主持人的介绍中，三人一一亮相，欧阳健出场时，全场掌声最响，也最持久。他们在精致的木椅上纷纷落座，主持人便说，我们读者都这么热情，看来欧阳老师的人气果然名不虚传呢。欧阳健拿起话筒说，谢谢大家，今天能在这么漂亮的书店里，和大家分享新书，是我的荣幸。主持人说，以往读者交流会，我们都会让作者先谈自己的创作理念，但今天，我们把这个环节放在最后。因为欧阳老师人气实在太旺，而最近热播的几部悬疑剧，也都是由欧阳老师的小说改编而成，读者们都迫不及待想和您交流阅读感受，再说新书已发布三月有余，相信许多读者都对小说中的情节如数家珍。所以，我们把读者交流的环节放在最前面，大家说好不好？

人群掌声雷动，欢呼声此起彼伏。

主持人说，欧阳老师，要不要来个开场白？

欧阳健说，不白了，直接开始吧。

主持人笑说，我们的欧阳老师真的很 man，对不对？好吧，那我们直接开始，哪位读者想提问就直接举手，我们工作人员会把话筒递过去。一位中年女人，操着南方口音首先发问，欧阳老西，里好，宗于见到本尊了，真的糙激动。我有一个问题，不知道您能不能回答。欧阳健说，请讲。女人说，我想抱您一下，可以吗？此话一出，全场陷入一片尖叫，欧阳健起身道，没问题。

女人上台抱住欧阳健说，谢谢里。欧阳健满脸微笑，谢谢你。女人说，真的谢谢里。欧阳健说，真的也谢谢你。女人说，我真的糙幸福了。欧阳健轻拍她的肩膀说，幸福就好。

第二个发问的是一个年轻小伙子，他说，欧阳老师，小说中的男主角一开始迷上了偷窥对楼的女人，我想问一下，偷窥是不是一种变态行为？

欧阳健跷起二郎腿，思忖片刻道，刚刚我在三水大厦顶层看到一个小男孩，大概五六岁，他拿着一个望远镜，站在窗前不停地看，你们猜他在看什么？他什么都看，他想把全世界塞进望远镜，为什么？假如没有望远镜的话，有些东西他也懒得看，但有了望远镜，情况就变了。他好奇的是望远镜里的世界，眼睛看到的东西，也许他早看烦了。

欧阳健接着说，好奇心这种东西，并不是孩子独有的，在人类文明发展史上，好奇心绝对是一个重要推动力，试想一个没有好奇心的科学家，他能发明出什么呢？除了吃喝拉撒，他可能什么都不会想。好奇心是人类与生俱来的一种能力，但也是把双刃剑，假如使用不当，一定会砍到自己。小说中的男主角显然把好奇心用错了地方，而且根本无法控制。偷窥欲不断膨胀，最后将心理扭曲，这的确是一种变态行为。这位读者，你是不是有这种爱好？

全场哈哈大笑。

第三个发言的是一位短发少女，她问，欧阳老师，那您有过偷窥经历吗？比如偷窥女孩洗澡什么的。欧阳健说，我妈带我去过女澡堂，那不叫偷窥，那叫浏览。我上大学的时候，偷窥过室友和他对象亲嘴，我室友不会用舌头，他说他伸不出来，女孩问你舌头有病吧？他说亲嘴儿就亲嘴儿，干吗非要用舌头？没过几天，女孩和他分手了，还告诉别人他有病，是肌无力的一种并发症，叫舌无力。那是我生平唯一的偷窥，但体验很糟，这给我的偷窥生涯留下了心理创伤。

第四个发言者问，你好欧阳老师，我想问的是，男主角偷窥到女主杀人后，女主站在窗前有一个看他的动作，那她到底有没有看见，这在全文里没有交代，所以想请欧阳老师回答一下。

欧阳健说，也许看见了，也许没看见，但无论看见与否，都不影响剧情推进，谢谢你。

第五位发言者说，不好意思我想吐槽一下，女主杀人之后，第二天仍能气定神闲地去上班，这样的设计是不是有些不合常理？

欧阳健想了想说，没错，的确不合常理，但你换个角度思考一

26

下，假如她第二天不去上班，那警方会怎么想？这个上班从来不请假的女人，恰巧在受害人消失的第二天突然请假，这是否也不合常理，而且太过巧合呢？

发问者说，没错。

欧阳健说，其实我们在读任何小说时，最好能用小说里的人物视角去看问题，这样才容易得到阅读的乐趣。

那位悬疑作家突然发话，没错，我非常赞同欧阳老师的观点，一本好的小说需要我们沉浸，而好看的小说，也十分容易沉浸……

欧阳健感觉这人废话连篇，车轱辘话来回说，可他又不好打断，毕竟是跑来帮忙的，更何况人家不要命地夸他，基本能忍。他将大脑放空，视线跳进人群，穿过大门明亮的玻璃，开始默数路过的车辆。数着数着，他突然看到一个年轻男人一闪而过，他感觉非常奇怪，因为那个人很像自己，准确地说，是像三年前的自己。

3

上午十点刚过，欧阳健来到三水大厦，按手机里的地址，乘电梯到二十六楼，走进一家名叫"利呱呱"的小贷公司。大体来看，这家公司比较正规，室内既明亮又整洁，两个年轻女孩端坐前台，头发一长一短，眼神明亮。她们问他办什么业务，欧阳健说，我在手机上看到，你们有无抵押贷款，没错吧？

长发女孩站起身，双手扣在腿上，和银行大堂经理一样微微鞠躬，这让欧阳健觉得，谁说小贷都是黑社会，我看这家就挺靠谱！女孩笑问，先生，您想贷多少？欧阳健，一万可以吗？女孩说，当然可以，请跟我来。欧阳健坐进沙发，女孩给他沏了茶，并拿来几份合同说，先生，我来给您介绍一下贷款流程吧。欧阳健说，可以。

女孩说，我们无抵押贷款，最高可贷十万元。当然，贷得越多，利息越低。合同签署之后，半小时内到账，不过要收取百分之二十的手续费，您可以接受吗？欧阳健说，这么高啊？那就是说，我贷一万，到手八千。女孩说没错。欧阳健又问，那利息多少？怎么还？女孩用笔指着合同里的条款说，两万以内，月利率百分之十。欧阳健"唔"一声，惊叹说，这么高呢？一个月要还一千啊，你们这……这也太黑啦！女孩说，您要贷两万五，利率降一半，但手续费百分之三十。

欧阳健说，就一万，今天能放款吗？女孩说，半小时到账。欧阳健搓了搓脑门儿说，行吧，那贷吧。女孩说好的，劳烦出示一下身份证，我去复印。

女孩携证件去了西北角一间房，那门儿原本关着，女孩进去后，留了缝。

欧阳健端起茶杯，正想抿一嘴，突然听门缝里传来几声哀号，他放下茶杯，走了过去，看到屋里摆着几个大铁笼子，这东西他见过，宠物店用它关狗，现在却关着人。有个笼子里蹲着一男一女，双手抱头，面带恐惧。笼子外有一男的，人高马大，形如铁塔，他把手塞进笼子，手里攥着一个噼里啪啦电光四溅的东西。

欧阳健看得心惊，恍然间，身后闪出一人，是前台那短发姑娘，她一把将门带上，转头冷冷地说，先生，请那边用茶。见欧阳健没听到，她又说了一遍：请那边用茶，先生。欧阳健脑子蒙了，就像给雷劈了一道，他点了点头，坐回沙发，心中暗暗思量，我还是太年轻，这就是黑社会啊，不行，我是要创作，我还没挣到钱，我不能惹祸，我妈会操心，我得抓紧脱身，我不能死啊。可身份证还没拿回来，再等等吧，拿回来就跑。

不到一分钟，长发女孩出来了，这次她没忘带门，惨叫也消失了。她满面春风而来，坐下对欧阳健说，先生，您的证件请收好，那咱们开始签合同吧？欧阳健拿回身份证，起身道，不了，我刚才想了想，还是先不贷了。女孩不解地问，怎么了？他说，其……其实吧，我是一个富二代，昨天跟我爸赌气，没事儿，我现在想通了，干吗跟钱过不去呢？你说对不？

那短发女孩咳了几声，长发女孩似乎立马意会，面色一沉道，先生，您刚才看到什么了？欧阳健说，啥？我啥都没看见啊！那你们先忙，甭送了啊，我的法拉利停路边了，我得赶紧开走。

欧阳健跑步离开三水大厦，来到街上，看到头顶的白云和过往行人，他终于松了口气。掏出手机，他开始考虑要不要给陆飞打个电话，就在此时，一只大手重重落在他肩膀上，转头一看，正是刚才房子里那男人，他比欧阳健高出一头，一副皮笑肉不笑的嘴脸。

欧阳健神色慌张地问，你想干吗？男人抬起另一只手说，欧阳健吧，你的身份证复印件忘拿了。欧阳健接过复印件说，谢谢。男人低声道，别着急走啊，我还有个秘密告诉你。欧阳健一脸吓尿的样子问，啥秘密？男人说，这复印件啊，我们还有一张，要是哪天我们出了事儿，你，还有你家人，过马路一定要当心，听清了吗？欧阳健狠狠咽了口唾沫说，明白、都明白。男人笑说，行，明白就好，和谐社会，好好挣钱，对不？欧阳健说，谢谢大哥。男人说，不客气，我也没帮啥忙。

欧阳健转身离开，望着手里的复印件，他好像闻到自己骨髓里有一股窝囊味儿，现在钱没借着，倒惹一身骚，还不要脸地安慰自个儿安全第一。他暗暗骂自己，你就一废物，是棒槌，是女娲造人不留神捏的软蛋，你被人威胁，你跟人说"谢谢"，你咋这么懂礼貌呢？知道你是学法律的，不知道你是学忍术的，就这还没皮没臊地在街上溜达，赶紧找一井盖儿掀开跳进去得了。

骂完自己他又想，那男人自带一股阴狠之气，他说也没帮啥忙，没帮忙都这样，再帮点儿忙的话，那不得把人帮死？还是安全第一。

这些个亡命之徒，欧阳健恨得牙痒痒，可牙痒痒有啥用呢？只恨自个儿倒霉。欧阳健开始暗暗祷告，爸爸呀爸爸，求你保佑我们平平安安，好不好？

一路走走停停，欧阳健越发绝望，他估计这些小贷公司都是一丘之貉，简直是社会毒瘤，他真想拉一队城管，从城北扫到城南，把这些毒瘤一网打尽。看来贷款这条路是行不通了，可现在上哪儿弄钱呢？难道向母亲坦白？那怎么行，母亲本就不看好自己写小说，假如告之真相，母亲会做何感想？你不是有几百万吗？你不是才华盖世吗？出版社不是在催稿吗？为什么还掏钱出书？关键还被骗了！

"不行，绝不能让母亲知道。"他想。

他走进一家彩票站，问老板，双色球今晚儿开吗？老板说，开。只听旁边"啪"的一声，一个小屁孩开了一听可乐。老板骂道，谁叫你开的？这刚进的货！小屁孩说，你让我开的。彩票站里一男人说，老张，你知足吧，你儿子这是开可乐，我儿子都给我开瓢啦。

欧阳健说，老板，快给我来几注。老板问几注啊？机打吗？他说，先来五注，随便出。老板把彩票给他，他掏了十块钱又问，你们这儿出过五百万吗？老板说，头奖没有，上星期出了二等奖。他急问，二等奖多少钱？老板说，四十八万。他点了点头，心中暗自盘算，四十八万，那也行啊，刨去七千，还有四十七万三，三千去超市囤些吃的，四十七万存银行，可以的。可要是不中呢？对，做人不能太悲观，这彩票新嘎嘎的，搭眼一瞧都是 08，八成能中。

揣着彩票出门，他看到对面有家金店，于是又想起那个女人。他猜她今天肯定没上班，搞不好这会儿还在处理尸体呢，可万一上班了呢？她家窗帘把屋子裹得密不透风，估计回去也瞧不见她，既然出门了，不如多走些路，去金店瞟上一眼。

可能正值周末，阳光又格外温暖，逛街的人不少。欧阳健来到金店，看到门口铺着红毯，拉着充气拱门，上面写着"三周年店庆大酬宾"，几张桌子前围满了人，不知道在干啥。就在这时，欧阳健看到了她，她手拿一沓传单，一边向众人分发，一边向欧阳健徐徐走来。乍看之下，她微笑如故，就像什么都没发生过，可她嘴角的瘀青却出卖了她，她是一个杀了人的女人。

她走了过来，将一张传单塞给欧阳健，笑说，先生你好，今天我们店庆，黄金全场八五折，购物满一千可参加抽奖，奖品有手机、电视、微波炉、电动车，欢迎进店选购。

她的声音像秋天的风铃，清脆悦耳，就算是念广告也会叫人精神集中。这是欧阳健第一次和她面对面，不知为何，紧张程度不亚于偷窥。她妆容淡若烟云，比望远镜里的模样还要好看，可右眉骨的青肿，让眼眸的神采大打折扣，虽然她极力用发丝遮掩，却难逃欧阳健的利眼。在她眼睑下方，坠着两道微微发红的线条，或许是眼泪的脉络，宛如干涸的小溪。其实细细打量，并不难发现她带着一丝倦容，毕竟一宿未眠，在所难免。

她衣服的名牌上写着"王咪"二字，这应该是她的名字，在欧阳健看来，这两个字的组合并不普通，大多数人势必过目难忘，当然也包括自己。她和他擦肩而过，留下一股淡淡的香水味儿，他顿时心生敬佩，试想一个杀人犯，装作无所谓的样子也就算了，竟然还不忘喷香水，心理是何等强大？

夜里十点多，欧阳健在电脑前拿着彩票，对着屏幕上的数字看了半天，五注彩票，竟然只中两个码，他想，就算让头驴来选，也不至于这么磕碜，这是天要绝我。他把彩票撕成八瓣，丢向走廊，那些碎片仿佛铺出了一条死路。

就在这时，对楼亮灯了，窗帘却依旧合着。欧阳健不知警察会何时找来，但他认为，以王咪的沉着冷静，十有八九能将尸体妥善处理，或许就能让它成为一桩破不了的案子，那个男的不是什么好东西，失踪了估计也没人在乎，搞不好这事儿会永远沉寂。但假如王咪知道那个视频的存在，她会做何感想？欧阳健望着桌上的手机，又看了看地上的彩票屑，突然心生一计。

第三章：迷雾

1

有人说，城市像一片钢铁森林，这纯粹扯淡。对欧阳健来说，这是一座钢铁监狱，除了在屋子里吃牢饭，去马路放风，改造自己动辄意淫的思想，别的啥都做不了。他常常幻想去没人的地方出游，幻想自己一丝不挂，吊着小兄弟在沙漠狂奔，啥都不管，只是跑，离监狱越远越好。可再一想，这也不好，身子骨本来就弱，闹不好得死在那儿。其实监狱也不错，具体说不上哪儿好，最起码人多。

梦醒时，太阳从钢铁监狱的夹缝中缓缓升起，一切都泛着金属光泽，冷冰冰的。隔壁那对情侣刚刚开骂，预示着和昨天一样的一天又开始了。

欧阳健来到窗前，拿起望远镜一看，发现窗帘竟然拉开了，王咪坐在卧室床上，正在化妆。客厅发生了一些变化，比如电视柜被移动了，放在电视柜旁的大花盆也不见了，原本蓝色的沙发垫子换成了淡黄色，最醒目的是东西两面墙上，居然贴上了米色壁纸。

是谁贴的？是她吗？真是不简单呐！

欧阳健一边赞叹，一边又想，尸体去哪儿了？分尸了？在冰箱里？还是已经抛尸了？

她化妆时的神态与平时无异，能如此气定神闲，想必都安置妥当了。化好妆，她走进客厅喝了杯水，出门前又补了口红。整个过程给欧阳健的错觉是，什么都没发生过，仿佛那天夜里的事情，都是自己做的梦。

尸体应该不在客厅，也不在卧室，那就剩厨房和卫生间了，卫生间看不着，而厨房那个红色的双开门冰箱最是可疑。

上午十点多，母亲打来电话说，你大姑刚才又来了，你爷的手术排上了号啦，能不能今天把钱送过去？欧阳说，看看，你看看，人家这是盯上你啦！母亲说，快抽时间送过去吧，你爷爷不太好啦。欧阳健一咬牙说，今天不行，明天才能取。母亲叹息道，你们这理财可真麻烦。欧阳健说，银行有银行的规矩，你也甭着急，我明天取了送过去，行不行？母亲说，那你可上点儿心啊，千万别忘了。

欧阳健中午在楼下吃了碗面，然后直奔金店，今天艳阳高照，金店的优惠活动仍在进行。虽说不是周末，可门口的人着实不比昨天少，欧阳健想，这都哪儿来这么多闲人呢？王咪的工作还是发传单，一如往常，她满脸微笑，嘴巴不停在动，显得既热情又敬业。欧阳健在街对面的石阶上坐下，太阳晒得暖烘烘的，他点了支烟，时而看手机，时而看王咪，时而用手机看王咪，他觉着，王咪和手机里的王咪一样好看。

下午两点多，这边来了几个老头儿，一人一马扎儿，拉开棋盘开始对弈。为了不引起王咪注意，欧阳健扎进人堆，装作观棋，可一来二去倒起了兴致，开始也就指点江山，后来成了手舞足蹈。不知不觉，这圈人越来越多，一中年男人说，我出五十块钱赌红方胜，谁敢跟我赌？一戴帽子的年轻人说，我一百块赌绿方赢。中年人说，一百就一百，你可别后悔。欧阳健对年轻人说，哥们你脑子没带风扇吧？这绿老头肯定输。年轻人说，我就不信了。结果绿老头被吃惨了，不到五分钟便败下阵来。

年轻人输了一百块，中年人把钱塞进裤兜，笑得像冯巩。第二局杀到一半，年轻人给中年人说，我出两百，还赌赢，就问你敢不敢？欧阳健说，你是不是傻，这绿老头还得输。中年人说，我不赌了。欧阳健左思右想道，我跟你赌，红的肯定赢。年轻人问，你干吗呢？谁让你横插一杠啦？欧阳健说，跟谁赌不是赌啊？不敢吗？年轻人说，谁不敢谁孙子。欧阳健信心爆棚，你就等着给钱吧。

然而红老头越下越臭，气得欧阳健连连跺脚，还说大爷，您是不是吃错药啦？红老头说，你这孩子咋说话的？就在此时，绿老头大喊一声"将"，红老头望着棋盘，手一哆嗦道，完了，这是天要亡我呀。绿老头笑说，这世上没有常胜将军啊，老李。

年轻人伸出奶油色小手说，来吧兄弟，二百块。欧阳健冷汗直冒，瞪着眼睛说，不对，这老头故意操盘，否则我不会输。红老头说，小兄弟，要不你来下，你赢了我给你三百。年轻人说，喂，愿赌服输，拿钱吧。欧阳健说，你等着，等我赢了再给你，大爷，三百块钱说好了，你可别反悔啊。红老头说，我反悔我叫你爷爷。

欧阳健和绿老头开整，下了十分钟，欧阳健一个子儿没过河，反倒给老头吃高潮了。他战战兢兢、擦着冷汗问绿老头，大爷，你咋了？你诸葛亮附体啊？绿老头说，甭管我谁附体，看好咯，我将！红老头哈哈大笑，得嘞，三百块，现金还是微信？年轻人说，我这儿还有二百呢。

欧阳健跟红老头说，不行，我再来一把，这次赌五百，你敢吗你？旁边几人七嘴八舌道，年轻人，这儿赌棋可没赖账的，赖账没一个好死的。欧阳健说，我赖了吗？我说不给了吗？红老头说，那你倒给呀？欧阳健掏出手机说，给给给！

输了五百块，欧阳健想赢回来，红老头却说不玩了，再玩可就涉赌。欧阳健眉角一挑说，啥？几个意思？这就完了？红老头说，都散了吧，今天到此为止。绿老头开始收摊，欧阳健拽住红老头，大声道，不许走，这钱我必须赢回来！红老头一把推开欧阳健说，想干吗？你想撅我啊？那你可想好咯，我这浑身都是病啊，怕你全家都撅不起！

那年轻人和中年人站在远处，他们手里拿着棋盘，笑呵呵地向这儿凝望。

欧阳健说，你们是一伙的？你们都不得好死！

红老头说，小伙子，象棋就是社会，尔虞我诈，凭的是手艺，回见了。

欧阳健愤怒地破口大骂。

望着这群人消失在十字路口，欧阳健气得想哭，可眼泪早就出来了。他突然发现自己是全方位、无死角的窝囊，论身体，他打不过贷款公司；论智商，他干不过卖避孕套的和一个老头，就这还写悬疑推理呢？悬疑推理咋不写你呢？他悟了，这世上最可疑的不是哪本小说里的犯罪嫌疑人，这世上最可疑的，是自己这脑子。还法学硕士？说出去不可疑吗？谁能从线索中推出这是个人脑子？

欧阳健坐回石阶，双手抱头，他感觉自己抱了一个猪头，约莫二三十斤，皮糙肉厚，应该是老猪头。给王老头的房租短了五百块，真是屋漏偏逢连夜雨，他现在最想去的地方是菜市场，菜市场南面有家肉铺子，铺子里有一排铁钩子，他想把自己挂在上头。

太阳西斜，时间已经是下午四点半，金店工作人员正在收摊，他望着那个渐渐瘪下去的充气彩虹门，感觉整个世界都瘪下去了。王咪抱起桌子下面的一个纸箱，转身走回店里。半小时后，他看到王咪穿着黑风衣，背着挎包，和几个同事一起走出金店，她们在门口挥手作别，然后四散而行。

欧阳健迅速起身，快步穿过马路，一路尾随王咪到中山路的公交车站。她要坐车回家吗？不对，这车站的车都向西开，而回家的方向在东，她要去哪儿？总之不能再等了，这是最好的时机。

2

欧阳健迅速上前，站到王咪身旁，王咪瞥他一眼，然后又看来车的方向。

"打扰一下，您是叫王咪吧？"欧阳健说。

王咪再次转头望他，端详许久，皱眉笑问："对不起，咱们认识吗？"

"不认识，咱们住一个小区。"欧阳健的视线一直落在她之外的其他地方，"我见过你。"

"那，您怎么知道我的名字？"

"这不重要，能借一步说话吗？"

王咪不觉地向后挪了一步："对不起，我的车要来了。"

"放心，就说几句，不耽误。"

"我真的没时间，很高兴见到你。"

"那我直说了，恐怕你不去不行。"

王咪笑问："什么意思？"

"我给你些提示吧，鸭舌帽儿、中性笔、带血的菜刀和你家壁纸，想起啥了？"

王咪眨了眨眼，微微一笑："您说什么呢？我听不明白。"

"不明白？那不要紧，你脸上的伤应该都明白。"欧阳健转身道，"去那儿说吧，那边没人。"

来到无人处，王咪果然跟来了，她问欧阳健："你到底想说什么呀？麻烦你快一些，我还有事儿。"

"我看见了，全都看见了。"

王咪不屑一笑："你看见什么了？"

"既然都跟我到这儿了，何必再装傻充愣呢？"

"可笑，那你倒是说啊？"

"前天晚上你做什么了？"

"当然在家睡觉！"

"您再想想？"

"那我再说一遍，睡觉！"

"别撒谎了，我都这么问你啦，你觉得狡辩有用吗？我知道你杀人了，你杀了一个戴鸭舌帽的男人，那人满脸胡子，看着挺脏。你用中性笔叉了他，之后用菜刀剁他，你用菜刀把他剁死了，你家满地是血，墙上也有，你用壁纸给遮了。我还知道你脸上的伤是他打的，而且不止脸上，假如没错的话，你身上应该都是瘀青吧？"

王咪愣住了，眼神也失去光泽，她收起微笑，冷冷地问："你是怎么知道的？"

"这不用你管，总之我看到了。"

"你偷窥我？"

"没有，只是巧合罢了。"

"巧合？"王咪一声冷哼，"说吧，你想怎样？"

"很简单，我要一笔钱。"

"你敲诈我。"

"不，我可以拿东西和你换，而且，这东西你一定感兴趣。"

"什么？"

"你杀人的视频。"

"视频？"

欧阳健点头道："没错，你杀人的视频，就在我手机里。"

"我不信，除非我亲眼看到。"

"没问题，我给你看，但我提醒你，这视频我备份了，你想抢手机的话，趁早免了。"

欧阳健掏出手机，翻出视频播放，王咪盯着那些画面一一闪过，不禁又泛起泪光。她对欧阳健说："太无耻了，你这个无耻的偷窥狂，下流坯子。"

"我再说一遍，这只是巧合，我是无意间看到的。大姐，我女朋友比你漂亮，漂亮多了，我何苦偷窥你呢？"

她抹去泪痕，轻声道："说吧，你要多少？"

"不多，一万块。你给钱，我立马删视频，而且这件事儿，我保证永远烂在肚子里。"

"这是敲诈！"

"就当是敲诈吧，比起你杀人，这又算什么呢？"

王咪蹲了下来，用手扶起额头，和那天黄昏时的动作一模一样。她的肩膀微微起伏，欧阳健不知她是哭是笑，便说："大姐啊，一万块钱，对你来说不算多吧？"

王咪低声问："我怎么相信你？"

"什么意思？"

"我怎么相信你会彻底删掉视频？"

"你放心，我说到做到。"

王咪冷笑道："像你这么卑鄙的人，说这种话不觉得可笑吗？"

"既然你不信，我也没办法，明天我会抽空找快递，把视频寄给公安局。"

欧阳健正要走，王咪骤然起身道："等等！"

"干吗？"欧阳健心里窃笑，因为他有十足的自信将女人玩弄在股掌间，这感觉实在很棒，他都想当场鼓掌，"是不是想通了？"

"我可以给你钱，但你要帮我一个忙。"

"啥忙？"

"帮我处理尸体！"

欧阳健转身望着她的泪眼，笑说："你在搞笑吗？我凭啥要帮你？"

"只要你帮我，我才会相信你。"

"你是要拉我上贼船？聪明，真是绝顶聪明。"

"我可以加钱。"

"加钱？加多少？"

"你想要多少？"

欧阳健想了半天，最后破口而出："不行！我不能干那种事儿，你爱给不给，反正我又没那么缺钱。"

"好啊，那你去告发吧，但你给我记住，我就是死，也不会给你这么卑鄙无耻的人一分钱。"

王咪离开了，高跟鞋的"嗒嗒"声越来越弱，只留给黄昏一个越来越远的背影。

欧阳健愣在原地，一时手足无措。王咪是怎么了？难道这种程度的威胁还不够吗？难道她不怕死？欧阳健原有十足的自信，可现在都随着王咪的离开灰飞烟灭。这不对啊？她不可能不害怕的。她看到视频了吗？没错，她看到了，那为何还能如此决绝？

这些问题，欧阳健根本想不通。他缓缓走回正街，看到公交站人头攒动，而王咪早已消失。

回到家，欧阳健泡了一袋方便面，然后站在阳台吸烟，他打电话给陆飞，问他干吗呢？陆飞说在盯监控，眼睛真的快瞎了。他笑说，那您老歇会儿，给我说说那命案呗？陆飞说，是不是写小说缺素材了？他说，可不，最近这脑子像坨屎，根本不知道写啥了。

"就是一个六十岁的老头，他报案说自家大儿媳被人绑架了。后来发现时老头的大儿子用剪刀把大儿媳给攮死了，原因是这女人趁男人外出务工，出去偷汉子，小镇人少嘴碎，男人出去一溜达，啥都知道了。""老头让儿子出去避风，儿子连夜潜逃，老头就在家处理尸体。把尸体埋他家磨盘底下了，百年不动的磨盘，谁能想到呢？埋好尸体，他打电话叫小儿子，发动全家亲戚出去找。天亮之前，他把事先准备好的说是绑架的纸条塞在门缝里，故意让小儿子发现。"

"你说说，现在这人咋一个比一个坏呢？"

"这大儿子目前可能还在兰市，所以我们一直在盯监控。"

欧阳健想了想，问道："这老头没参与杀人吧？"

"没有。"

"那就两项罪名吧，他帮忙处理尸体，这是帮助毁灭证据罪，又作假证，这是包庇罪。前一个罪三年以下，后一个是十年以下，二者择一重罚。"

"没错。"

欧阳健连连点头："好好好，这素材太棒了，我要请你吃顿饭。"

"听够了吗？"

"够了。"

"那我忙去了。"

"得嘞。"

撂下电话，欧阳健暗自思忖，明天必须把钱送过去，否则无法向母亲交代。但眼下要是答应女人提出的条件，闹不好真得坐牢。可他也知道，假如稍有风吹草动，他可以立马自首，三年有期八成缓刑。更何况，处理尸体这种事儿，只要操作得当、布局巧妙，被发现的概率并不高。埋在磨盘底下固然不错，可对高手来说，这就有些蠢了，百年不移的老物件儿出现动土痕迹，那会特别明显，迟早被发现。

欧阳健思绪万千，他打开电脑，调出地图，开始规划起来。他认为，铤而走险的时候来了，但他并不害怕，因为他满脑子都在想：

我不是窝囊废，绝对不是。现在我就用行动证明，窝囊只是表面现象，哥平时只是内敛，但有的是点子。

3

"想清楚了？"王咪在楼门儿前止住脚步，问道，"还是想告诉我，不给钱你就报警？"

欧阳健丢掉手里的烟头，用脚尖儿捻灭说："想清楚了，我帮你，但你必须加钱。"

"只加五千。"

"啥？"欧阳健瞪大眼睛道，"下午还一万呢，你换美元了？"

"只加五千，你再想想。"

王咪刚要走，欧阳健一把拦在王咪胸口，软绵绵的，他连忙缩回手。

"让开。"王咪冷冷望着他，那眼神令人不寒而栗。

"五千就五千，总共一万五，但必须今天给我。"

"做过生意吗？哪儿有没办事儿先要账的？先给五千，事成后再给一万。"

"不行，先给八千，再给七千。"

"可以。"王咪推开欧阳健，径直向楼道走去，"跟我来吧。"

跟在王咪身后，她修长的小腿在风衣下若隐若现，欧阳健的心像吃了一把跳跳糖。他问王咪，你下午去哪儿了？王咪说，与你无关。他点了点头说，那个……我叫欧阳健。看王咪无心搭理，他又说，我住你对楼，其实挺近的，你们金店生意挺好的，活动力度也挺大。王咪说，闭嘴。

进入房间，王咪亲自锁了门，欧阳健立马说，我先声明一点。王咪问什么？欧阳健说，别想杀我，你要杀了我，那视频三天后会自动发送给我一朋友，他在公安局上班，你一准儿完蛋。王咪说，放心，我不敢杀你。欧阳健问为啥？王咪说，因为杀了你，我一准儿恶心。

"好吧。"欧阳健问，"那咱们言归正传，尸体在哪儿？"

"卫生间。"

"卫生间？怎么会在卫生间？"

"跟我来。"

狭长的卫生间里，一个硕大的塑料盆儿盛满水，男人浸在水里，蜷着身子，像只刚被爆过的小龙虾。屋里没尸臭，但能闻到一股淡淡的酒精味儿，欧阳健问王咪，怎么一股酒味儿？王咪说，水里加了二锅头。欧阳健想说你泡鞭酒呢，但又说不出口，便问，你打算泡多久？王咪说，我不知道该怎么办。欧阳说，为什么不选择肢解呢？王咪问肢解是啥意思？欧阳拧着眉头说，就是大卸八块塞冰箱里。王咪不自觉扶起门框，干吗要那么残忍？欧阳健说，大姐，他已经被你剁死了，已经很残忍了，你再这么泡下去，过几天肯定有尸臭，到时候这楼上楼下的邻居都得吐。

"你打算怎么办？"王咪问。

"这人和你啥关系？"

"这与你无关。"

"大姐，处理尸体不是随随便便丢掉就好，你难道没看过推理小说吗？"

"说你的想法。"

"我们现在得制定一套方案，既要毁尸灭迹，又要逃出生天，懂我的意思？你要什么都不说，我怎么制订计划？我再问一遍，他和你什么关系？"

王咪说："没关系。"

"啥？没关系？没关系你放他进来？还给他钱？"

"你果然在偷窥我。"

欧阳健眨了眨眼说："不是，我说王咪小姐，现在该考虑的问题不是这个吧？"

"我说了，我和他没关系。"

"说实话吧，你们是不是情人？"

"你是白痴吗？换成你，你会找这样的情人吗？"

欧阳健摇头道："不会。那你说呀！"

"他是小额贷款公司的。"

"你向他借钱了？"

"对。"

"那这么说，前天夜里他是来要账的？"

"不，他和你一样，是来敲诈的。但他胃口比你大，大得多。"

欧阳健脸一红，磕磕巴巴地问："你这……这、这啥意思？"

"我借了他五万块钱，按合同约定，到期本息总共七万六。还款当天下午我去银行提了钱，可他手机根本打不通，我想早一天晚一天应该没什么问题。结果第二天他来找我，说我违约在先，要求偿还本息和违约金总共二十万。"

"你为啥不报警？"

"报警？合同是我签的，报警有用吗？除此之外，他还威胁我的家人，你想问题太简单了吧？"

突然，欧阳健想起自己在小贷公司的遭遇，想起那些铁笼子，想起那个威胁他的"大哥"，一股窝囊劲儿顿时涌上心头。他问："你还了多少？"

"十万多。"

"那，他是要强奸你？"

王咪颔首低眉，淡淡地说："已经不是第一回了。"

"你的意思是，他强奸过你？"

"听不懂吗？"

欧阳健想到了正当防卫。《刑法》规定，当强奸这种犯罪正在进行时，被害人拥有无限防卫权，换句话讲，假如有人要强奸王咪，王咪可以撸他，可以照死了撸，死了都不用负责。那王咪的行为算不算正当防卫呢？就当时情况而言，王咪将中性笔刺入男人脖颈后，男人丧失了继续作案的能力，这意味着暴力结束，防卫的紧迫性和必要性随之消失，防卫就应当在那刻终止，而王咪并未罢手，她选择一干到底，拿菜刀将男人砍杀，这应该是故意杀人了。

不过从刑法律角度来讲，当时的王咪处在极度恐惧的状态下，一方面，她可能无法对男人的伤情做出理性分析，另一方面，她已受尽暴力，肯定害怕男人打击报复，这才痛下杀手。法律不会强求一个人在遭受暴力后保持冷静，做出正常人的判断。所以假如走上法庭，被判正当防卫的可能性并非没有。就算判了故意杀人，那也是防卫过当，一定会减轻处罚。

对于此刻的欧阳健来说，人性中某些善良的成分，驱使他想为王咪设计一套自首方案，只要收集被强奸的证据以及那个男人胁迫他的证据，再拿他手里的视频去自首，王咪很可能会摆脱罪责。但人性中某些自私的成分告诉他，假如王咪掌握了这些法律知识，闹不好真会去自首。如此一来，他的威胁将失去效果，那一万五千元也将不翼而飞。

所以什么叫人性？人性就是选择，选项都摆在那儿，你不用怎么动脑子，答案早就有了。

欧阳健问："你有证据吗？"

王咪说："什么证据？"

"被强奸的证据，比如视频之类的。"

"你手机里的不算吗？"

"当然不算，那顶多算猥亵，有其他证据吗？"

"没有。"

"我是学法律的，所以我清楚，强奸是种极难取证的犯罪。你说他强奸你，但你没证据，那就是空口无凭。你前天夜里的行为是典型的故意杀人，懂吗？像你这种情况，十有八九是死刑。"

"别说了，你打算怎么做？"

欧阳健叹了口气，露出一个"这事儿特棘手"的表情，他看到洗手台放着一把菜刀，便上前拿起看了看，问道："是这把菜刀吗？"

"是。"

"洗得挺干净，但还是得扔掉。"

"为啥？"

"你还有其他菜刀吗？"

"有，但那把有豁口。"

欧阳健放下菜刀说："那最好不过，最近几天你就用那把菜刀，这把不能再用了。"

"知道了。"

"中性笔呢？"

"扔了。"

"扔哪儿了？"

"金店门口的垃圾桶。"

"洗过吗？"

"洗过。"

"那就好。"欧阳健又问，"他身上都有哪些东西？"

"收起来了。"

"在哪儿？"

"客厅里。"

"全都拿出来，再给我几张纸和一支笔。"

来到客厅，欧阳健坐进沙发，戴上事先准备的手套。王咪将塑料袋里的东西全倒在茶几上，大致一看，有一个黑色钱夹、一个触屏手机、一本手机大小的记事簿、一条口香糖、一包烟和一个打火机。

"还有别的吗？"欧阳健问。

王咪摇头道："就这些啦。"

欧阳健拿起手机看了看："你关机了？"

"因为一直有人打电话，所以就关了。"

"你怎么能关机呢？"

"为什么不能关？我又不能接。"

"一个好端端的人突然和外界失去联系，又连续失踪两天，你认为联系他的人会怎么想？"

"怎么办？"

欧阳健反复按压电源键，但屏幕毫无反应："好像没电了，有这种充电线吗？"

王咪看了看："应该和我的一样。"

"拿去充电。"

"好。"

"等等！"欧阳健突然问，"你拿这些东西的时候，有没有戴手套？"

"没有。"

欧阳健满脸无奈道："大姐，你咋不戴手套呢？你不知道啥叫指纹吗？"

"我该怎么做？"

"劳烦您戴双手套，可以吗？"

4

王咪去卧室找手套，欧阳健拿起抹布，把每件东西都擦了好几遍，恨不得搓秃噜皮儿。口香糖、打火机和香烟没啥好看的，放在一旁即可。钱夹里有一沓银行卡和一些零钱，最重要的东西，是一张脏兮兮的身份证，两张绿油油的名片。

男人名叫莫达乃，1984 年生人，家住兰市河口镇北街 12 号。欧阳健感觉这名儿有些奇葩。

说来也巧，这家伙所在的小贷公司，竟是三水大厦的"利呱呱"，欧阳健盯着名片，不禁一肚子火，心想这帮人渣，平时坏事儿做尽，真是死得好、死得该、死得人民乐嗨嗨。

王咪戴着黑布手套走来，欧阳健问："你去过这家小贷公司？"

"去过，当时没贷。"

"为啥？"

"利息太高，而且有砍头息。可当天夜里，这男人给我打电话，说可以低息贷我一笔，还不要砍头息。"

"你说签过合同？"

"当然。"

"啥样的？和他们公司的一样吗？"

"不一样，他们公司是制式合同，有公章，他给我的是个人对个人的借款协议。"

"也就是说，这笔款很可能是他背着公司，自己放的？"

"我不知道。"

"去给手机充电吧，别忘了开机。"

王咪拿手机向电视走去，欧阳健翻开那个记事簿，里面记着诸多贷款人的个人信息、借款数额、应收账款等内容，本子中间有一页对折，写着一个"私"字，后面仍是贷款人信息，欧阳健翻回第一页，果然发现有"公"字。他猜测，前面这些人是公司坑的，后面这些是莫达乃自己坑的，从数量来看，莫达乃自己坑的人不比公司少。

王咪的借款时间是去年五月份，贷款半年，11 月 12 日到期，莫达乃在日期后标注"别忘关机。美女"。欧阳健又翻了几个人，发现还款日期后都标着"别忘关机"。

欧阳健说："他故意在还款日关机，让贷款人找不到他，等还款日一过，他就打着违约的旗号开始敲诈。"

"差不多。"王咪淡淡地说，"手机打开了，接下来怎么做？"

"他的死亡时间是 3 月 17 日，没错吧？"

"对。"

"从收账记录来看，无论你违约前还是违约后，他都会在每月 17 号来要账，对吗？"

"对。"

"你好好想想，除借款协议外，你还签过别的东西吗？"

"违约责任书。"

"啥时候签的？内容是啥？"

"去年违约后签的，内容是每月 17 日归还违约金，直到还清为止。"

"恕我直言，既然你每月还款。"欧阳健犹豫片刻，"他为什么还要强奸你？"

王咪咬了咬嘴唇："每月要还五千多，我拿不出来。"

欧阳健暗骂莫达乃是个挨千刀的，表面却装作若无其事："我已经想好怎么做了。"

"说吧。"

"从咱们小区往东半公里就是黄河，沿河向北一公里有座码头，过去是采沙船停靠点，这几年废弃了，到晚上根本没人。从卫星地图上看，码头远端靠近深水区，是方圆两公里内最佳的沉尸地点。不过在此之前，我们要将尸体肢解，这样方便携带。"

王咪连连摇头："不行，我不同意。"

"为啥？"

"太残忍了。"

"那你有更好的办法吗？"

"我有一个大旅行箱，应该装得下。"

"有多大？"

"总之能装下。"

"好吧，那我来规划路线，你看好了。"欧阳健拿起笔，在纸上画出小区地形图说，"从这栋楼出去，只有西南方有个监控，镜头最远端的左上角正好拍到楼门口，虽说夜里拍人很模糊，但绝对能拍到旅行箱。"

"拍到又怎样？它又不会透视。"

"不行，我们不能让旅行箱出现在小区监控画面里，绝对不能，一旦被镜头捕捉，我们会立马成为嫌疑人。我在监控室门口观察过，你们这栋楼里有个人，到夜里十一点左右，会将一辆运送生鲜的大货车停在楼门口，正好将画面左上角全部遮挡。"

"我有更好的办法。"

"洗耳恭听。"

"你可以趁黑去调一下监控角度，这不是更简单吗？"

"这主意不错，但根本行不通。"

"为什么？"

欧阳健在纸上画出一个圈："因为另一个监控能拍到这处监控，而那个监控离保安室很近，动手脚的风险相当大。"

"你怎么对小区里的监控这么了解？"

"你杀人之后，我就在想一条完美的抛尸路线，所以昨天去了监控室，和保安聊了会儿。"

王咪冷笑道："看来你当晚就想好敲诈我了。"

"不，这只是我的爱好。"

"爱好？"王咪打量着他，但依旧冷若冰霜，"接着说吧。"

"货车停好后，我会拉着行李箱转移到居民楼东侧，并沿路向北走到十一号楼后方，那里的围墙比较矮，跳出去没有难度。"

"那我呢？"

"围墙外边是一溜草坪，旁边是民主路，虽然这地点没有监控，但路上总有人和车。试想，假如你看到一个人站在围墙上，用绳子拽起一个行李箱，会不会记忆犹新？"

"应该会。"

"这就对了，所以你的任务是帮我消除目击者。"

"消除？怎么消除？"

欧阳健想了想，问道："你有没有非常要好的同事或者闺密？"

"当然。"

"你酒量怎么样？"

"还可以。"

"我们的行动不能早于十二点，但你没必要和我待一块儿，到晚上九点左右，你打电话约一位同事在民主路附近喝酒，出去走正门儿，到正街之后，哪儿有监控往哪儿走。大概十一点半左右，你装作喝醉和同事告别，之后找家小卖店买瓶啤酒，拎着酒瓶左摇右晃地步行到围墙外的马路对面。"

"之后呢？"

"你在人行道内侧的石阶上坐下，把外衣脱掉，里面要暴露一些，之后装作撒酒疯。听到我喊你名字时，你观察马路和街对面的环境，要是没有人和车，你就喊'去死去死去死'，假如我出来的时候突然有人路过，你就大声唱歌吸引他们注意力。"

"为啥要喊，就不能打电话、发短信吗？"

"我们之间不能有任何联系，这对谁都不好。"

"知道了。"

"我出来之后，咱们戴上口罩打黑车，就说去高速公路口，汽车会路过那个废弃码头。但要注意，我们必须坐在后排，而且要以夫妻相称，为了不引起注意，我会一直咳嗽，你让我把口罩摘掉，我说不行那会传染给你。你说俄罗斯那边很冷，让我务必照顾好自己。我会反复提及这次出国的行程安排和俄罗斯特产，记住了吗？"

"记住了。"

"快到码头时，我会假装摸衣服兜，然后告诉你护照忘带了。你问我怎么办？我会告诉司机赶紧返回民主路，你说不用了，在这儿停车，你让我岳父开车送过来。我下车后你和司机讨价还价，说只走一半的路，能不能便宜些，切记要给现金，最好别留下指纹。"

"好的，那我们准备吧，先给我同事打电话吗？"

"不行，今天肯定不行。"

王咪不解地问："为什么？"

"黄河水流湍急，沉尸的难度绝对不小，要是运气再差点儿，尸体第二天就会被警方发现，你想过后来的事情吗？"

"什么？"

"一旦确认死者身份，他们就会去小贷公司调查，必然会找到全部的借贷合同。我刚刚看过这个记账簿，每月 17 号的收账对象只有三个，一个在鑫雅苑，一个在海龙新居，另一个就是你。我想问一下，他怎么收账的？现金还是转账？"

"他只收现金，所以才会上门来取。"

"那账簿显示，鑫雅苑的账他已经收到了，钱呢？钱包里没有啊？"

"这不用你管。"

"你拿了？"

"我说了，不用你管。"

欧阳健点了点头："好吧，我想说的是，警方只要去鑫雅苑调查，很可能会发现他的行动轨迹。等等，他没开车吧？"

"没有，他没有车。"

"就算查不到全部行动轨迹，也可以根据合同查到你。那天晚上，莫达乃来咱们小区时，肯定走的正门，监控也绝对拍到他了。那我问你，既然他进来了，为什么没拍到他出去？他去哪儿了？他来这儿只为向你讨账，怎么就消失了？尸体怎么又出现在黄河里了？"

"怎么办？"

"小区监控的储存时间只有七天，从3月17日算起到24日，莫达乃才会从硬盘里彻底消失，而小区门外根本没有其他监控，换句话说，他就根本没来过这儿。所以谨慎起见，我认为最佳动手时间是25日晚上。"

"今天19日，还要六天？尸体会臭吗？"

"当然会臭，可你有双开门冰箱啊！"

"把格挡都取出来？"

"没错。"

"那我去收拾一下。"

"等等，还有一点很重要。"

王咪眨着眼睛问:"什么?"

"莫达乃的手机我得拿走。"

"为什么?"

欧阳健郑重其事道:"这几天非常关键,我不能让他处在失踪状态。另外,你的壁纸太新了,必须想办法做旧。"

"怎么做?"

"用铁丝球轻轻刷一刷,再用湿抹布擦一下,去外面弄些细土,用电吹风把土吹上去,一次别吹太多,灰层不能太厚,若有若无才最好。有物体遮挡的地方千万别动,吹在其他地方的灰尘必须清理干净。这件事慢慢做,因为有足够的时间。最近天气转暖,但屋里还没蚊子,你明天去黄河边抓几只蚊子,回来碾在墙上,沙发附近多碾几只,尽量碾在高处。"

"好的。"

"还有,这间房是你租的吧?"

"对。"

"房东是个老头。"

"没错,他去世了。"

"那他女儿经常来吗?"

"不,她在南方打工,每季度房租都汇款给她。"

"确定不会回来?"

"他女儿说过,除非过春节,否则她和老公不会回家。"

欧阳健长长出了口气:"那就好,要不然壁纸就得另想办法。"

"你当过警察吗?"王咪又问。

"没有。"

"那你为啥这么专业?"

"我说过,这是我的爱好。"

第四章：毁灭

1

读者交流会正在接近尾声，书店里围观的人越来越多，罗欣拿着单反相机，台上台下来回照，她要捕捉欧阳健的人气，还要把他优雅的姿势拍下来，发到网上赚吆喝。欧阳健也特能装，一脸的云淡风轻。成名后的每次签售会，他都显得特优雅，像个饱读诗书的大文豪，可实际上，他一个月都读不了一本书。

每次演讲，他都会用温暖的声音，说出那句"尊敬的先生们、女士们，我亲爱的读者们"。除此之外，他常常引经据典，口头禅是"某位哲人曾说过"，实际上"某位哲人"就是他自个儿，有时说出来的话，他自己都吃惊于"我咋这么机灵呢"。许多读者都认为，欧阳健是个乐于分享的人。

美女主持人说，还有最后五分钟，哪位读者想争取这次机会，请高高举起你的手！一个少女几乎跳了起来，搞得主持人哈哈大笑，欧阳健说，那姑娘滞空能力不错，就她吧！女孩抢过麦克风，笑得合不拢嘴，她问，欧阳老师，我这个问题，网上也有很多人想问。欧阳健笑说请讲。

女孩说，男主帮女主抛尸后，他归还女主钥匙，女主一把夺回去，在男主手里留下一个向日葵的钥匙扣。在您以往作品中，这种小东西肯定会有另一层寓意，而这次直到结尾，那个钥匙扣都没再出现。请问，这个小东西意味着什么？是您写到后头忘了它的存在吗？谢谢。

欧阳健眨了眨眼，低下头说，其实，那东西没什么含义，单纯是为了增加剧情的细腻程度，而且说实话，这本书里的小东西实在太多，但剧情需要的东西并没那么多。我在网上看过类似评论，说那个向日葵代表女主在逆境中，对生活残存的希望。当然，这么理解也没问题，谢谢你。

美女主持人说，我们的读者还在不停举手，那我们再给读者一次机会吧，欧阳老师您看怎么样？欧阳健满脸微笑，没问题。这次抢话筒的是一个中年妇女，乍看之下，应该算平时保养不错的那一类，她挂着珍珠项链，身穿褐色连衣裙，笑容腼腆，挺有气质。

她说，欧阳老师您好，我是您的忠实粉丝，从两年前就一直关注您啦。我老公也是您的读者，由于工作关系，他今天不能来，不过他想问您一个问题，这个问题我们经常讨论，可总是没有结果。

欧阳健说请讲。

女人说，男主抛尸那天夜里，他说他看到斜坡树林里有个人，女主却没有看到，这件事在后文里没有交代，请问那个人到底是否存在？假如不存在，写这段又有何意义？难道只是为了增加文章的悬念吗？

欧阳健说，这个设定，其实不单是增加悬念。你可以试想一下，一个从未经历过杀人事件的人，生平第一次参与抛尸，心情难免紧张，甚至恐慌。那么在这种情况下，他最担心什么呢？肯定是被人发现，但凡风吹草动，都会草木皆兵。所以，那个人应该是他的幻觉。感谢您和您爱人长期以来对我的支持，也再次感谢今天到场的所有读者，我会继续努力，带给大家更好的作品，谢谢！

欧阳健起身，向读者席鞠了一躬，满场掌声雷动。

美女主持人说，好的，让我们再次感谢欧阳健老师、陈竹老师、风马牛老师的精彩讲解，也感谢广大读者的热情支持，接下来请诸位移步签售区，我们的欧阳老师将开始签售新书《沉默的凶手》，陈竹老师的新书也将同步签售。本次读者交流会到此结束，谢谢大家！

优美的音乐再度响起，工作人员开始清理现场，在罗欣陪同下，欧阳健向签售席走去。突然，一只手落在欧阳健的肩膀上，那感觉十分轻妙，宛如被波浪拍了一下。他用余光一瞥，那是一只雪白而修长的手，再转头一看，竟是那位美女主持人。

欧阳健停住脚步，罗欣也停住脚步，欧阳健感觉这丫头真是缺心眼，人美女分明满眼期待，她竟看不出个中利害，是可忍孰不可忍。他转头对罗欣说，你杵这儿干吗？罗欣看看女人，又看看欧阳健说，那边等你呢。欧阳健，我问你站这儿干吗？你是要给我放哨，还是要给我把关？罗欣问，啥意思？欧阳健眉头一拧道，你是不是傻？没见这位小姐准备和我单聊吗？干啥，你想群聊啊？罗欣连忙道，哦，好的，那我在签售席等你。

罗欣跑开后，欧阳健笑说，不好意思，美女，我这助理有点儿傻，你有事儿吗？美女笑说，欧阳老师，我也是你的粉丝，能加个微信吗？欧阳健三下五除二掏出手机说，能啊，太能了。美女说，我扫您吧。欧阳健，随便扫，扫我哪儿都行。美女扑哧一笑，欧阳老师，没您这么搞笑的。欧阳健问，美女怎么称呼？美女说，我叫田思梦。欧阳健说，梦梦啊？真好听。田思梦说，欧阳老师，晚上有时间吗？

欧阳健狠狠咽了口吐沫，望着美女的低胸开领说，当然，我平时没时间，就晚上有，晚上好，晚上有感觉，晒着月光，浑身毛孔都开了。田思梦微笑道，欧阳老师就是有文采，那我晚上约您，不知道您有空吗？欧阳健说，有，太有了，我浑身都是空，随便去哪儿，我请客。田思梦向前一步，把脸贴到欧阳健面前，轻咬着烈焰红唇，低声道，我想去您那儿读书。欧阳健一愣，点头道，没问题啊，我那儿都是书，要啥有啥。

"我就想读您。"田思梦说。

"可以，我的故事可长了，一晚上根本读不完。"

"那就这么说定了？"

"那必须。"

田思梦伸出食指，在欧阳健下巴上轻轻一捋，然后转身离开了。从背影来看，这姑娘屁股真大，欧阳健觉着，肯定比上周带回家那姑娘瓷实多了。

2

2014年3月25日夜，欧阳健和王咪顺利来到废弃码头。

这一路十分顺利，黑车司机连行车记录仪都没，他开车全程打电话，对面好像是他情人，说什么我老婆没你水灵，没你乖，谁不离谁不是人。他根本没工夫在意身后的乘客，这让欧阳健很踏实，欧阳健说了一堆俄罗斯特产的名字，估计也白说了。王咪叫他停车，和他讨价还价，他也说随便。

莫达乃的尸体被冻得硬邦邦，还蜷成一块，像羊水里的胎儿。刚把腿掰直，又微微缩回去，完全不听话。欧阳健费了九牛二虎之力，才把他塞进编织袋，又塞了几块鹅卵石，个头儿都挺大。他拽起袋子掂量一番，觉得稳妥，这才用绳子扎了口。

他转头对王咪说，好了，咱们一起吧。就在王咪抓起袋子时，河堤斜坡的树林里突然传来一阵脚踩落叶的声音，这里除了水流声，四下一片寂静，这声音就显得格外扎耳。欧阳健迅速向声源凝望，却什么都没看到，再看王咪，她的脸色也十分难看，并带着显而易见的惊惧。他感觉自己快窒息了，五官不听话地拧在一块儿，他低声问王咪,你也听到了?王咪说,好像是人。欧阳健说,你钥匙上有武器之类的东西吗?王咪说,有一把折叠剪刀。他伸手说,给我。王咪问,你想干吗?欧阳健说,我去看看,总得有东西防身吧?

欧阳健接过钥匙说,你在这儿等着,千万别动。王咪连连点头,好。

欧阳健掰开剪刀向河堤走去,也没细想这东西的威力,他方寸大乱,感觉是个东西就能杀人。就在此时,河堤上有黑影一闪而过,欧阳健定睛一看,分明是个人,但顷刻又消失了。欧阳健冲上河堤,来到人行道上,一顿左顾右盼,却没发现一个人,只有昏黄的路灯和一辆辆驶向高速路的汽车。

欧阳健迅速跑回码头对王咪说,快,扔了赶紧走。王咪问,是人吗?欧阳健说,不知道,你有没有看到?王咪说没有。欧阳健说不管了,这儿黑得不见五指,就算他有手机也拍不到,扔了赶紧走。王咪问可以吗?欧阳健,没问题,你要相信我,更何况箭在弦上,总不能抬回去吧?

二人来到码头边,将尸体丢进黄河,望着那白色编织袋淹没在黑暗中,欧阳健终于松了口气。他问王咪,菜刀呢?王咪说,在包里。他说赶快扔啊!王咪取出菜刀,刀身裹着报纸,她对欧阳健说,你扔吧。欧阳健接过菜刀,奋力丢向河心,听到"扑通"一声传来,什么都看不见了。

他对王咪说,你现在打车返回民主路,在你撒酒疯的地方下车,然后一步一晃走回去。王咪问,那你呢?欧阳健说,我去处理行李箱。王咪问,怎么处理?他说,附近有个废品站,砸碎丢在那儿,不会有人发现的。

王咪伸手道:"我的钥匙。"

欧阳健掏出钥匙,王咪一把夺了过去,欧阳健问:"我的尾款呢?"

"我会放在报纸箱里，翻开门口的蹭脚垫，你会看到钥匙。"

"最好别耍我。"

"拿了钱别再找我。"王咪眼光冰凉，"还有，别再偷窥我。"

"那个，我有一个问题。"

"什么？"

"你卧室里那照片，是你女儿吗？"

"这与你无关。"

王咪离开了，她的手机在黑暗中忽明忽暗，最终和她瘦弱的背影一起消失在河堤远处。来的路上，他们假扮夫妻，王咪的温柔体贴真是令人神往。欧阳健手掌冰凉，王咪便双手紧握，好似护着一粒快熄灭的火种，欧阳健明白，这是演给司机看的，可心里却有种莫名的感动。他们十指相扣，站在路旁，王咪的侧脸在昏暗中棱角分明，欧阳健不时偷看，有那么一个瞬间，他竟希望黑车永远都不要来。

望着面前奔流不息的河水，欧阳健有些后悔，他认为自己分明帮了王咪，可从她冰冷的语气中仍能听出，在她的眼里，他依然是一个无耻之徒。但无论如何，这都不重要了，交易到此结束，从此天涯陌路。

欧阳健准备离开码头，却感觉手里有东西，打开手掌，用手机一照，竟是一枚橡胶材质的钥匙扣。它的形象是一朵微笑的向日葵，站在咖啡色的花盆里，两片叶子像伸开的双臂，似乎要拥抱即将到来的晨曦。

这是王咪的钥匙扣，另一头的挂钩被搡断了，可想而知，她在拿回钥匙的那一刻，心里有多恨欧阳健。除了恨，她可能还觉得欧阳健脏，会污染自己的钥匙。欧阳健自己也明白，偷窥和勒索，无疑是肮脏至极的事儿，这不是一般脏，这是人性上的脏，打根儿上坏了，在大多数人的思想里，这就是卑鄙无耻，下流至极。所以，王咪有这些反应，全在情理之中。

欧阳健认为自己这么做，完全是出于不得已，可要真是不得已，自己又要啥尾款呢？母亲的钱已经还上了，王老头的房租也交了，再去拿尾款，这不就是脏吗？他安慰自己，脏就脏吧，反正又脏不死，人生早已如此邋遢，还怕脏吗？

欧阳健拎着行李箱，迅速离开码头，按提前规划好的路线，向废品站快步走去。一路上，那个一闪而过的黑影让他反复琢磨，到底是人，还是自己的幻觉？可事已至此，想这些都是徒劳，他现在只希望莫达乃的尸体乖乖听话，要么好好待在河底，要么顺流而下，千万别再出来给活人添堵。

沿河北上，欧阳健来到废品站，这儿除了此起彼伏的犬吠，一切都仿佛睡着了。行李箱内衬与莫达乃的尸体有直接接触，考虑到细胞脱落，必须扯下来。内衬处理完毕，欧阳健找来碎石，将行李箱砸成稀巴烂，再将拉锁损毁，最后通通丢进垃圾堆。返回时，他给内衬包了石头，用力丢进黄河，这才打车回家。

这辆车也是黑车，司机开着窗，没完没了地抽烟，感觉是冲吉尼斯世界纪录去了。欧阳健问他，您猜全世界抽烟最多的人，能抽多少根？司机说，管他呢，反正我能一直抽，我一天抽八盒，最高纪录一条半，我老婆盼我赶紧抽死，哼，这傻娘们儿打错算盘了，我越抽越精神，看我这腱子肉，我刚才差点儿把方向盘捏碎咯。这司机，话匣子一开根本收不住。他有行车记录仪，单向的，拍不到车内情况。

返回小区，欧阳健没走正门儿，而是翻过围墙原路返回，一切都十分顺利。到家之后，他来到窗前，看到王咪家黑漆漆的，估计她已经睡下了。就在此时，他发现一个诡异之处，望远镜原本立在窗台上，啥时候跑茶几上去了？他心头一紧，最先想到的是王咪，难道她此刻正躲在某个角落，准备伺机而动，杀人灭口？

没错，完全有这种可能，毕竟杀人这事儿，多一个人知道，多一份危险。而且据说杀人能上瘾，杀了第一个，往后根本别想停下来。想到这儿，欧阳健感觉后腰有点儿肉疼。他缓步走向茶几，轻轻拿起水果刀，开始搜索房间每个角落，衣柜、床底、厨房、厕所，甚至连马桶都看了，并未发现异常。欧阳健感觉自己有点儿过了，就问哪个正常人能藏在马桶里，这脑子是咋想事儿的？

可是，望远镜的确从窗台移到茶几，而屋里又没第二人，为啥？这东西自从买来，压根儿就没离过窗台。他开始分析自己最近的状态，自抛尸计划启动，他经常辗转难眠，昨夜甚至一宿未睡，心里有亢奋，也有恐惧，但亢奋是主要成分。这是一种莫名的亢奋，原因不得而知，但他猜测，这可能与自己的信心有关，他认为自己的计划十分完美，就算警方发现尸体，他也能带领王咪，毫发无损地从嫌疑中抽身而出。

换句话讲，他甚至有点儿期待警方发现尸体呢！

他把望远镜放回窗台，懒得再想这些事儿，数日来悬在心上的东西，如今终于放下了。他点了支烟，深深吸了几口，旋即坐进沙发，从兜里取出钥匙扣，闻了闻，有股淡淡的茉莉香。他拿出自己的钥匙，把钥匙扣系在上头，脑海里的画面，却是王咪站在路灯下，忽明忽暗的侧脸。

她卧室照片里的女孩和她很像，应该是她女儿，这么说她已经结婚了，却为何要独自居住？离婚了？女儿跟父亲过了？按理说，在金店工作，每个月少说要挣四五千，平时生活完全足够，为何要不计后果地去借高利贷呢？

欧阳健走进卧室躺下，隔壁的情侣又在摇床，这熟悉的一切，让他感觉生活又回归往常，可他心里明白，这件事儿还远远没有过去。或者说，还有某些不确定因素，如地雷一般，埋在明天要走的路上。

3

2014年3月26日黄昏，距废弃码头以北半公里，河堤上已拉起警戒线。附近居民老张拎着一条刚敲死的草鱼，钻进人群向岸边眺望，只见一群警察围在那儿，不知在干吗。他看旁边站着邻居小李，便问这咋了？小李转头一瞥道，张叔啊，好像死人了。老张眉头一挑问，跳河了？小李说，听说让人给沉了。老张大惊失色，谋杀呀？小李抱起双臂，思索道，可能是，但我琢磨是上游冲下来的。

彼时，老张身后一片聒噪，转头望去，只见人群向两侧退开，当中一位穿制服的民警开道而来，紧随其后的三人，全部身着便衣。最前头的小伙子约莫三十来岁，肤色黝黑，浓眉大眼，身高一米七五上下，留寸头。老张一眼便认出他，这不是小区老陆家的三儿子陆飞吗？

老张赶忙给陆飞招呼，陆飞打眼儿一瞧，笑说，张叔，您搁这儿干吗呢？老张掂掂手里的鱼说，刚买菜回来，路过。陆飞说，哦，这都饭点儿了，赶紧回吧。老张问，小陆，这咋了？陆飞说，您就甭打听了，我也不知道。老张看陆飞没心搭理他，便说，成，那你忙。

民警拉起警戒线，想让他们钻过去，陆飞却一把拽下来，抬腿一跨。他身后那短发姑娘更是身轻如燕，只见一双粉色纽巴伦腾空而起，顺势飞入警戒线。民警站在原地，望着跟在最后的小胖子，小胖子问，看我干吗？民警说，看你跳栏！小胖子拉起警戒线道，啥？这是啥？这是不是警戒线？这是跨栏吗？能随便叫人跳来跳去吗？小胖子俯身钻过警戒线说，你觉得这像话吗？我得批评你，思想觉悟长腿上了？

远处陆飞喊道："杨宇，干吗呢？"

小胖子吊起嗓门儿说："来啦！"

杨宇对那姑娘说，魏雨桐，以后碰着警戒线，能不能别蹦跶？魏雨桐说，你钻你的，我又没拦着你。杨宇还要开口，陆飞说，你给我闭嘴，有没有正经事儿？杨宇脸一沉说，陆队，能确定是他杀吗？陆飞说，最好不是。杨宇说，咱区刑警队都快忙死了，能不能让市刑警队的大爷们过来帮帮忙啊？魏雨桐说，浑身懒肉。杨宇说，魏雨桐你注意分寸，你刚来队里那会儿，哥哥多疼你，你都忘了吗？魏雨桐冷冷地说，忘了。杨宇说，你？早知道你忘恩负义，我就不该疼你……

"你有完没完？"陆飞说，"去问问视侦组，这附近有没有监控。"

"魏雨桐，你去。"

"我叫你去！"

"陆飞，你重色轻友。"

"别闹了，咱们得抓紧时间，天马上黑了。"

"行行行，我去！"

夕阳下，黄河水波光粼粼，它带走的东西，远比留下的多。自古至今，这条水脉孕育了伟大的文明，大家形象地称它为"黄河母亲"，而这看似平静的河面之下，却隐藏了太多鲜为人知的故事。

陆飞和魏雨桐来到河边，看到法医组围在尸体旁。尸体呈全裸，浑身肤色苍白，且略显浮肿，胸口有几道横竖不等的伤口，创缘皮肉外翻，血色若有若无。他的眼睛半睁半闭，脖子向左歪斜，凝望着暮春安静而辽阔的天空。

魏雨桐说，是男人。陆飞说，是的。魏雨桐说，从尸体浮肿程度来看，抛尸的时间应该不长。陆飞喊道，小刘，你过来。被称为警队第一帅的小刘跑来说，陆队，你咋才来？陆飞说，少废话，报案人呢？小刘抬手一指说，在警车那儿做笔录呢。陆飞说，叫过来，我有话要问。小刘抬起对讲机道，张菲、张菲，你把报案人带到河边来，陆队要问话，听到请回答。

法医陈明道是个大高个儿，名字有含金量，短短三字，让人想到俩明星。

陈明道蹲在尸体旁，陆飞一喊他，他立马拔地而起，气势如虹。陆飞仰面问他，你站起来的时候，体态能不能柔美一点儿？陈明道说，我妈说的，男人要么不起来，起来就要像雄鸡。陆飞轻轻点头道，你妈说得好，情况咋样？陈明道望着尸体说，很奇怪。陆飞眉头一拧，问，啥意思？陈明道说，尸体上下共三类创伤，一处刺创、一处切创、八处砍创，初步来看，应该是三类凶器所致。刺创位于颈部左侧，贯通左颈动脉，凶器可能是螺丝刀一类的东西，但比普通螺丝刀粗一些。切创位于左大臂，是最轻的一处创口，应该是利刃划伤的。其余八处砍创分布在前胸、侧腰、后背、右小臂及左侧大腿，就创口深度来讲，这应该是一位相当残忍的凶手。

魏雨桐问："尸体上出现三类创伤，这有啥好奇怪的？"

"小妹妹，听我说完嘛。"

"快说。"陆飞急不可耐。

"同一具尸体上出现多类创伤，其实并不少见，这没啥奇怪的。尸斑呈淡红色，而非常见的紫红色，这说明他死后可能一直泡在水里，这也没啥奇怪的。奇怪的地方，在于他几处关节附近的皮肤干裂。"

"尸体泡在水里，怎么会干裂？"陆飞问。

"所以很奇怪，需要进一步尸检。另外，死者右手的食指被人砍掉了。"

"食指？附近找过吗？"

"找了，没找着。"

"还有呢？"

"尸体裹在一个编织袋里，除了尸体和几块鹅卵石，没别的东西。"

魏雨桐问："死亡时间能确定吗？"

"单凭尸体现象推断，至少三天以上，精确时间需要进一步解剖。"

陆飞沉思道："解剖能等吗？"

"照眼下的腐烂程度，越快越好。"

"那就抓紧安排尸检，家属那边我尽快联系。"

"是。"

魏雨桐思索道，死亡三天以上，那肯定是上游来的尸体，这会很棘手。陆飞说，那咋办？再扔回去？小刘说，也不是不行啊。陆飞瞪了他一眼。小刘嘿嘿一笑，说，我逗闷子呐，不过，头儿，除了这具尸体，别的东西可一概没有，现在确认身份都是问题，假如真是上游来的，咱可根本没办法。魏雨桐说，技侦组应该能算出尸体的漂动速度，死亡时间确定后，可推出大致的抛尸地点，假如不在我们管辖区，那就交接给当地警方吧。

陆飞问小刘，报案人呢？小刘再次朝对讲机喊道，张菲、张菲，你搞啥呢？报案人怎么还没来？收到请回答！对讲机忽然响起，陆队、陆队，报案人回家喂奶了。陆飞抢过对讲机说，喂啥奶？张菲说，喂人奶，给孩子喂奶。魏雨桐抢过对讲机说，笔录做了吗？张菲说做了。魏雨桐说，把笔录拿过来。张菲说马上到。

4

没一会儿，张菲踩着鹅卵石蹒跚而来，这姑娘扎着高马尾，长得像西域来的，她挺胸抬头道，陆队，笔录来了。陆飞问，报案人多大年纪？在哪儿住？张菲说，三十四岁，家住街对面的丽景湾。魏雨桐问，她怎么发现尸体的？张菲说，她说她下午四点多在这儿散心，看到河边有个编织袋，几个孩子围在旁边，当时也没在意。她沿河向北走了半公里，返回时看到编织袋外边有只手，吓得她赶紧报案。

陆飞想了想，问道，她每天下午都来这儿散心吗？张菲说，不，她说她婆婆骂她二百五，她心里摆不平，这才出来散步的。魏雨桐问，她还说啥了？张菲说，她说编织袋上的小口估计是那几个熊孩子划开的。

此时，法医组将尸体打包带走，现场组正在给编织袋和鹅卵石拍照，陆飞来到编织袋旁，戴上手套，轻轻拈起袋子边儿，看到袋子另一面印着"天北牌高筋小麦粉，新疆昌吉天北面粉厂"，下面还有公司电话和一排英文。小刘郑重其事地说，陆队，新疆面好吃，我妈经常做拉条子。陆飞问，见过这牌子吗？小刘说，没有。陆飞问身后的魏雨桐和张菲，你们呢？魏雨桐说，我不吃面。张菲说，我只管吃。陆飞挥手说，小刘，把这牌子拍下来，之后找粮店挨个儿问，现在就去。小刘说，成。

此时，杨宇气喘吁吁地回来了，陆飞问他怎么样？有没有收获？杨宇说，这都郊区了，哪儿来什么监控啊，河对面有一个，不过是交通测速的。魏雨桐说，先回去确认身份吧。陆飞问，怎么确认？魏雨桐说，你想想，一般什么样的人会被剁掉手指头？陆飞摇头说，暂时想不到，赌徒？魏雨桐白眼儿一翻，转身向河堤走去。

陆飞说，小刘，天快黑了，你抓紧行动，我今天必须知道这个面粉在兰市有没有销售点。小刘应声离开。

陆飞让人把鹅卵石都带走，即使他知道，上面留下指纹的可能性几乎为零，但就眼下来看，证据实在少得可怜，有一个算一个。

每年从黄河捞出的尸体数目不小，所以这起案件，并未引起媒体过多关注。听过陆飞的简单报告后，区分局的领导一致认为，抛尸地点很可能位于其他地区，因此并未向陆飞施加压力，他们希望刑警队把工作重点放在杀妻案上，毕竟那个磨盘藏人的故事，对社会治安有不小触动。

可在陆飞心里，抓捕那个外逃的杀妻犯是迟早的事儿，更何况他的行踪已初现端倪。但眼下这案子，可能比杀妻案还要恶劣，要恶劣得多。而后来发生的一件事儿，更加剧了他内心的不安。

晚上八点多，小刘打来电话说，陆队，我走了十一家粮店，其中有六家卖天北牌高筋小麦粉，我联系了兰市的经销商，他们老板说，这牌子除了在新疆本地销售，就只在兰市和宁夏卖，别的地方买不着。陆飞说，行，你回来吧。陆飞放下电话，杨宇问他啥情况，他说，那面粉只在兰市、新疆和宁夏卖。杨宇说，尸体不可能来自新疆，黄河压根儿不打那来，宁夏更不可能，黄河虽经过宁夏，可那儿是下游，尸体不可能逆流而上。

魏雨桐放下手里的快餐，抽了张纸巾，蹭了蹭嘴说，杨哥，你的推理十分精彩。杨宇转头，满脸堆笑道，是吗？是不是迷上哥了？魏雨桐接茬儿道，不过都是废话，陆队，我现在只有一个问题想不通。陆飞问什么问题？魏雨桐起身道，陈明道说，死者身上的尸斑为淡红色，说明他死后可能一直泡在水里，而死亡时间在三天以上，也就是说，他至少是在三天前被丢进黄河的。那问题来了，他的浮肿程度并不高，根本不像在水里泡了三天的样子，这是为什么？

陆飞说，这是个问题，可死亡时间有待考证，而眼下最关键的，是死者身份。就小刘的调查情况来看，我认为死者应该是兰市本地人。魏雨桐说，抛开死亡时间，只看尸体浮肿程度，我认为抛尸地点应该离发现尸体的地方不远，所以我建议，打明儿起，我们以尸体发现地为起点，沿河向上游展开排查，或许能找到蛛丝马迹。当然，假如这人有案底，那就另当别论了。陆飞点头道，最好有案底，否则身份不明，其他工作没法做。好了，你们下班吧。杨宇问，那你呢？陆飞说，我再待一会儿。

杨宇刚走，陆飞电话便响了，拿起一看，是欧阳健，他清了清嗓说，大哥，又咋了？欧阳健说，我借你多少钱来着？是不是一千八百五？陆飞一声冷哼道，不会看转账记录吗？欧阳健说，不是不会看，我怕看漏了，万一少还个千八百万，往后还怎么借？陆飞说，真心话，我今天特累，没工夫跟你逗闷子。欧阳健说，咋了？又盯了一天监控啊？

陆飞拢火点烟，跷起二郎腿说，盯监控倒好了。欧阳问，那你今天干吗了？出去抓贼了？陆飞说，命案。欧阳健立马拉高嗓门儿，电喇叭格外扎耳，啥？又是命案？快给我讲讲！咋回事儿？陆飞说，可以告诉你，你可别出去瞎说。欧阳健嘿嘿一笑说，放心，我成天在家写小说，能见几个人？陆飞说，今天下午，我们在黄河边发现一具裸尸，男的，浑身刀伤，估计是菜刀砍的……喂！喂？说话呀？

欧阳健没了声，陆飞看向手机屏幕，可通话还在继续，他又“喂”了几声，才听欧阳健说，喂喂喂！怎么了，你那儿信号喂狗了？陆飞说，不知道啊，你信号不行吧？欧阳健激动地问，你刚才说啥，赶紧再说一遍？陆飞说，今天下午我们在黄河边发现一具裸尸，男的，浑身刀伤，可能是菜刀剁死的。

欧阳健问，谁啊？谁剁的？陆飞说，你看看，你脑子坏了吧？我上哪儿知道去！欧阳健又问，除了尸体，还有啥？陆飞说，尸体裹在一编织袋里，还有几块鹅卵石，别的啥都没。欧阳健，这是要沉河呀？陆飞说没错，可石头放少了，人没沉。欧阳健，砍了几刀？陆飞想了想说，少说也得七八刀。欧阳健“唔”了一声，说，这么黑呀，那你们现在调查到哪一步了？陆飞说，调查个屁，连是谁都不知道，怎么查？

"身份不好确认吗？"欧阳健问。

"啥也没留下，你说呢？"

"也对啊，那咋整？"

"行了，下回再聊吧，我得忙一会儿。"

"要不，我帮你推理推理？"

陆飞笑说："推个屁，你一写小说的，瞎推什么呀？"

欧阳健突然降低声调："瞧不起我？"

"……哎，我没那意思，你可别多想啊。"

"成，我待会把钱转给你，注意查收。"

"哦。"

欧阳健挂了电话。知道欧阳健这些年的处境，也知道他心比天高、傲然于世。私下里，他劝过欧阳健脚踏实地，找份儿工作，因为他实在不敢相信欧阳健能靠小说飞黄腾达，可欧阳健左耳进右耳出，表面顺从，内心抵触，陆飞心知肚明。

日复一日，欧阳健越发自闭，内心脆弱敏感，哪怕玩笑里有半句瞧不起他，他都会立马终止对话，并永远不再主动联系。同宿舍那几位，就这样和他成了路人。那些人和欧阳健关系一般，撕就撕了，可陆飞不一样，在他心里，他俩可是拜把子的兄弟。

总之，现在的欧阳健伤不起。

陆飞给欧阳健发微信："欧阳，刚才真是玩笑，你可别往心里去啊。"

欧阳健回信："不至于。"

"没生气？"

"快忙吧。"

第五章：暗流

1

第二天一早，天空阴雨飘飞，这是清明前后常有的雨，新鲜、柔和、饱含生机。约莫九点钟，技侦组传来消息，经过一夜的指纹和DNA比对，确认死者没有案底。对陆飞来说，这个结果他早有心理准备，听到后也不吃惊。杨宇却说，这奇了怪了，怎么看都像有案底啊，咋能没有呢？魏雨桐说，你可以怀疑，但不要以貌取人。杨宇说，你懂个屁，面相是门儿大学问，有人一脸窜天的劲儿，百分百憋着坏呢。

陆飞说，差不多得了，就说现在该咋整？魏雨桐说，尸检还没完，这么等也不是办法，就按我昨天说的，沿河向上排查。另外，让队里联系辖区派出所，看看近期有没有报失踪的。杨宇说，外边大雨，能不能等等？陆飞问，等啥？等退休吗？杨宇说，你说话也太损了。陆飞说，你去办公室抽人，顺趟告诉小刘，让他联系派出所，我和雨桐在楼下等你。杨宇说，魏雨桐，你去办公室抽人，我和陆队在楼下等你。陆飞说我叫你去！杨宇说，好你个重色轻友，行行行，我去。

陆飞和魏雨桐穿雨衣来到楼下，区分局的小院儿格外宁静，门房打更的李叔坐在屋檐下，喝着茶，点着烟，一副心事重重的样子。陆飞的白色朗逸停在警车旁，这是二姐去年买的车，现在浑身是伤，不久前抓一诈骗犯，车嘴啃了电线杆儿，上周才换的保险杠。陆飞二姐说，你姐夫豁命挣钱买的车，能不能别当碰碰车？陆飞说，二姐你好好坐月子，回头你告诉姐夫，这车跟我豁过命，我买了。二姐说，那你倒是拿钱呀？陆飞说，你跟妈要，她给我月供。二姐说，能往哪儿滚往哪儿滚！

陆飞来到车前，正准备和魏雨桐上车，却发现雨刮器压了一个小纸片。陆飞环顾院子四周说，这哪儿来的小广告？魏雨桐说，干吗大惊小怪，又不是头一回。陆飞说，早上来都没有，这胆子也太大了，广告都发到公安局了？魏雨桐说，别管了，快走吧。陆飞拨开雨刮器，拿起小广告正想丢，却发现纸片后头还有东西，翻开一看，竟是一张身份证。

他将纸片和身份证放在引擎盖上，魏雨桐也走了过来，两人一看，大惊失色。魏雨桐说，陆队，这好像是死者。陆飞说，不是好像。魏雨桐低声道，这是啥情况？陆飞抬头朝门房喊道，李叔，你过来一下。李叔掐了烟，进屋取了伞，一路碎步而来。

陆飞问，李叔，早上有外人来过吗？李叔说，有啊，有四个，三个来报案的，另一个是技侦组小朱他媳妇。魏雨桐问，谁靠近过这辆车？李叔说，哎呀，这我可没留神儿，车咋了？陆飞思忖道，雨桐，这是在挑衅吗？魏雨桐说，不好说。陆飞深深吸了口气，说，屎都抹人脸上了。魏雨桐说，也不一定，兴许是知情人不敢报案，所以用这种方式给咱们传递信息呢？

杨宇带了七八号人走了过来，他看到引擎盖上的身份证，口中默念道，莫达乃？哎呀！这、这、这不就是……？这哪儿来的？陆飞说，雨桐，你跟李叔去趟监控室，把今早院儿里的监控全都给我调出来。杨宇，让兄弟们先散了。杨宇问，这到底啥情况？陆飞摇头道，不知道，但我总觉着，这回是碰上硬钉子了。

陆飞和杨宇走进监控室，魏雨桐已经在监控里找到问题，她右手放在键盘上，左手指着屏幕说，陆队你看，今天早晨八点十三分，也就是你离开汽车的十分钟后，一个穿蓝衣服、黑裤子的人出现在汽车旁，他先蹲在车后头，又绕行到前侧，扒开雨刮器，放好东西又原路返回，看二号监控，他跑进停车位后方草坪，抵达院子东侧的围墙，最后翻墙离开。

陆飞问，李叔，这人你见过吗？李叔摇头道，没有，这人没从正门儿走。杨宇说，戴着帽子口罩，这是故意掩饰，不过从体型看，好像十来岁的生瓜蛋子。魏雨桐说，没错，他脖子上还戴着红领巾呢。杨宇说，翻过围墙是安定路，我去通知视侦组，让他们扩大搜索范围，顶多一个小时就能抓住他。陆飞说，别抓了，抓住也没用。杨宇瞪大眼睛问，为啥？魏雨桐说，既然知道了死者身份，那就排查社会关系吧。陆飞说，杨宇，名片和身份证都在，联系家属的任务交给你了。不过我提醒你，别给我磨叽！杨宇说，放心，一小时内完成任务。

十一点刚过，莫达乃家属来了，只有一人，是他爸。他爸是河口镇农民，肤色黝黑，瘦骨嶙峋，据说开农用车过活，平时拉猪载砖，难免风吹日晒。他穿着土黄色夹克，内衬德国队球衣，胸口挂了几滴辣子油。看到莫达乃的尸体，他着实哭了一鼻子，哭完就好了，鼻涕却管不住，眼神也特忧郁。都说庄稼汉子不易流露真情，可毕竟死了儿子，那难过劲儿一时半刻也过不去。

陆飞请他到办公室坐下，敬了烟，沏了茶，然后语重心长地说，您节哀。老莫说，警察同志，我家这娃咋死的？咋死这么惨哪？陆飞说，现在不好说，要等尸检结果出来。另外我得向您说声对不起，在没请您到场的情况下，我们直接对尸体进行了解剖，实在是因为案情重大，尸体又无时无刻都在变化，希望您谅解。老莫满手糙皮，擦着眼泪说，我理解，你们都不容易。

陆飞问，莫达乃还有其他家属吗？老莫说，他妈病了不能来，我还有个女儿，去南方打工了。陆飞问，莫达乃平时住哪儿？老莫说，应该在兰市，具体是哪儿我也不清楚。陆飞说，他不怎么回河口镇？老莫说，不爱回，一年顶多两三趟。陆飞点头道，您知道他在兰市做什么？老莫说，听过一点儿，好像在什么金融公司上班，还说挺来钱的。陆飞问，您知不知道他最近得罪过谁？老莫说，不清楚，他很少往家打电话，我们问啥，他也懒得说。

"他有没有女朋友，或者关系要好的女性？"陆飞问。

"前年领过一个，去年又不提了，我琢磨是分了。"

"叫啥？"

"叫小倩，不知道姓什么，前年过年见过一面，之后再没来过。"

"看来他和家里的关系不太好。"

"这娃不爱念书，我们也管不住，初中没毕业嘛，跟他大伯去东北学炒菜，回来又学修摩托，干啥都是三天打鱼两天晒网，一把年纪，没给家里贴补过。他和他妈经常吵架，闹得特别僵。"

"他最后一次往家里打电话，大概啥时候？"

"前天，前天下午。"

陆飞心头一惊："啥？前天下午？3月25号下午？"

"就是。"

"打给谁了？"

"给我。"

"您的手机吗？"

"对啊。"

"能不能给我看一下？"

"可以。"

老莫的手机不是智能机，小蓝屏，按键贼硬，上头的字儿都快磨掉了。陆飞翻看通话记录，这个叫"儿子"的号码的确出现在"已接电话"中，时间为3月25日下午四点二十七。陆飞问，电话是您接的吗？老莫点头道，没错，是我接的。陆飞急问，是莫达乃的声音吗？老莫说，对啊，就是他。陆飞问他跟你说啥了？老莫低头想了想，说，他问我身上还有多少钱，我问他要钱干吗？他说你给个痛快话，到底有没有。我说没钱，他说不可能没有，我说就是没有，他就挂了。

陆飞暗暗思忖，这咋可能？陈明道说莫达乃死了至少三天以上，从26号算起，莫达乃的死亡时间最迟也在23日黄昏，这又见鬼了不成？

陆飞笑问，大叔，您再好好想想，那听筒里的声音是莫达乃吗？老莫点头道，肯定是他。陆飞问，没听错吧？老莫咂巴着嘴道，听了半辈子，能听错吗？陆飞又看通话记录，问，这是最后一个电话？老莫说，是最后一个。陆飞将电话号码记录下来，然后用自个儿手机拨号，对方处在关机状态。

送走老莫，陆飞回到办公室，望着笔记本上那个电话号码，他百思不得其解。照理说，陈明道也是法医组骨干人员，在死亡时间的判断上，怎么会出现如此巨大的误差呢？他又想到魏雨桐说的话，单从尸体浮肿程度来看，根本不像在水里泡了三天的样子。就在此时，小刘推门而入，他神情慌张道，陆队，出事儿了！陆飞忙问，啥事儿？小刘说，这事儿有些突然了。陆飞眉头一锁，说重点！小刘抿了抿嘴说，老莫——莫达乃他爸，刚出大门，让人给打了。

陆飞目瞪口呆，啥？谁打的？小刘说，好几个人，打完就跑啦。陆飞问，他爸人呢？小刘说，送医院了。杨宇走来说，他大爷的，打人打到公安局了，陆队，这事儿必须管，再不管就窜天了。陆飞问，到底咋回事儿？怎么打的？杨宇说，一顿拳打脚踢，末了还飞一板砖儿，这眼里还有法吗？陆飞问，你看见了？杨宇说，我没看见，门房老李看见了，视频都录了。陆飞问，谁送医院的？小刘说，魏雨桐她们。陆飞说，杨宇，你把打人视频交给视侦组，我去医院，另外你去催一下陈明道，让他手底下快点儿。

2

老莫躺在病床上，脑勺儿贴了纱布，罩着网兜。魏雨桐站在床边，见陆飞进来也没言语，陆飞问她，咋样？严重吗？魏雨桐说，脑震荡，正晕着呢。陆飞问，说什么了？魏雨桐说，三个小年轻，问他莫达乃在哪儿，他说莫达乃死了，年轻人就打他让他说实话，门房老李喊了几声，那几位才散了。陆飞说，老莫也算证人，咱们有保护义务，我安排人看着，你跟我走。魏雨桐问去哪儿啊？陆飞说，去河边！

黄河两岸，烟雨朦胧。

二人来到发现尸体的地方，陆飞望着波澜滚滚的河面说，雨桐，你对啥事儿都冷淡。魏雨桐带着反问语气，"嗯"了一声。陆飞立马改口，不是，我的意思是，你遇事儿冷静、淡然，你捋一下，要是老莫25日下午接过莫达乃的电话，那就说明，莫达乃25日还在，抛尸时间就可能是25日天黑之后，咱们是26日黄昏发现尸体的，那你说，抛尸地点大概在哪儿？

魏雨桐说，离这儿最近的桥，向北三百多米，上世纪八十年代建的，过去走运沙车，现在废了，但桥在下游，可以排除。上游最近的桥是雁中大桥，距此一公里，桥上有监控，二十四小时车流不息。再上游还有三座桥，情况和雁中大桥类似，凶手要站在桥上抛尸，那就证明这人可能没脑子。

陆飞说，你在说杨宇？还是小刘？魏雨桐说，杨宇是脑萎缩，你放心，我已经让人调监控了，很快会有结果。陆飞问，说半天，也没说出个四五六啊？魏雨桐抬手一指，道，沿河向上半公里，有座废弃码头，过去停采沙船，现在无人看管，码头伸出河岸四五米，那儿应该是一个不错的抛尸点。再往上游一公里，是座水运码头，因为有船，监控密集，管理人员二十四小时打更，可能性很小。再往上都是水运码头，情况雷同。

陆飞思忖道，调查很细致。魏雨桐接着说，五公里外还有一个采沙船停靠点，同样废弃，去年被私人承包，盖了水上酒吧，可能性也不大。当然，假如凶手水性极佳，那就可以在河岸任一地点，游泳将尸体送入河心，如此一来，我们根本就无迹可寻。

陆飞点头道，这我想过，假如要是这样，那就抓瞎了。魏雨桐说，要不要去废弃码头看一下？陆飞说，有必要。

二人驱车，一脚油门便到了。

雾蒙蒙的码头上，站着一对年轻男女，男的得有一米七，女的少说一米八，二人身披雨衣，手牵手，一动不动望着河面。陆飞突然想起哪本小说里，好像有这样的殉情场面，但好像没下雨，女人比男人矮。他们身后，立着一辆二八自行车，挺新的永久牌，这东西实在少见了。

听到有人来，男女回头一看，好像也没在意，转头接着望河。

陆飞说大兄弟，站这儿干吗呢？雨怪大的。男的转身，视线在陆飞脸上扎了几秒钟，说，关你屁事儿。女的说，咱们走吧。男的说，你别管，只要你不和我分手，我今天盘死他。陆飞说，小伙子，你人高马大的，说话有没有一点儿逻辑？人家不分手，你盘死我，要是分了，你盘不盘？男的说，那我更得盘死你。陆飞说，哦，听来听去，你今天必须盘死我？

魏雨桐说，喂，正事儿要紧。陆飞四十五度仰望女的说，姑娘，赶紧走吧。男的下巴往前一顶，说，哎哟，来劲是吧？魏雨桐亮出警官证说，我们是警察，请二位赶紧离开。男的说，警察？哎哟喂，警察在这儿谈恋爱，我们就得挪地方？魏雨桐说，这儿死过人，我们要勘验现场，请马上离开。

男的一听这个，拉着女孩儿赶紧跑。

所谓码头，就是一块儿大铁皮，下过雨，到处脏兮兮的，垃圾也挺多，什么饮料瓶子、破布帘子、马桶撅子、酸奶罐子等。陆飞说，这雨一下，啥也留不住啊。魏雨桐戴上雨衣帽子说，走吧，根本没希望。

回去路上，二人找地方吃午饭，陆飞想吃牛肉面，可魏雨桐不吃面，二人便进了一家川菜馆，随便点了两道菜。京酱肉丝有点儿咸，魏雨桐说，赶不上我妈炒的。陆飞说，雨桐，你年纪也大了，是不是？我这年纪也大了，你妈又喜欢我，你看咱俩啥时候，对不对，把事儿给办了，省得大家操心嘛！魏雨桐说，我说了，我不想找警察。陆飞问，这到底为啥？魏雨桐说，抓紧吃饭吧。陆飞放下筷子说，还是因为叔叔吗？魏雨桐说，能不能不说了。

魏雨桐的父亲是老警察，牺牲那年，魏雨桐刚九岁。当年用刀叉死她爸的嫌疑人，至今没有归案。陆飞知道，这是魏雨桐心里的伤，将近二十年，那案子她一直放不下。陆飞想，还是不说了，婚姻这件事儿，随缘吧。

吃到一半，杨宇打来电话，陆飞问咋了？杨宇说你猜怎么着？陆飞说猜你大爷，有屁快放。杨宇说打老莫那人让我拎着了，不过就拎住一个，那俩开车跑了，这帮傻瓜，哪儿有监控往哪儿开，我马上过去抓。陆飞问，要我过去吗？杨宇说不用，我这儿满编，那小子我让人送回去，你抓紧审。陆飞说，成，那你注意安全。

回到警局，陆飞和魏雨桐直奔审讯室，那小子坐在铁凳上，嘴里哼着动力火车的《当》。见人进来，这哥们儿也不慌，搓了搓头发茬儿，换了首迪克牛仔的《有多少爱可以重来》。陆飞问，干啥，当这儿KTV呢？他说，你还别说，这儿音效挺棒，低音贼稳。魏雨桐问，叫啥名字？他说，李古一。

魏雨桐问，李古一，咱就别啰唆了，为啥打人？李古一说，你以为我想打？我也不想打呀，这老东西不说实话，我也是没办法。陆飞问，据说你们在找莫达乃？李古一说，没错。魏雨桐问，找他干吗？李古一说，不干吗，问些事儿。魏雨桐问，往清楚了说，啥事儿？李古一哑巴嘴道，这属于商业机密了，我不方便透露。

陆飞撇嘴一笑，还商业机密呢，小兄弟，都吃五谷杂粮，说人话。李古一说，没啥好说的，你们看，赔钱坐牢我随便，但我想问你们一件事儿。魏雨桐说，想让我回答，你也得回答我的问题。李古一说，行，那我先问，莫达乃是不是扣你这儿了？魏雨桐说，他死了。李古一往前一挺，大惊失色，啥？你别逗我，啥时候死的？魏雨桐说，这是第二个问题，换我问你，找莫达乃干吗？

李古一琢磨个中滋味儿，说，他手里有公司财产，好长时间没露面，老板怀疑他卷钱跑了，我们一直在找他。陆飞问，是三水大厦的"利呱呱"吗？李古一说，没错，该我问你了，这货咋死的？哪天死的？魏雨桐说，还在尸检，应该是他杀。李古一急问，那他随身物品呢？有没有钱包？钱包里有没有银行卡？陆飞说，裸尸，只有几疙瘩鹅卵石。李古一像撒了气的皮球说，这下完了。

陆飞问，你也是"利呱呱"的员工吗？李古一说，我就一收账的。陆飞问，你说莫达乃好长时间没露面，这好长是多长？李古一说，有一阵儿啦，不过据老板说，这哥们儿经常给他打电话，就是不露面，老板怀疑是缓兵之计，闹不好人早撤了。魏雨桐问，打电话说什么？李古一摇头道，这我不知道，老板也没说。

陆飞想了想，问，今天打人，你们老板也在吗？李古一摇头道，可能吗？老板稳坐钓鱼台，糙活儿都是我们干。陆飞问，你们老板叫啥名字？李古一说，李呱呱。魏雨桐说，莫老头被你们打坏了，你清楚吗？李古一说，姐，讲道理我们没下狠手。陆飞说，板砖儿都上了，还没下狠手？你再狠点儿得啥样？李古一说，真不算，平时……算了，那老头怎么了？魏雨桐说，住院了。李古一说，医药费我们掏，该赔钱我也赔，你现在能不能让我打一电话？陆飞问，打给谁？李古一说，老板呀！我得告诉他莫达乃挂了，让他来局子赎我呀！

魏雨桐说："这不用你，我们会代为转达，至于你，可能已构成故意伤害，去看守所等消息吧。"

"喂，不至于吧？"李古一说，"我才踹了三脚，这就犯罪了？"

陆飞起身道："小兄弟，家里有人吗？让他们给你寄点儿脑子，别成天顶个大气球，迟早得上天。"

3

杨宇抓人回来后，陈明道也出了尸检报告，下午三点多，雨没停，陆飞召集全队开会。小刘抱着脑袋直犯困，陆飞让他站着听，还说谁要缺觉立马回家睡，以后甭来了。

陈明道说，经过尸检，我发现这凶手实在不简单。陆飞说，别吹牛，不简单在哪儿？陈明道让同事把照片投在幕布上，手拿激光笔说，昨天在现场，我说其尸斑呈淡红色，而非寻常紫红色，说明其死后可能一直泡在水里。就普通情况而言，这个结论没有问题。但奇怪的是，在死者几处关节附近，存在明显的皮肤干裂。假如尸体一直泡在水里，这种情况一般不会出现。

魏雨桐问，所以呢？陈明道说，有同事怀疑，尸体可能被低温冷冻过，假如真是这样，尸体所反应的现象就全能说通了。陈明道按捺不住内心的亢奋，神采飞扬道，我解释一下，在人死后，尸体假如长期处在水中或冷冻环境，尸斑都会呈红色或淡红色，至于关节处的干裂，很可能是长时间冷冻后，凶手以外力所致。

陆飞问，确定吗？陈明道说，带着疑问，我们对尸体进行了冷冻特征检测，大伙看图片，这是死者颅骨的 X 光影像，我们可以清晰地看到，死者颅骨有多处线性骨折与凹陷性骨折。陆飞问，清晰？在哪儿呢？我咋没看见？

陈明道说，您将就看，我接着讲，其骨折处骨质及对应脑组织，没有发现相应生活反应。更重要的是，骨折处的头皮下软组织没有出血反应，这就明显区别于外力打击所致的骨折，符合冷冻特征。另外，尸体在冷冻后，体内红细胞会广泛破裂，也就是溶血反应，这个反应我们检测到了。所以综上所述，可以确定尸体被冷冻过。

陆飞问，那也就是说，凶手在抛尸前，尸体很可能一直处在冷冻环境中？陈明道说，没错。魏雨桐问，那死亡时间呢？陈明道说，冷冻环境在某些程度上抑制了尸体内部腐化，换句话讲，目前想通过尸检确定死亡时间，难度太大。杨宇问，还能比我脸大啊？陈明道说，比你的脸小一些。一位年轻警员问，大概时间总有吧？陈明道说，随便说个时间，不但对侦查毫无帮助，反倒会干扰侦查思路。

杨宇脸一沉，你昨天不是说死亡时间三天以上吗？陈明道说，那是预估，再说谁能想到凶手会这么做？陆飞说，那你说咋整？要不送省厅检一下，看看专家怎么说？陈明道说，您要不放心的话，我同意送省厅。魏雨桐问，那我问你，以你现在对尸体的了解，你认为冷冻多久会成现在这样？陈明道说，那要看温度，温度越低，时间越短，就这具尸体而言，我推测在零下十八度左右，冷冻时间至少要四天。魏雨桐问，一晚上有可能吗？陈明道说，从颅骨骨折程度来看，别说一晚上，二十四小时都困难。

陆飞说，这就怪了，25 号下午，莫达乃还跟他爸通过电话，26 号黄昏发现尸体，陈明道，你身高将近一米九，麻烦你给我解释一下，你让我怎么相信你？陈明道反问道，啊？不会吧？陆飞说，怎么不会？莫达乃他爸亲口说的，通话记录我看了，这有啥不会？魏雨桐说，算了，这个稍后再说，陈明道，还有其他发现吗？

陈明道叫人换图片，转头盯着幕布说，我们在尸体颈部的创口中，发现了盐基青莲和氧化蓖麻油。这两样东西同时出现，一般是在中性笔的笔芯里，它们是笔油的主要成分。从创腔来看，这处伤口应该是中性笔所致。魏雨桐眉头一沉，中性笔？陆队，这就奇怪了，怎么会是中性笔？杨宇问，是不是死后扎的？陈明道摇头道，不，是生前捅的，伤口有生活反应。魏雨桐说，陆队，出现多种类凶器，我怀疑凶手可能是两人或两人以上。陆飞点头道，一般凶手杀人，很少会使用两种凶器，这的确是个疑点。

陈明道又说，而且，尸体左大臂上的切创和其他部位的砍创，可能也是不同凶器造成的。砍创应该是菜刀、砍刀一类的凶器所致，唯独这处切创十分可疑，因为按照使用习惯，手持菜刀、砍刀去攻击，一般不会用切、刺这种动作，所以我认为这处伤口，可能是匕首类的锐器所致。

陆飞说，杀个人，居然用三种凶器，真是难以理解。魏雨桐说，陈明道，还有别的吗？陈明道说，有，通过解剖，我们发现死者的胃已排空，十二指肠内有腐烂的食物残渣，在这些残渣里，我们发现了西瓜籽儿。

魏雨桐拄着下巴，思忖道："西瓜籽？这就是说，他死前最后一餐肯定吃了西瓜？"

陈明道说："没错，最后一餐，大概在死前三到四小时。"

陆飞说："很好，我们只要确定他何时吃了西瓜，就能大致算出死亡时间。"

陈明道猛点头："没错，这是眼下推算死亡时间的最佳方法。"

杨宇说："那问题来了，我们上哪儿去打听吃西瓜这事儿啊？"

陆飞问："小刘，让你查莫达乃的通话记录，查了吗？"

"当然。"小刘说，"25日全天，莫达乃共拨出六个电话，上午三个，分别打给了周科义、吕海滨、赵鼎，下午三个打给了李呱呱、周小倩、莫红军，莫红军是莫达乃的父亲，这个电话，是他最后一次通话。"

"周小倩？"陆飞说，"不知道是不是老莫说的小倩。"

魏雨桐说："一查便知。"

陆飞说，那就甭废话了，杨宇，你带人去查上午三个人，我带雨桐、小刘去查周小倩和李呱呱，切记，凡事儿都往细了问，现在出发。

小刘开车，陆飞坐副驾，魏雨桐靠在后排，静静望着窗外。雨更大了，陆飞面前的景象随着雨刮器的摆动忽明忽暗。在一个红绿灯口，他接到欧阳健的电话，欧阳健他干吗呢？他说在查案。欧阳健说，钱收到了吗？陆飞说收到了，昨天没生气吧？欧阳健笑说，至于吗？咱俩啥关系？在你眼里我心眼儿就那么小啊？陆飞说，反正也不大。

欧阳健问怎么样？案子有进展吗？陆飞说有那么一丁点儿。欧阳健压着嗓门儿说，啥进展？查到身份了？陆飞说查到了。欧阳健问咋查的？陆飞说，还能咋查？就那么查呗。欧阳健说，哦，查到就好，这人干吗的？陆飞说，小贷公司的，估计是架高炮的。欧阳健问，啥叫架高炮？陆飞说，高利贷嘛。

欧阳健沉默片刻，问，死亡时间确定了吗？陆飞说，欧阳，咱回头再聊，我这儿一地烂摊子，忙得心急火燎的。

陆飞攥起手机，小刘转头问，陆队，这谁啊？陆飞说，我一铁磁儿。小刘拧着方向盘问，他跟案子有关吗？陆飞说没有，他是写小说的，悬疑推理那一类，经常跟我要素材。小刘点头道，厉害呀，您还认识小说家呢。陆飞说，写了六年多没弄出一个名堂，成天待在小黑屋里，吃饭都是问题。

　　小刘有点儿惊讶，啊？这不行吧？这不魔怔了？陆飞点了支烟，摇下车窗说，劝他出去上班，说把写作当一爱好，根本不听劝。小刘问，你大学同学呀？陆飞说，读研究生时的兄弟。小刘说，妈呀，我要有这学历，早去北上广啦。那他就打算一直写下去？陆飞叹息道，难说。

　　魏雨桐说，算了，这是人家的选择，你管不着，但我要提醒你一件事儿？陆飞问什么事儿？魏雨桐握住前排座，欠身道，咱侦办完的案件你可以告诉他，毕竟小说会添油加醋，一般不会伤到当事人，至于正在调查的案件，我希望你不要透漏太多，我总觉得这样不妥，也不合规矩。

　　小刘说，没错，我也这么想，现在网络多发达呀，万一你这朋友脑子热，全给捅出去，那可就麻烦了。陆飞点头道，行，记住了，谢谢你们提醒，我一定改正。

　　汽车驶入东湖路一片小区，魏雨桐再次联系周小倩，确认楼牌号，三人便打伞走去。敲开防盗门，周小倩露出半张脸，她肤色很白，白得像纸，脸型像菠萝，说不上圆，也谈不上方。一头长发散在肩上，栗子色，滚着大波浪。身上裹着一套粉色睡衣，穿的花拖鞋。她声音十分慵懒，问道，是警察吗？陆飞说，没错，刚刚和你联系过。周小倩又问，有执照吗？陆飞说没执照，有警官证。她说看看呗。魏雨桐亮出警官证说，放心了？周小倩拉开大门说，进来吧，门口有塑料袋儿，套鞋的，地板不值钱，我怕脏。

周小倩请他们坐沙发，自己坐在电视柜上，点了支烟说，下大雨，估计也不渴，我就不给各位泡茶了。陆飞笑道，说话挺干，那我也直接点儿，前天下午莫达乃是不是给你打过电话？周小倩跷起二郎腿说，没错，下午三点多，我正睡觉呢，净扰人清梦。魏雨桐问，我怎么听着，你和他关系不大好呢？周小倩一声冷笑说，不是不大好，是压根儿没关系。

陆飞问，你们处过对象，没错吧？周小倩说，对啊，早分了。陆飞问，为啥？她说，这人到处拈花惹草，我心眼儿再大也不容他。陆飞问，你什么职业？她说，酒吧调酒，有时候也陪酒，别瞎想，我挺纯的。魏雨桐问，莫达乃打电话都说什么了？周小倩，问我要钱，臭不要脸的。陆飞问，能把通话内容复述一遍吗？

周小倩把烟灰弹在手心，想了想，说，他问我干吗呢？我说睡觉呢。他问我银行卡上有钱没？我说去你的吧。周小倩不说了，陆飞问然后呢？她说，没了。

魏雨桐问，他平时跟你联系吗？周小倩说，根本不联系，得有一年多了。魏雨桐又问，见面吗？她说，半年前见过一回，他去我那儿喝酒，领了一个雏儿。陆飞问，你认识吗？她说，除了人民币，我现在谁都不认识。

第六章：消散

1

从李古一的暴力行径中可以看出，这家"利呱呱"小贷公司，绝非啥善茬儿。而他们老板李呱呱，怕也不是省油的灯。陆飞等人一进公司，看到前台坐俩女孩，其中一个站起来，面带微笑问，各位办什么业务？魏雨桐嘴还没张，便听隔壁屋里几声哀号，小刘问，是人吧？陆飞问女孩，里头干吗呢？女孩说，先生，您办什么业务？陆飞说，我问你，里头干吗呢？

女孩没回话，隔壁又几声哀号，这次听得真，好像是个女人。魏雨桐向那扇门走去，女孩提高嗓门儿问，你们想干？小刘看她跑出前台，立马掏出警官证说，警察，给我安静站着。女孩望着小刘的照片，有点发蒙。

魏雨桐推开大门，见这屋挺大，约莫四十来平，南面有张办公桌，一个方脸男人坐在桌子后头。看魏雨桐进来，他眼睛一绷，手里的烟卷微微一颤，划出一个烟圈。东面靠墙放着两个大铁笼，半人高，一个长发女人蹲在笼子里。面前站一男的，人高马大，黄茬儿头发，脖子上带刺青，满胳膊爆青筋，一看就力气贼大。他手拿一个电击器，盯着魏雨桐，"噼里啪啦"地按着，似乎在说看清咯，大爷我带电呢。

魏雨桐二话没说，一脚侧劈过去，直踹男人裤裆，脚面儿的感觉从柔软迅速达到僵硬，魏雨桐心里明镜儿似的，这脚力度好像没把持住，许是过了。那人吃了一脚，身体向上一蹦，眼珠子都快冒出来了。他很自然地丢下电击器，双手捂住"小兄弟"，缓缓跪下来，嘴里叽里咕噜的像在念佛经。

陆飞说，雨桐，能不能收敛点儿，说过多少回，这招别老用，爱上瘾。魏雨桐说，不好意思，我看他浑身肌肉，一时找不出弱点。陆飞蹲下来，拿起电击器看了看，然后端着男人下巴说，哥们儿，这东西是管制物品，你不会不知道吧？坐在办公桌后头的男人起身问，你们都谁呀？魏雨桐亮出警官证说，警察，先给我坐下，待会儿再找你。

笼子里的女人趴在栏杆上，流着眼泪说，警察同志，快救救我。陆飞见铁笼挂了锁，摸着大力男的脑勺儿问，兄弟，钥匙呢？大力男往地上一躺，闭着眼睛，眉头紧锁道，不行，先让我缓一会儿，我感觉要死了。魏雨桐问方脸男，你是李呱呱吗？方脸男神色慌张道，是，我是。魏雨桐问，钥匙呢？李呱呱说，在我桌上。魏雨桐喊道，哪儿呢？李呱呱连忙从桌上拎起一串钥匙说，这儿呢。

陆飞给大力男上了铐子，魏雨桐则打开铁笼，将女人扶出来，问，他们为啥把你关笼子里？女人说，他们逼我卖房，我不卖，他们就把我关笼子里，还电我。魏雨桐问，为啥逼你卖房子？女人说，我在这儿借过钱，借了两万，还钱那天找不到他们，第二天他们找来说我违约，叫我赔违约金十万。我没钱，他们叫我卖房子，叫我低价兑给他们。

李呱呱说，警察同志，您别听她胡说八道啊。魏雨桐，你给我闭嘴。陆飞问，大姐，您在这儿被关多久了？女人说，昨晚就在这笼子里睡的觉，他们开空调，冷得根本睡不着。陆飞跟女人说，大姐，我看外头有沙发，你先出去歇一会儿，稍后带你回局里做笔录。魏雨桐喊道，小刘，联系队里，让他们抽辆车来。小刘在门外回话，说，知道啦。

女人出去，魏雨桐关上门，转头问李呱呱，知道啥叫非法拘禁、故意伤害、敲诈勒索吗？李呱呱说，警察同志，我这是合理讨债，也是被逼无奈呀。陆飞手里的电击器噼啪作响，被逼无奈？来来来你过来，我也无奈啊，你让我也电一会儿。李呱呱满脸堆笑，我糖尿病，这我扛不住啊。

陆飞说，别装蒜了，你派去要账那三位全让我提了，现在又拘禁伤害，说白了，你这就是黑社会，你是黑社会头目，法官要看你这满脸疙瘩不顺眼，张口就是死刑，知道不？李呱呱说，大哥，我知道错了，你放我一马，兄弟我知恩图报的。

陆飞往办公桌上一坐，说，我的态度取决于你的态度，清楚吗？李呱呱说，我的态度？我没态度，您啥态度？魏雨桐把手铐往桌上一丢，自个儿戴，会戴吗？李呱呱点头说，会，这我戴过好几次。陆飞问，莫达乃是你这里的员工吗？李呱呱戴上手铐说，对，他是二经理，他是不是让你们扣下了？魏雨桐说，问什么答什么，废话不要讲，啥叫二经理？李呱呱说，就是大总管，公司二把手。陆飞问，他前天下午是不是给你打过电话？李呱呱说，对，打过。

陆飞问，说啥了？李呱呱说，他问我在哪儿，我问他在哪儿，他说明天回公司交账，我问他经常关机，是不是打算卷钱开溜，他说有笔账可能要打水漂，我问哪一笔？他说别担心，玩命都得要回来。然后就挂了。

魏雨桐问，之后再联系过吗？李呱呱说，没了，之后就一直关机，第二天我派人去找他，去河口镇，我估计他在家，可派去的人跟我说，他家只有他爸妈，根本没见他。我让他们蹲点儿，他爸去哪儿跟到哪儿，后来就跟到公安局了，他们说把人打了，我让他们出去躲几天，大概就这样。

陆飞问，你最后一次见他是啥时候？李呱呱想了想，哎呀，好些天了，少说一个星期没见他。陆飞眉头一锁，问，这么久？你没蒙我吧？李呱呱说，我哪敢呀？魏雨桐问，他这么久不来公司，你不觉得可疑吗？他说，当时也没想。魏雨桐又问，那你仔细想想，最后一次见他是啥时候？李呱呱说，我想想啊。

躺在地上的大力男说，3月17日下午，那天我爸在医院割痔疮，莫达乃跟我说，痔疮割了，肚里的元气就飞了。李呱呱说，对，就那天下午，他来我办公室说，火车站西路新开一家自助餐，啥都有，问我去不去。我说不去，他说那他自个儿去，还说晚上去要账，要完去洗浴城，问我去不去，我说不去，他就走了。

陆飞瞥了魏雨桐一眼，问，几点走的？李呱呱说，下午六点多。陆飞问，那是你最后一次见他？李呱呱说，没错！那天晚上，我老婆跟我闹离婚，气得我就想洗荤澡，我打电话给莫达乃，这家伙一直关机啊。

魏雨桐问，后来呢？李呱呱说，后来就开始玩失踪，两天没见人，电话也关机。说实话，我都急坏了，他拿我一百多万，我都吓出尿分叉了。大力男说，唔，我好像也快了。李呱呱说，直到3月19号晚上，他才给我发短信，说他手机坏了。我问他为啥不来公司，他说他妈病得挺严重，要在河口镇待几天。我打电话，他不接，他说家里有人不方便。我这人仗义，许他在家蹲几天，后来断断续续有联系，直到前天又消失了，我才派人去找他了。

陆飞思忖道："17日下午？他说的那家自助餐，具体在哪儿？"

李呱呱摇头道："不清楚，只知道在火车站西路，新开的。"

"他说吃完去要账，怎么要？转账还是现金？"

"现金，要账只要现金，尤其是违约金。"

"为啥？"

"怕人报案呗，现金不留痕迹嘛。"

"挺鸡贼啊，问谁要你知道吗？"

"稍等一下。"李呱呱点开面前电脑，看了半天说，"3月17日，莫达乃负责两笔账，海龙新居的赵雪兵，鑫雅苑的李泽。"

魏雨桐问："这两人啥情况？是正常还贷，还是被你们敲诈勒索？"

李呱呱眨了眨眼："敲诈勒索。"

"有合同吗？"

"有，都在我抽屉里。"

"知道莫达乃平常住哪儿吗？"

"知道，他住玄武路的天北小区。"

陆飞说："写在纸上。"

"成。"李呱呱边写边问，"警察同志，我还是想问问，莫达乃到底怎么了？"

"死了。"

"啊？"李呱呱跳了起来，屁股像戳了钉子，"那、那、那我银行卡呢？"

"不见了。"

李呱呱一听这个，彻底软了。陆飞说，还想钱呢，年三十监狱吃饺子，要钱有用吗？退一万步讲，就你那非法所得，追回来也没收，明白吗？李呱呱说，您这一说，我好像舒坦多了。

警车来后，"利呱呱"的人全被带走了，大力男是三人合力抬出去的，出门前他给魏雨桐说，妹子，我想和你交朋友。魏雨桐没搭理。陆飞说，兄弟，喜欢受虐是情调，故意找死就不对了。

陆飞让小刘带铁笼里的女人回局里，做笔录。小刘问你们去哪儿？陆飞说，我们去找西瓜籽儿。雨还在下，天色更暗了，三人在楼下分道扬镳。魏雨桐来到车前，收了伞问，要不要喝杯奶茶？陆飞说，你先上车看看那些合同，我去买。魏雨桐说，不要珍珠，要椰果。陆飞说，椰果不干净。魏雨桐说，珍珠更脏。

2

火车站西路有两家自助餐厅，一家老店，开了三年多，另一家开业不到两个月，名叫"香得很"，二人直奔这家。去的路上，陆飞握着方向盘问，雨桐，你认为老莫会撒谎吗？魏雨桐捧着奶茶说，他不像撒谎的人，这年纪的庄稼汉，一般不撒谎。陆飞说，我也认为八成是莫达乃在撒谎，那问题来了，莫达乃失联那两天，假如他不在河口镇，他会去哪儿呢？魏雨桐说，这是疑点，还有莫达乃身上不是没钱，他裹着公司一百多万，有必要跟周小倩要钱吗？

陆飞电话响了，是杨宇打来的，陆飞问啥情况？杨宇说，那三个人全向"利呱呱"借过钱，他们也承认 25 日上午，的确接过莫达乃的电话，通话内容基本一致，都是让他们准备利息，他晚上过去拿。陆飞问，就这些？杨宇说，都是蔫儿炮，半晌打不出一个屁，说是怕李呱呱报复，别的也没说。

撂下电话，陆飞说 25 日上午还在收账，第二天就死了，关键还断根手指头，这哥们儿到底碰见谁了？魏雨桐放下奶茶，从那沓合同里抽出三份，说，没错，吕海滨、赵鼎、周科义三人的还款日，的确是每月 25 号。莫达乃的社会关系并不复杂，每天面对的都是被他敲诈勒索的主儿，这些人被逼得走投无路，弄死莫达乃也不是没可能。

陆飞问，你怀疑凶手在这三人当中？魏雨桐说，可能是一个，也可能是几个，不好说。陆飞想了想，假如莫达乃死于 25 日下午或晚上，他身上的冷冻现象如何解释？陈明道说过，一晚上的时间，颅骨骨折很难达到那种程度。魏雨桐说，实际上这案子还有很多疑点，慢慢来吧。

赶上饭点儿，自助餐厅十分热闹，陆飞和魏雨桐进门时，大堂里坐满排号的人。一个男的给一女的说，今儿我请客，放开吃，好不好？陆飞想这自助餐放开吃，那不得吃住院咯？

女服务员问陆飞几位？陆飞亮出警官证说，警察，麻烦叫一下你们老板。女服务员点头说好的，二位稍等。趁这时候，魏雨桐走进用餐区，在取餐的长桌上看到了黑籽儿西瓜。

老板姓查，矮胖身材，年龄约莫四十岁，满脸红疙瘩。他以为陆飞是来查消防的，又赔笑，又敬烟，陆飞说不查消防，也不查别的，叫他别紧张。老板问，那我能帮您干点啥？陆飞望着头顶的摄像头说，你们这儿监控能存多少天？查老板说，少说也得一个月。陆飞说，你这儿有移动硬盘吗？查老板说，有啊，我有好几个。魏雨桐说，这样，您把这段时间的监控视频给我拷一下，硬盘我让同事送回来，您看行吗？查老板小声道，这倒没问题，但我有个要求。陆飞问，啥要求？查老板说，我那硬盘里都是爱情动作片，能不能让我先拷回电脑啊？陆飞笑说，那没问题！

晚上回到队里，视侦组还在盯监控，陆飞买了一包眼药水，人手发一瓶，说不够还有，放心使，用劲儿使。杨宇给陆飞说，哥几个眼瞎之前，能不能吃盘你的小龙虾？陆飞问，饿了吗？杨宇说早饿了。话音未落，小刘拎着两箱方便面进来了。陆飞说，兄弟们，方便面我请客，大家放心吃，使劲吃，千万别拿自个儿当外人。杨宇定睛一看，发现小刘还拎着一袋肯德基，便说，你们吃方便面，我吃汉堡包。陆飞说我看你像汉堡包，这是给女同志备的。杨宇舔了舔舌头说，好你个陆飞，重色轻友。小刘说，杨哥，你放心，方便面是你爱吃的老坛酸菜。杨宇说，滚犊子。

2014 年 3 月 28 日上午十点钟，刑警队会议室座无虚席。借助自助餐厅及周边主干道监控视频，大伙梳理出以下几点：第一，3月 17 日下午七点三十八分，莫达乃的确出现在"香得很"自助餐厅，他身穿蓝夹克，黑长裤，白色休闲鞋。吃了不少烤肉海鲜，接着又吃蛋糕水果，至关重要的是，他吃了不少西瓜，且狼吞虎咽；第二，莫达乃离店的时间为八点四十三分，出门前他和女服务员有个短暂交流，还摸人肩膀，明显有调戏的意味。女服务员立马向后避让，他才转身离开；第三，这是莫达乃最后一次出现在自助餐厅的监控里，也就是说，截至 3 月 26 日发现他的尸体，他没再去过那家店。众人怀疑，他体内的西瓜籽儿并非来自这家餐厅；第四，他离开餐厅后，沿火车站西路向西步行三百多米，最后一次出现在监控里，是在一家面馆门口。可以推测，他很可能在面馆到下一个监控之间打车离开了；第五，八点四十九分，莫达乃走过面馆，八点五十二分，两辆空载的出租车驶过下一处监控。在此期间，路上并未出现其他出租车，可以推测他可能是乘黑车离开的；第六，这三分钟内，驶过下一监控的私家车共五辆，通过监控追踪，发现其中一辆黑色桑塔纳一路向西再向北，于鑫雅苑小区附近调头驶离。今早联系车主，据他回忆，那趟车的乘客的确是去鑫雅苑的，而莫达乃当天的收账对象里，就有一位住在鑫雅苑；第七，莫达乃的行动轨迹就此中断，他到底有没有进入鑫雅苑，又是何时离开的，需走访才能搞清。

小刘问，现在咋办？魏雨桐手里不停转笔，说，首先要搞清莫达乃的行动轨迹，其次借款合同里的这些人，我认为有必要逐一排查。最后，视侦组继续在全市范围内寻找莫达乃的踪迹，因为目前尚无法排除劫财杀人的可能。陆飞说，没错，从 17 日起到 25 日，他应该收了不少账，身上可能有大量现金。杨宇说，我感觉吧，我昨天查过那三个人里，有一个就十分可疑。

3

陆飞问谁？哪儿可疑了？杨宇说，那男的叫赵鼎，平时给婚庆公司搬桌子，半年前向"利呱呱"借了一万，说买照相机，后来被李呱呱套路了，要还四万违约金。这哥们儿挺穷，跟我说话的时候压根儿不敢瞅我，我觉得他心里有事儿，手上汗津津的。我问他为啥冒汗，他说他糖尿病，我问他为啥不敢看我，他说他胆儿小，你说说这是不是心里有鬼？

陆飞说，雨桐说得没错，目前不能排除劫财杀人的可能，视侦组继续盯监控，一旦发现莫达乃的踪迹，立马通知我。魏雨桐说，接下来呢？陆飞说，杨宇带人去莫达乃的住处搜一下，切记，不要放过任何角落，假如没有意外，肯定能找到线索。另外，看看那小区有没有监控，没有就找邻居问，看看最近有谁见过莫达乃，最后见他是啥时候。杨宇点头道，行。

陆飞又说，小刘，你带人去海龙新居，监控也好，问人也罢，我要知道 17 日当晚，莫达乃有没有去过那儿。小刘说，放心，包我身上。陆飞点头道，好，那大家出发吧，雨桐，你和我去鑫雅苑。杨宇说，你可真会安排。

上午十一点半，天空雨后初晴。陆飞和魏雨桐来到鑫雅苑，这小区曾因地基下陷闻名遐迩，许多住户都以为自个儿买了豪华公寓，谁想却买了"楼歪歪"。一个住在三十二层的老太太跟记者说，她孙子有斜视，怀疑就这楼搞坏的，她要告开发商故意伤害。那段时间，维权住户和开发商闹得不可开交，不知现在有没有解决。

保安对陌生人显得有些谨慎，直到陆飞亮明身份，他才挑了车杆儿。陆飞说，这要走亲戚，您还不让我进啊？保安说，不是不让进，这小区最近闹贼。有一户保险柜让人撬了，听着都是翡翠大金条。你说偷就偷吧，人家偏不，末了儿还留一纸条，说佛祖带路劫富济贫。

你说说，现在这贼也太讲究了！害得我们这保安每人罚了二百块，气死个人。打那儿起物业要求，陌生人进出必须登记。

陆飞问，贼抓着了？保安说，抓个屁，现在这帮警察……也都挺厉害，抓几个毛贼那都不是个事儿啊。魏雨桐问，能把您的登记记录给我看一下吗？保安说没问题。魏雨桐打开记录，翻到 17 日那天，果然在到访信息里找到了莫达乃。

魏雨桐问，你们监控能保存多久？保安说，一个月。

二人随保安来到监控室，调出 17 日当晚的画面。九点二十一分，莫达乃随保安进入门房登记。陆飞问保安，这是你吗？保安说，对，那晚是我的班。魏雨桐问，你对这人有印象吗？保安说，有，他说他来找朋友。陆飞问，哪个朋友？保安说，C 座 1505 的李泽。魏雨桐转头道，对上了，借款人就是李泽。

莫达乃进入小区后，来到 C 座楼下，在电子门上输入号码，等了半晌推门而入。陆飞快进视频，九点三十四分，莫达乃走出 C 座大门，并原路返回离开小区。

陆飞问，这人是怎么离开的？步行还是打车？保安室，打车吧。魏雨桐问，黑车还是出租车？保安想了想说，不是出租，应该是黑车，他当时站在路边，离我挺远，我就瞅一大概，好像是一辆银色小轿车。陆飞问，朝哪儿走了？保安说，朝东。魏雨桐说，海龙新居在东面。

下午两点多，小刘回来了，走进陆飞办公室。陆飞问，说吧，查到啥了？小刘说，陆队，海龙新居监控没开。陆飞问为啥？小刘说，他们说小区刚交接，好多人没入住，监控是装了可一直没调试，开发商打算年底再启用。陆飞问，那你问保安了吗？小刘说，挨个儿问了，给他们看莫达乃的照片，都说没印象。

魏雨桐问杨宇，这些借款协议和违约责任书，都是莫达乃屋里找到的？杨宇说没错，全压在床垫下头。魏雨桐说，陆队，我大概看了一下，这应该是莫达乃背着李呱呱，自个儿偷偷放出去的高利贷。陆飞说，翅膀硬了，想单飞啊？魏雨桐接着说，这九个人里，有一个叫王咪的，还款日也是17日。陆飞问，住哪儿？魏雨桐说，合同上没地址，只有电话和身份证号。

就在此时，侦查组的小赵推门而入。陆飞问怎么样？小赵说，那司机对莫达乃有印象，据他回忆，17日当晚他的确在鑫雅苑门口拉过一个穿蓝夹克的男人，目的地是海龙新居。他把他放在了海龙新居对面的马路上。陆飞问，视侦组有没有发现莫达乃出现在其他地方？小赵说，目前还没有。

陆飞问，雨桐，海龙新居的借款人叫啥？魏雨桐说，赵雪兵。陆飞说，那合同上有他的联系方式吧？魏雨桐说，和"利呱呱"签的，信息都有。陆飞起身道，成，那咱走一趟吧？魏雨桐说，陆队，我觉得今天错了。陆飞眉头一挑问，啥错了？魏雨桐放下手里的合同说，今天去鑫雅苑，应该去李泽那儿看一看，虽说莫达乃是安全离开的，但并不能排除李泽的嫌疑，一个长期遭受敲诈勒索的人，犯罪动机显而易见，他完全可以跟踪莫达乃，实施报复。

陆飞说有道理。魏雨桐起身道，所以我建议，从现在起，我们要全面排查这些借款人，包括和莫达乃私下签过借款协议的。陆飞说，没问题，那咱们先从海龙新居的赵雪兵查起，你看怎么样？魏雨桐说，我们排查赵雪兵、王咪和李泽；杨宇和小刘，你们带人排查还款日在18日的那四个人，进度可以慢一些，但一定要仔细查。不出一个星期，就能把所有还款人筛一遍。

4

赵雪兵夫妇都很腼腆，也很客气，他们在东湖市场有家小店，经营母婴用品。据赵雪兵说，半年前丈母娘得病，生意又压货，资金一时倒不开，才向"利呱呱"借了钱。本想等资金回笼立马还了，没想却中了套。自己后悔，老婆也委屈，七万的违约金他们还了四万多，眼下只能缩衣节食。老婆过去出门习惯打车，现在连公交都不敢坐。

说这话的时候，赵雪兵的老婆一直在抹眼泪儿，她大眼睛，短头发，穿着一身黑色连衣裙，显得又瘦又小，皮肤又黄又干，似乎有点儿营养不良。

赵雪兵回忆17号那天夜里，他们准备好利息，一直在等莫达乃，无论多晚都得等。莫达乃是个臭流氓，要是敲门敲烦了，会用砖头砸，还往门上泼油漆，他们夫妻实在胆战心惊。可到半夜十一点多莫达乃都没来，他们第二天要早起，根本等不住，便给莫达乃打电话，想着他要不来，他们把钱送过去。但莫达乃的电话一直无人接听，后来他们等到凌晨，莫达乃还是不接电话，他们便睡了。

赵雪兵说，我一宿没睡好，就怕他敲门儿我听不着，紧张得要死。陆飞问，第二天也没来吗？赵雪兵说，没有，天刚亮我又打电话，他关机了。魏雨桐说，你们以后不用担心了，也不用再还违约金，"利呱呱"涉嫌敲诈勒索，人都抓了，也立案了。听到这话，赵雪兵差点儿哭出来，他握住陆飞的胳膊说，太好了，你们可办了件大好事儿啊，我要给你们送锦旗、送一面大锦旗，不，一面不够，三面、五面，你们墙有多大，我要挂满了。

陆飞笑说，不至于，这是我们该做的，但我得提醒你们，往后碰到这些事儿一定要报警，明白吗？赵雪兵老婆说，我们也想报，可莫达乃威胁孩子和家里人，说假如报警，孩子保管出车祸，就算他们蹲大牢也迟早报复。我们是真怕，这些个亡命之徒，谁敢惹呢？魏雨桐说，可以理解。陆飞说，不介意的话，能让我看看你们的房间吗？

赵雪兵问，为啥？陆飞说，莫达乃死了。赵雪兵十分震惊，啊？死了？陆飞点头说没错，被人杀了。赵雪兵眨巴着眼睛问，所以，我们现在是嫌疑人吗？陆飞淡淡一笑，不是这意思，只是例行检查，假如拿你们当嫌疑人，我不会和你坐在这儿一边喝茶一边唠，你说呢？赵雪兵转头看向妻子，妻子点了点头，他说，行，那你们看吧，卧室有点儿乱，我去开窗户。

从赵雪兵家出来，魏雨桐的直觉告诉自己，这对夫妇不太像走极端的那号人。他问陆飞有啥想法？陆飞说，房间都正常，谈话也没啥可疑之处，再说已经还了四万多，没道理再去杀个人。可眼下排除嫌疑，可能为时尚早，毕竟有些人撒谎，眼睛都不会眨。这地方没监控，谁知道莫达乃有没有来过？他要没来这儿，能去哪儿呢？汽车就停在小区对面，停那儿干吗？不就为来这儿收账吗？怎么又没收呢？魏雨桐点头道，没错，这都是疑点，你有啥打算？陆飞走到车前，拉开车门说，明儿让技侦组来再把房间扫一遍，你看如何？魏雨桐说，我也是这么想的。陆飞抬头望天，远山黄昏将至，他问，现在去哪儿？魏雨桐掏出手机说，先上车，我给王咪打电话。

汽车驶出海龙新居，王咪很快接通电话，魏雨桐说明身份、来意，她说再有半个点儿才能到家，魏雨桐问她住哪儿，她说住药厂家属院，魏雨桐心头一惊，说，好的，那我在小区门口等你。陆飞靠边停车，魏雨桐撂下电话说，她住药厂家属院。陆飞说，离这儿不远啊！魏雨桐说，就在海龙新居南边，不到半公里。陆飞点头说，我知道，我一朋友住在那儿。魏雨桐问，谁啊？陆飞说，就那写小说的，你有啥想法？说说呗。

魏雨桐说："他没来海龙新居，会不会去了药厂家属院？"

"那他为啥要在海龙新居下车呢？"

"从海龙新居后门出去有条小路，直抵建设路。"魏雨桐盯着手机导航说，"右拐没多远就是药厂家属院，不知道这两三百米的路上有没有监控。"

陆飞说："去看看不就知道了。"

汽车行驶起来，很快便到了建设路，魏雨桐摇下车窗一路查看，发现这附近根本没监控。陆飞说，没关系，家属院肯定有监控，一查便知。陆飞将车停在小区门前，点开调频广播，一首婉转的英文歌后，主持人开始介绍当前路况，她说十分钟前，中心广场附近发生一起交通事故，四辆汽车连环相撞，所幸只有一人轻伤。在此提醒广大司机，天气闷热，务必慢行。

陆飞打开空调，一阵冷风迎面拂来，魏雨桐却关掉空调，陆飞问干吗？魏雨桐将手伸出窗外说，喜欢自然风。陆飞说，这才三月底，天气怎么这么热？魏雨桐说，我讨厌冬天。

陆飞知道，魏雨桐的父亲是在冬天牺牲的，他理解她。

陆飞眺望窗外，突然瞅见了欧阳健，他拎俩大饼正往小区大门走去。陆飞迅速下车，喊道，欧阳！欧阳健转头一看，满脸堆笑道，哎哟，怎么是你啊？

二人在车头前站定，陆飞说："干吗？晚上啃大饼啊？"

"嗨，只要能吃饱，大饼、鲍鱼没差别。"欧阳健看到魏雨桐，低声问，"这你相好吧？"

"别提了，人看不上我。"

欧阳健说："不会吧，你可是校草啊！"

"草个屁。"

欧阳健掏出香烟，二人拢火点上，陆飞问："最近咋样？小说有起色吗？"

"嗯，前天刚和一家出版社签了合同，第一本马上出。"

"行啊！这就算出道啦。"

"将就过吧。"欧阳健问,"哎?你们来这儿干吗呀?"

"查到一个人,来这儿问话。"

"跟黄河抛尸那案子有关吧?"

"我发现你就爱瞎打听。"

"你就说是不是吧?"

"没错。"

"我的妈呀,你的意思是凶手就在我住的小区里?"

"谁说凶手啦?我可没说啊。"

"谁啊?你给我提醒点儿,我以后得躲着走。"

"行了,赶紧回去啃大饼吧。"

欧阳健嘿嘿一笑:"成,待会儿去我那儿坐坐呗。"

"我看时间。"

"好,那你忙。"

"别搁院儿里瞎说去。"

"我知道。"

陆飞回到车上,魏雨桐问,这就是那作家朋友?陆飞说没错,研究生三年,睡下铺的兄弟。魏雨桐拄着下巴说,还挺帅的。陆飞问,看上了?要我介绍不?魏雨桐说算了,我对搞文艺的没兴趣。

天色渐暗,魏雨桐又打了一个电话,王咪说刚到家,请他们上楼。

5

敲开防盗门,魏雨桐亮出警官证,王咪微微一笑,请他们进去,还给他们沏了茶。乍看之下,这个短发女人并无异常之处,而且还有些性感。屋里的摆设十分整洁,能看到的地方,几乎纤尘不染,就是壁纸旧了点儿。她显得十分客气,说话也温柔,似乎一张嘴就能捉住人的注意力。她说天气热,绿茶里下了菊花,二位请用。陆飞笑说客气，您是做什么的？王咪说我在金店做导购。

"哦，在哪儿？"陆飞问。

"靠近西关十字。"

"很辛苦吧？"

"还好。"

魏雨桐问："王女士，你认识莫达乃吗？"

"莫达乃？"王咪思索了一下，"姓莫的人倒认识一个，但不知道叫什么。"

魏雨桐掏出一张身份证复印件，放在茶几上说："看看，是这人吗？"

王咪看了看，点头说："是他，他叫莫达乃？我一直叫他老莫。"

"你向他借过钱，对吗？"

"对。"

"那就怪了，你给他的借款协议上分明有他的名字，你怎么会不知道？"

"不，签协议的时候，他让我签哪儿我就签哪儿，也没多看，当时协议上没他名字，应该留空了，再说协议只有一份，他有我没有。"

陆飞沉思道："看来他不想让你知道他的名字。"

"可能吧。"

"为什么要向他借钱，他可是高利贷啊。"

"家里有急事儿，所以就借了。"

"你现在还的是违约金吧？"

"没错。"

"你不知道这是敲诈勒索吗？"

"知道。"

魏雨桐问："为什么不报警？"

王咪颔首低眉："不敢报，他威胁我的家人。"

"你的还款日是每月17日，没错吧？"

"没错。"

"本月17日晚上，莫达乃有没有来你这儿收账？"

"没有，那天晚上我等了很久，到凌晨一点多我打电话给他，他关机了。"王咪看向陆飞，双眼泪光盈盈，"之后我就睡了，我怕他又耍新花样，第二天就不停给他打电话，可他一直关机。"

"后来呢？"

"后来再没联系，我也不知道他去哪儿了，可心里一直挺害怕。"

陆飞问："本月25日晚上你在哪儿？"

"25日？"王咪说，"我有点儿忘了，稍等一下。"

王咪拿起手机看了看："应该和朋友出去喝酒了。"

"去哪儿喝了？"

"民主路的一家酒吧，离这儿不远。"

魏雨桐说："能把你这位朋友的联系方式给我吗？"

"没问题。"

魏雨桐递出纸和笔，王咪将一个电话号码抄下来，又写了一个人名。陆飞问，你一直住在这儿吗？王咪说，不是，搬来没几个月。陆飞说，新买的房子？王咪说租的。魏雨桐拿回纸笔问，您是单身吗？王咪拭去泪痕，笑说，不，我结婚了。老公和孩子住一起，但离我上班的地方太远，就在这儿租了一间，听说半年后会调岗，到时候再搬回家。陆飞点头道，你借高利贷这事儿，家里人知道吗？王咪摇头道，我没说。

陆飞起身，环顾四周说，介意我看看你的房间吗？王咪反问道，为什么？陆飞说，莫达乃死了。王咪眨了眨眼，她看了看魏雨桐，又看向陆飞问，死了？真的吗？陆飞说，没必要骗你。王咪问，那你们是在怀疑我，对吗？魏雨桐说，可以这么说，但也不全是，调查莫达乃的死因是一方面，排除你的嫌疑也很重要。王咪微微点头，好，那你们看吧。

陆飞和魏雨桐在屋里转了好几圈，查遍犄角旮旯，还重点看了冰箱，没发现异常之处。陆飞回到客厅，在电视柜旁的音箱上看到一顶棒球帽，标志是纽约扬基的队标，一个N，一个Y，米色帆布料，有点儿脏。棒球帽底下，压着一个透明的中性笔帽，陆飞立马想起陈明道说的，莫达乃脖颈上的创口应该是中性笔所致。

他问王咪，您这个笔帽是哪支笔的？王咪看了看，俯身从茶几下取出一支笔说，上次用完忘了合。陆飞说，您要不介意，我想把这支笔带走，您看可以吗？王咪将笔递给陆飞说，当然。

陆飞将笔塞进塑封袋，望着墙面说，这房东太不讲究，满墙都是蚊子，看着都恶心。王咪说，反正是短租，无所谓了。陆飞说那倒也是，行吧，我们就不打扰了，正好饭点儿到了，您抓紧做饭吧。至于莫达乃的钱您不必再还了，他这是敲诈勒索。王咪报以感谢，她将二人送至楼梯口，挥手作别。

走出楼门儿，陆飞给魏雨桐说，你去小区门口调监控，我去找朋友聊两句，十分钟后在停车位见。魏雨桐问，陆队长，现在是走朋访友的时间吗？陆飞笑说好久没见了，别的不干，就打一照面儿。

陆飞爬上六楼，敲了敲门，等了好久才听屋里传来脚步声。他喊道，欧阳，开门呀！门还没开，便听欧阳健说，欢迎光临！锁头一转，欧阳健露出半张脸，嘴里叼着半个大饼，笑呵呵地说，就你一个？陆飞说，否则呢？欧阳健问，妹子呢？陆飞说，想啥呢？那是我女人，能往你这儿带吗？欧阳健说，那你不早说，我还收拾半天，进来吧。

陆飞走进客厅，一股浓郁的泡面味儿扑面而来，屋里还算明亮，桌椅板凳却摆得乱七八糟。低矮的茶几上，笔记本电脑正在运转，风扇声一阵连一阵。陆飞问，成天就吃方便面呀？也不加根儿火腿肠？欧阳健推出一把旋转椅道，坐下，我给你泡茶。陆飞一看，这椅子又破又脏，便说，您这是丐帮帮主的头把交椅吗？欧阳健说，嫌脏啊，那你坐沙发。

陆飞走到阳台边，看窗台上放着一个望远镜，便问，欧阳，对楼那女人你认识吗？欧阳健拿着香烟走来说，哪女的？陆飞说就你正对面，五楼。欧阳健说，那女的挺漂亮。不是吧，你们是来找她的？陆飞接过卷烟说，你是不是经常拿望远镜瞄人家？欧阳健眉头一锁，瞎说，我这是看星星的，看银河系你懂吗？当然，偶尔也看看对面。

陆飞点燃香烟，深深吸了一口："你认识她？"

欧阳健愣了一下，笑说："说啥呢？"

"哥，你是不是我哥？"

"是啊！"

"那我就问你认不认识她，你听不懂啊？"

"我倒想认识。"欧阳健点烟，眯着眼儿说，"你介绍介绍呗。"

"真不认识？"

"哎，你啥意思？我成天待这儿写小说，都快自闭了，上哪儿认识人家去？"

"激动啥？"

"我激动吗？"

"紧张啥？"

"我紧张吗？"

陆飞一声冷笑："我问你，17日那天晚上，你有没有看到对楼那女人在干吗？"

"你当我干吗的？我有那么闲吗？"

"你好好想想，17日，17日那天晚上，她家有没有来人？"

"17日，我实在忘了，不过我每次看到她，她都一个人。"欧阳健弹着烟灰问，"喂，那案子跟她有关吗？"

"不好说。"

"你怀疑她？"

"有点儿。"

"为啥怀疑她？"

"也不算怀疑。行了，我就来看看你，手头还有活儿，我先走了。"

"啊？我寻思你要请我吃顿体面饭呢，这就走了？"

"改天吧，改天你言语，我请客。"

"说定了，你可别晃我范儿。"

"不晃。"

陆飞走后，欧阳健连忙跑到窗边，拿起望远镜看王咪，她在厨房炒菜，似乎没受多大影响。回到客厅，他心里一直嘀咕，陆飞为啥要问他认不认识王咪。这很奇怪，难道他发现什么了？他把整件事儿从头到尾捋了一遍，根本想不出哪条线索能让任何人怀疑到他和王咪有关系。那陆飞是怎么了？难道在开玩笑？要是单纯开玩笑，会连问好几遍吗？而且问话的时候，表情又特别严肃，语气也神叨叨的，到底哪儿出问题了？欧阳健实在想不通，他劝自己别再胡思乱想，可心头仿佛挂了秤砣子，怎么都放不下。

陆飞回到车旁，看到魏雨桐正在等他，他问情况如何？魏雨桐说，小区监控只存七天。陆飞叹息道，这可咋整？魏雨桐拉开车门说，走吧，再想其他办法。

第二天，陆飞和魏雨桐找到25日当晚和王咪一起喝酒的朋友，证实了王咪说的话。她说王咪当晚心情不太好，喝了不少。陆飞又调取那天夜里民主路一线的监控，很快就搜到王咪的踪迹，她应该喝醉了，左摇右晃，嘴里不停说着什么。在监控盲区消失近半个点儿后，她才再次出现，沿路向药厂家属院走去，且一步一摇，幸好穿的是运动鞋，否则肯定摔跟头。

陆飞在民主路找到一位目击者，此人是一家小卖部老板。据他回忆，25日夜里闭店的时候，他的确看到一个女的，拎着酒瓶坐在路边唱歌，好像喝醉了，有点儿撒酒疯的意思。陆飞问那女人当时坐在哪儿？老板指了指路边的垃圾桶说，大概就在那儿。那个位置就在监控盲区，陆飞认为，她可能在那儿撒了半个点儿的酒疯。

中性笔的检测报告是第三天出来的，笔没问题，完全是一支正常中性笔。魏雨桐不放心，又追查了王咪25日之前的行动轨迹，均无异常。而且她上班从不迟到，下班也不早退，显得特勤奋。金店经理说，王咪是他那儿最优秀的员工，待人接物态度和善，工作细致从不出错，要说反常表现更是无从说起。

至此，王咪的嫌疑被基本排除。

第七章：幽灵

1

签售会正式开始，场面实在大。场中来了几家媒体，有记者问一老头，大爷，您是欧阳健的粉丝吗？大爷说我不粉，我就觉着这书有签名，闹不好得升值，你看我买了十本。记者问，大爷您可真幽默。大爷说，谁跟你幽默了？你记者吗？我问一下，我家下水让人堵了，物业不管，这事儿归你管不？记者说，那您联系电视台，我们是娱乐记者。大爷说，哦，那麻烦你让这作家快点儿，我赶着给孙子打牛奶呢。

欧阳健签售有自个儿的习惯，他不光签名，手边还有印章。他每签一本，罗欣就压个印儿。有读者希望他多写两句，有个女人说，欧阳老师，能给我写首诗吗？欧阳健写了一首"离离原上草"。他说，希望您像野草一般顽强。女人说，您太懂我了，我平时老哭，看广告都哭，您放心，往后我一准儿特顽强。

出版方觉得人太多，战线拉太长，便让工作人员把读者的书收上来，堆在一块儿让欧阳健签。收了三四十本上来，欧阳健挨个儿签，效率高多了。等书的读者全挪到右手，欧阳健签一本，罗欣递出一本，再由工作人员递给读者。

签着签着，欧阳健发现了一本奇怪的书，扉页写着三个大字"我知道"。笔迹很粗，黑色，字体接近正楷，有点儿书法的意思。欧阳健没多想，顺手翻开第二页，又是四个字"你三年前"。

欧阳健又翻一页，"做过什么"这四个字赫然盖在目录上。欧阳健有点儿慌了，手心有些冒汗，他又翻了好几页，后头啥也没了。他立马合起书，举目四望，在这些陌生的面容里，他找不出任何异样。罗欣问他怎么了？他说没啥，心里却在反复默念这句"我知道你三年前做过什么"。罗欣问怎么不签了？他说，你去、去给我拿瓶水，我渴了。

罗欣走后他沉住气，把这本书摞在旁边的椅子上，装着若无其事，该干吗还干吗。他下笔飞快，三年前那个深夜却在脑子里连轴转，他和王咪站在漆黑的河边，莫达乃的尸体像一坨生铁，河堤上一闪而过的人影，还有王咪离去的背影。他的目光不时投向人群，从左扫到右，从前扫到后，好多人都在看他，他感觉自己的眼神可能有些怪。罗欣回来后，将一瓶矿泉水递给他，他拧开喝了几口，拿瓶子的手有点儿抖。罗欣问他怎么了？他说没怎么。罗欣递出一张纸巾说，这屋里不热啊，您怎么满头大汗呀？他接过纸巾擦了擦，笑说，年纪大了，有点儿肾虚。

过了一个钟头，签售会进入尾声，欧阳健同读者们集体合影，这才落下帷幕。他手里一直拿着那本书，他在等人来取，最终却无人来要。和主办方话别，欧阳健和罗欣离开比目鱼书店，罗欣说要回工作室，有几个PPT在等她。欧阳健说我开车送你吧。罗欣说不用，我打车就行。

她看到欧阳健手里那本书，好奇地问："这谁的？"

"我送朋友。"

"工作室有好多，干吗拿书店的？"

"路上小心，我去开车了。"

"哦，那您慢点儿开。"

欧阳健抬手看表，时间是下午四点二十三，街上人挺多，气温高得不像话。他在书店旁边的小卖部买了一包中华烟、一盒口香糖、一个打火机和一瓶儿冰镇可乐，然后穿过马路，走向三水大厦。乘电梯到地下停车场，钻进自己的奥迪Q7，世界终于安静了，但他总觉得好像有人在某个角落盯着他。他拧开可乐，一口干了半瓶，连打四个饱嗝。可以想象，此刻他内心有多紧张，他一直盯着丢在副驾上的那本书，心里一团乱麻。

摇下车窗，点上烟，深深吸了一口，在尼古丁贯通喉咙、撑开肺叶的一瞬，他脑子突然有点儿飘。戒烟半年多，今天复吸，难免神情恍惚。他把脑袋放进靠枕，闭上眼睛，当年的画面赫然浮现，他似乎看到夜里的河水在眼前奔流不息，王咪站在旁边，问他刚才河堤上一闪而过的是不是人。他说可能是，但周围黑得抓瞎，想拍照根本不现实。虽然当时那么说，可心里还是有疙瘩，现在，担心的事情终于来了。

他伸手去拿那本书，电话却突然响了，是陆飞打来的。他轻轻"喂"了一声，陆飞说，大作家，我手头儿忙，签售会没去，实在不好意思。欧阳健说，你以为我多在乎你呀？陆飞哈哈大笑，知道你不在乎，所以才没去。欧阳健淡淡一笑，问，明儿有空吗？请你吃顿饭。陆飞说别太贵，随便吃点儿。欧阳健说行，茅台五粮液，选一个。陆飞说不喝酒，最近犯痔疮。陆飞笑说，好，那明天电话。

放下手机，欧阳健拿起那本书，他没再翻开，因为他不想再看那句话。他将烟头丢出窗外，把书丢回原位，系好安全带，一脚油门驶出三水大厦。

回到别墅，他把车挪进车库，离开时回头瞅了一眼，本想把书带走，最后还是放下了。这栋小别墅买来不到两个月，装修完没多久，油漆味儿若隐若现。他打开窗户，启动空气净化器，到卫生间接壶水，把窗台上的绿萝一一喂饱。远处，泛起一层晚霞，那颜色和莫达乃的伤口有点儿接近，这是他不由自主想起来的。

抛尸后不久，王咪从对楼搬走了，她走得毫无预兆，直到某天望远镜里出现一对陌生夫妇，他才知道她搬走了，此后再未谋面。他琢磨着，也许他和她之间的秘密，会永远藏下去，最后被带进土里。可今天那本书似乎正在让这种可能偏离既定轨道，至于朝哪个方向开下去，欧阳健毫无头绪。

他回到客厅，泡了杯茶，然后从书架上取了一本博尔赫斯。这本书他经常翻阅，边角磨得发白，对他来说，这本书有一定的安神作用。

他躺进沙发，看了两页就直打盹儿，脑子迷迷糊糊的，不知不觉就睡着了。他做了一个梦，梦到自己坐在火车上，窗外是黑夜，但头顶有星星。车厢里黑漆漆的，特别安静，有几个黑衣人在过道里来回走，他们没有小推车，不卖瓜子、饮料、八宝粥，他们手里拎着手铐，倒映出窗外的星光。一个黑衣人突然站定，对他说，喂，走吧，别逼我动手。他吓得不敢说话，不自觉朝窗口挪了挪。黑衣人又说，你干过啥，心里难道没数吗？黑衣人把手铐丢了过来，欧阳健一个哆嗦被惊醒了。他攀着沙发靠垫坐起来，大口喘气，半天才缓过劲儿，用手捋了捋眉毛，发现满头大汗。

窗外，太阳已经落山，花园里的路灯亮着，屋里隐约有点儿光。他拿起茶杯抿了一口，水凉了，又苦又难喝。把茶杯放回茶几，旁边搁着车钥匙，上头拴着王咪的钥匙扣，那个向日葵，如今只有一股橡胶味儿。

他把这个钥匙扣写进了《沉默的凶手》，在小说里，它不起任何作用，他不清楚为什么要写它，也许就是想写一个向日葵的钥匙扣吧。

夜里八点多，那个叫田思梦的美女主持人发来信息，问欧阳健咋一直没信儿。他把自家地址发过去，还说不好意思，刚订了一桌日本料理，快来吃吧。

2

田思梦是八点半左右来的，一进别墅，她就大呼作家是土豪。田思梦穿着玫红色连衣裙，质地丝滑，裙摆极短，黑丝袜从大腿根儿出来，越走越细，红色高跟儿鞋十分轻巧。她的脚特别小，也很瘦，有点儿骨感了。

田思梦问他要不要换鞋？欧阳健说不用，但你要不舒服，可以换。田思梦抬腿一甩，高跟儿鞋飞出三丈远，她摆着足球运动员射门儿的姿势说，哎，你给我换。欧阳健心弦一紧，笑说，没问题啊。她的脚有股淡淡的香味儿，类似于茉莉花，隔着黑丝袜能看到她涂了指甲油，玫瑰红。欧阳健握住她的脚，不知为啥，王咪的样子突然从脑海里一掠而过，虽然像闪电，却格外耀眼。

田思梦抬起脚尖儿，在欧阳健脸上蹭了蹭，欧阳健，你可真调皮。田思梦说，不好意思，我就想感觉一下，作家的脸是不是比普通人的烫。欧阳健说，烫？为啥烫？田思梦咯咯一笑，因为作家用脑子，电脑会烫，人脑不会吗？欧阳健给她换上拖鞋，坏笑道，我看你啊，就想让我闻你的大臭脚，对不？田思梦，说脚不香吗？欧阳健，香，都想啃一口。她说那你啃呀？欧阳健说先吃饭，回头慢慢啃。

二人走进客厅，田思梦在餐桌旁坐下，欧阳健家的厨房是开放式的，硕大的双开门冰箱嵌在壁柜里。他从冰箱取了一瓶红酒说，去年的波尔多，冰了一会儿，能喝吗？也有常温的。田思梦挂着下巴笑说，大姨妈刚走，能喝，不过吃日料喝红酒，味儿有些杂吧？欧阳健，没关系，反正不中毒，放心整。

酒过三巡，菜过五味，二人说说笑笑，气氛越来越好，就像老朋友。田思梦聊了许多自己的事儿，她前年刚毕业进电视台工作，有天聚餐被台长骚扰，她二话没说就给台长一巴掌，之后就辞了。后来半年没找工作，一直待在出租屋里，直到看了欧阳健的一本小说，她觉得那女主比自己惨多了，人生不该自暴自弃。她不断投简历，不断面试，现在进了广播电台，虽然做幕后主播，但也不错，最起码没人骚扰她。

　　欧阳健觉得这女人挺有个性，他问田思梦，你今年二十三，我都快四十了，干吗勾搭我？田思梦说，我崇拜你，我喜欢大叔，不行吗？欧阳健说，你快算了吧，这叫盲目崇拜，吃完我送你回家。田思梦说，你放心，我不会赖上你，我就是想跟你睡觉，我想看看你和我想的是不是一回事儿。欧阳健笑问，你咋想的？田思梦说，看过你的书，我觉着，你这人应该挺闷骚。这种人平时正经，一上床就疯了，我猜得对不？欧阳健说好像有点儿，疯倒不至于。

　　田思梦摇着杯里的红酒，一口喝干说，我有点儿耐不住了，你家床在哪儿啊，我先去脱了，你洗洗。欧阳健说别着急，再喝点儿。田思梦说，你为啥不结婚？要求太高吗？欧阳说我一个人挺好，干吗？你想嫁给我？田思梦说，我可不想毁自个儿，再说你这年纪，我爸妈不得杀了我？欧阳健点了支烟，笑问，抽吗？田思梦接过香烟吸了一口，呛得直咳嗽。欧阳健哈哈大笑，合着你不会啊？田思梦说，你看我像吗？像那种特不正经的女人吗？欧阳健说有点儿，但眼神不对，你眼神干净，我比你脏多了。

　　田思梦把烟还给欧阳健，问，假如我要嫁给你，你会娶我吗？欧阳健说，那你得说清楚，图人还是谋财。田思梦说图命，行吗？欧阳健问，啥意思？田思梦往椅背上一靠，笑说，干掉一个小说家，会不会一夜走红？欧阳健说，走红？有意思吗？哎，你不会真想弄死我吧？她说，那你老实说，你想不想娶我？欧阳健说，你喝大了。她说没大，我就想嫁给你，瞅你第一眼就想了。我就想当你老婆，让你在床上蹂躏我。欧阳健笑说，蹂躏你？就我这年纪，再过几年根本踩不动。

这天夜里，欧阳健啥都没干，田思梦喝高了，挨枕头就睡，呼噜声还不小。她像个孩子，虽然身体熟了，但思想还比较幼稚，欧阳健不想碰她，何况她喝醉了，更不能碰。他给她盖好被子，打开加湿器，空调开到合适的温度，转身下楼。

他将桌上打扫干净，盘子堆在一起，统统塞进洗碗机，然后沏了杯龙井茶，走到落地窗前。外边月色正好，草坪泛着一层雪花银，四周静悄悄的，许久无人路过。他回到沙发躺下，用手机浏览微博，国外一个教堂炸了，怀疑是宗教冲突。将近凌晨，他睡着了，迷迷糊糊又坐进那辆火车，然后又被黑衣人的手铐惊醒了。

他缓了半天，点了支烟，心想连续做同一个梦的情况，这辈子也没碰到过，这是咋了？难不成精神出问题了？田思梦的高跟鞋还撂在那儿，时间是凌晨两点三十八，手机里有条短信，是银行发来的，祝他生日快乐。他觉得自己心里可能担事儿了，究其原因，肯定是那本书害的。

他披上外套，在门口换了鞋，出别墅左转到车库，看着电闸门缓缓升起，他俯身钻进去，开灯。站在副驾门前，他犹豫了几秒钟，不清楚自己在想啥，好像是有点儿害怕。可事情来了，装作不明白也没用，事情总得解决。要是一直装着看不见，闹不好这人会变本加厉，后果难以想象。

他坐进副驾，迎着头顶灯，再次翻开那本书。我知道你三年前做过什么，他自言自语，你到底是谁？他把整本书翻了一遍，竟在最后一页发现一行小字，写着"WX 4762wodengni"，其中 WX 和数字有一丝间隙。欧阳健怀疑这是微信号，立马掏出手机，添加号码，果然搜出一个人，叫"我等你"。头像是一只蓝色行李箱，性别标记为男性，欧阳健思忖良久，颤抖的手指还是点了添加到通讯录，并在验证栏输入：你谁？

等回复的时间十分煎熬，他打开车载音乐，皇后乐队的《波西米亚狂想曲》。他望着中控屏，歌曲的中文歌词缓慢滚动，他突然发现，这歌好像在讲一个故事。歌词儿说，妈妈，我刚杀了一个人，用枪顶他脑门儿，我扣动扳机，他挂了。妈，这人生刚开始，我把它彻底毁了，妈，你别哭，假如明天这会儿我还不回来，你就当啥事儿没有。

他感觉这歌词像他写的，像在写他自个儿，他在脑海里找了些词汇进行替换，比如，妈妈，我刚看见她杀了一个人，她用菜刀剁他，我打开手机，他挂了。妈，我帮她抛尸，我犯罪了，这漂亮的人生刚开始，可在三年前或许已经叫我毁了，妈，你别哭，反正你住养老院，就算我回不来，你也有人照顾。

母亲突然提出去养老院住，是在去年夏天，那时满街都卖西瓜，她说，儿子，我一个人住烦了，切菜的手抖个不停，送我去养老院吧。退休工资不多，找家普通的，可能够用。欧阳健说，你来和我一起住，我照顾你。母亲说，你有你的生活，我有我的，咱住不到一块儿去。母亲去意已决，欧阳健根本劝不住，他把市里的养老院全都扫了一遍，挑了家最贵的，环境最好的。那天清晨，母亲把父亲的遗像塞进结婚时陪嫁的皮箱，自顾自念道半天。离开时，她不停回望老楼，热泪盈眶。她说她好像看到老公趴在窗台上抽烟，和往常一样，穿着跨栏儿背心，半个身子探出窗口，不时看看楼上的鸟窝，样子还特别年轻。

3

二十分钟过去了，手机杳无音信，在车里干等也不是办法，他决定回别墅睡觉。他想，既然这人留下联系方式，无非是有所图谋，自己也不必着急，他迟早会站出来。轻轻带上门，回到别墅的宁静，除了冰箱运转的声音，什么都听不到。他把田思梦的高跟儿鞋捡起来，转身放在鞋架上，离天亮还有三小时，远处高楼有几户人家的灯还亮着。不知道他们在干吗，是否也藏着未了的心事。

躺回沙发，欧阳健又看了几页博尔赫斯，这写得实在漂亮，"哦先生，没有必要在鸡蛋里找骨头，因为大家都知道该死的加利利地方长官拥有世界上最好看的蓝宝石。"说完这句话需要多大肺活量，欧阳健试了好几次，假如在"骨头"之后不喘一口，说完这句话的同时，会明显感到肾虚。

不确定是几点睡着的，醒来已经天亮，他没再做梦，好像控制做梦的机器让人关掉了。时间是上午九点四十六，脑袋有些沉，他起身看向鞋架，发现田思梦的鞋子不见。她可能去上班了，走得悄无声息。去洗手间撒尿，颜色像第二泡的红茶，他怀疑自己有些上火，想着待会儿要不要吃点儿牛黄解毒片。

回到客厅，他拿起手机，看到十三个未接来电，才想起和一位编辑约好去爬山的。他回电致歉，编辑说没关系，他打电话的意思是想说，有亲戚突然离世，叫他过去抬棺材，下次再约。欧阳健说死者为大，爬山事小，那你忙。

挂断电话，欧阳立马翻开微信，发现那人还没动静，这就怪了。按理说敲诈勒索这种事儿，情绪应该是炙热的、高涨的、迫不及待的，可他如此沉着冷静，像盘隔夜的拍黄瓜。

就在此时，欧阳健听到身后传来开门儿声，回头一看竟是田思梦。她拎着两个肯德基塑料袋。欧阳健笑问，你咋进来的？田思梦说，我知道电子锁密码呀！欧阳健问，谁告诉你的？田思梦说，你说是生日后六位倒序，网上能搜到。欧阳健说，你这么聪明，你妈知道吗？田思梦又甩掉高跟儿鞋，换上拖鞋说，你知道就行，别告诉别人。

田思梦精神焕发，化了淡妆，看来她昨晚睡得很香。她走向餐桌，把吃的码在面前说，愣着干吗？快来吃啊！欧阳健在桌旁坐下，打开一个杯子，里面的牛奶还在冒热气儿。田思梦把肩头的长发甩到背后，拿起一个汉堡包边吃边说，你的洗发水快没了，我买了一瓶。欧阳健问，你洗澡了？田思梦说，不然呢？欧阳健一愣，往嘴里丢了颗鸡米花说，睡死了，压根儿没听着。她说，你扯呼噜像河马。欧阳健笑说，把你吵醒了？她说，才没有，我睡得可好了，谢谢你。

田思梦想了想，又说我昨晚儿那样，你不会烦我吧？欧阳健说，当然不会。她问真的吗？欧阳健说，真的，我喜欢你那样。她嘴角一扬道，干吗不睡了我？装武林正派有劲儿吗？欧阳健放下牛奶说，我对醉酒的女人没兴趣。她说，不好意思，让你失望了。欧阳健说，别瞎琢磨，咱们可以做朋友。她一本正经说，我不愿意，因为我不缺朋友，我缺老公。欧阳健觉得好笑，咧嘴道，小妹妹，你爸妈会同意吗？她说，那我管不着，反正我要你，今天晚上你必须睡了我，至于娶不娶我你随便，我说过我不会赖着你。

欧阳健正在组织词汇，手机却突然亮了，他看到"我等你"三个字，心头不禁一惊。田思梦拈着一根儿薯条，指他手机说，谁啊？干吗不回？欧阳健若无其事，取出一根鸡翅说，出版社编辑，待会儿再看。她用纸巾擦手，然后拍打掌心，好啦，我要上班了，你呢？在写新书吗？欧阳健点头"嗯"了一声说，正在构思，我开车送你？她说不用，你好好吃，晚餐前联系。

出门儿前，她抱住欧阳健，踮起脚尖儿在他额头吻了一口，微笑离开。欧阳健望着她渐行渐远，他又想起了王咪，想起那天黄昏他敲诈王咪之后，她倔强的脸庞和瘦弱的身影。

回到餐桌旁，他赶忙拿起手机，点开微信，"我等你"已通过好友申请，现在可以聊天了。"我等你"没说话，望着干干净净的信息记录，欧阳健猜测，"我等你"正在等他。

"你是谁？"欧阳健先发制人。

约莫一分钟后，上方出现"对方正在输入"，欧阳健不禁捏了把汗，可过了许久，并无信息发来。

"说话！"欧阳健急说，"喂，有人吗？"

"你好，大作家。"对方终于回话，文字后带一个笑脸儿。

"你是谁？"

没有回答。

"你到底是谁？"

"我是谁有那么重要吗？"

"你想干吗？"

"书上的字儿好看吗？"

"还不错，看样子练过几年。"

又一个龇牙笑脸，"你三年前跟一个女人在河边做了什么？"

"接着说。"

"我问你呢！"

"我不知道。"

"你们往河里丢了什么？"

"丢了什么？"

"还跟我装大头蒜，看我头像。"

"咋了？不就行李箱嘛！"

"箱子里是一具尸体吧？"

欧阳健想了想："拜托，那是小说情节，你有病吧？"

"假如是小说情节，你会加我好友？"

"我喜欢和读者交流，这对我来说稀松平常。"

"既然如此，那我无话可说，至于你在河边干了什么，我有证据，你好好等着吧。也许一夜醒来，警察和媒体会把你那别墅围个水泄不通。想想吧，你会失去一切，之后臭名昭著，永不翻身。"

"想诈我？什么证据？有本事拿来看看。"

"再见吧。"

欧阳健连忙输入语音："等等，你想要啥？"

"哈哈哈哈哈，早承认不就完了，现在可好，我对你的印象糟糕透了。"

"说吧，你要多少？"

"河口镇南街 27 日，我在那儿等你，来时提前打招呼，我买菜招待你。"

欧阳健犹豫片刻，敲下五个字："好，不见不散。"

把微信切到后台，他连忙打开地图，搜索河口镇南街 27 日。从卫星地图来看，这是一个四方小院儿，扎在平房密集的城乡接合部边缘。向北两公里，黄河蜿蜒而过，他突然想起莫达乃，这家伙的户籍地好像也在那儿。大概不是巧合，世上没那么多巧合，他怀疑这人和莫达乃有关系，但具体啥关系，他猜不透。

"我等你"说的证据是什么东西？照片、视频还是录音？当时河边一片漆黑，他怎么做到的？是那个司机吗？

无数问题像胶水一样，在欧阳健脑子里黏糊糊地流动起来，搞得他有点儿缺氧的感觉。他冲了热水澡，刮掉胡须和腋毛，打了六遍沐浴露，三遍洗面奶。头发吹成侧背，剪了鼻毛。来到二楼卧室，看窗外万里晴空，他换了新内裤，穿起大短裤和 POLO 衫。下楼在工具柜里找了半天，翻出那把珍藏的瑞士军刀，这是半年前朋友送的，据说能杀牛。

上午十一点，他吃掉桌上最后一颗鸡米花，然后拿刀离开别墅，当他坐进奥迪Q7时，那本书仍放在副驾上。他用车载导航定位，河口镇南街，大概四十分钟后，他要用自己的方式了结此事。

他想，那个秘密只属于他和王咪，其他人不配拥有，也不许拥有。

4

在欧阳健印象中，他几乎没来过河口镇，这里远在城市边缘，是西出兰市第一镇。路上尘土飞扬，两侧荒丘上不时有羊群一晃而过，到处光秃秃的，欧阳健怀疑它们是吃土长大的。快到镇子时，一排大货车码在路边儿，兰市有规定，这时候不许他们进城。司机们搭着凉棚，有的抠脚，有的挖鼻，估计怎么无聊怎么来。

驶入小镇，道路立刻变窄。有些饭馆招揽生意，跑堂的手拿彩旗站路边挥舞，场面倒挺壮观。按定位来到南街，他将车停在一片荒地上，步行穿过马路，看到面前这家洗头房的门牌号是南街11号。门口儿站一大姐，穿着黑吊带，手里夹根儿卷烟，正意兴阑珊盯着一对狗子调情。

欧阳健说，你好，大姐。大姐转头一打量，扔掉香烟说，先进去洗洗，有香皂。欧阳健说，不是大姐，我就想问个路。大姐说，你早说啊，害我折了一根烟。欧阳健掏出昨儿剩的半包中华烟递过去说，您拿着，这烟有劲儿。大姐说，不用了，你去哪儿？欧阳健笑说，南街27号怎么走？大姐说，后头那条巷子里。欧阳点头道，谢了。

欧阳健绕到后街，找到二十七号，望着对开的绿色大铁门儿，心里着实有点儿慌。大门儿没锁，敞条缝，欧阳健轻轻推开朝里张望。这的确是进院子，四十来平方米，正北一间房，大门吊了珠帘，门口三级石阶，西面儿两间小屋，东南都是墙。院子西北放着几盆花，有盆儿冬青，绿油油的。东北有方水槽，上面有水龙头，石台上摆着两盆绿菜，好像刚洗过。

欧阳健掏出瑞士军刀，掰开刀刃在食指上轻轻一划，确认足够锋利，这才推门而入，顺手给门反锁。就在此刻，里屋传来脚步声，欧阳健将刀反拿，用手臂遮住刀身，向声音来的方向大步走去。刚到门口儿，卷帘里走出一人，欧阳健定睛一看，立马目瞪口呆。

"你来了。"她说。

"你？怎么是你？"欧阳健问。

"吃惊吗？"

欧阳健眨了眨眼："有那么一点儿。"

"拿刀干吗？"她问。

"哦，防身、防身用。"欧阳健合起刀刃，揣回裤兜。

"三年不见，潇洒多了。"

王咪显老了，头发也长了，随手扎着马尾，额头两侧垂了一绺。她素面朝天，欧阳健才发现她下巴上有颗美人痣，淡淡的，像画家没留神儿滴在边上的墨。她双手托着一个小篮筐，里头有苹果和干枣，枣子很大，八成是新疆货。

欧阳健笑说，不潇洒。这话一出口，他感觉自己有点儿不会说话了，照往常他肯定会说，何止潇洒？

王咪步下石阶，走向水槽，欧阳闻到一缕淡香，和从前一样，茉莉味儿。人总会变老，但香味儿不会，它就像一层滤镜，让欧阳健突然看到那个夜里，一个女人牵着他站在路旁，茫然地凝视远方。她样子变了，但眼神里的孤独却没少，甚至比以前更强烈。

王咪拧开水龙头，洗着苹果说，用这种方式把你叫来，挺不好意思,可我实在想不到别的办法,您现在是大作家,我怕给你添麻烦。欧阳健环顾四周问,干吗住这种地方?王咪说不好吗?欧阳说不是不好,感觉有点儿荒。王咪关掉水龙头,甩掉掌心的水说,你拿刀不会是想杀人吧?欧阳健说,我说了,防身而已。王咪托起篮筐说,进去吧,吃点儿水果,我给你泡茶。

客厅不大,铺了地板革,墙上钉了几幅油画,有田园星空,有向日葵和海洋。屋子远处有方桌和冰箱,当中放着茶儿,沙发显得很旧,电视机镶在墙上,大概三十来寸。白色的电视柜上摆着几本书,有一本欧阳健的《镜子恋人》。客厅西边还有间房,应该是卧室,黑漆漆的,只看到有个褐色大衣柜。

欧阳健坐进沙发,问道,你找我干吗?王咪端来一杯茶,然后坐在沙发另一侧说,我请你帮我一个忙。欧阳健问什么忙?王咪从茶儿的抽屉取出一张名片说,帮我把这个人骗到这儿来。欧阳健接过名片,口中默念,赵明远,欧德贸易公司总经理,找他干吗?王咪说这你不用管,别说是我找,骗来就行。欧阳健用名片指着地面说,骗到这儿?王咪点头道,没错。欧阳问为啥要骗?王咪说,假如他知道我在这儿,他肯定不会来。

"他是谁?跟你啥关系?"

"这与你无关。"

欧阳健丢下名片说,对不起,你啥都不说,我不会帮你。王咪起身道,你必须帮我。欧阳健反问,凭什么?王咪说,记得那把菜刀吗?欧阳健眉宇一锁,菜刀?啥菜刀?王咪淡淡一笑,我杀莫达乃的那把,忘了吗?当时放在卫生间的水台上,你抓过,上面有你的指纹、有你的细胞,这就忘了?欧阳健蹦了起来,神色慌张道,那天晚上不是丢进黄河了吗?王咪说我又不傻,那是另一把,至于这把,我当天就封存了。欧阳健说这么多年,指纹早化了,别想用那东西威胁我。王咪说，我还有别的。欧阳健问什么？王咪说，你规划抛尸路线的时候，我给你录像了。

欧阳健上前，双手奋力攥住王咪的肩膀，狠狠地说，你敢威胁我？你敢威胁我！王咪一把推开欧阳健，笑道，这滋味儿好受吗？是不是特舒坦？欧阳健愣了半晌，点头道，好，那咱们说开了，我当时诈你一万五，现在我十倍还给你，拿着钱赶紧消失，别再来烦我。王咪说，哎哟，果然是大作家，一张嘴就十倍，真的好有钱啊。欧阳健双手叉腰道，就算你手里有那些东西，那你想怎样？把我供出去？你能好吗？别忘了你才是杀人犯！

王咪说没错，人是我杀的，这我认，可我现在一无所有，我怕什么呢？你就不同了，熬了多少年终于功成名就，眼下住着大别墅，开的奥迪车，后宫佳丽也不少吧？你舍得让这一切化为乌有吗？欧阳健长长出了口气，说，我给你五十万，你赶紧给我滚！

"大作家，我不是你，没你那么下贱！"王咪冷冷地说。

"那你到底想怎样？"

"我说了，帮我把这人骗来。"

"好，我可以帮你，但我怎么相信你？"

"相不相信在于你，至少现在，你别无选择。我给你两天时间，要是做不到，那就玉石俱焚。"

"先别说这个，东西给我看看。"

"什么？"

"录像和菜刀。"

"给你看了，你把我杀了，然后把东西拿走？大作家，我没那么傻。"

回家路上，欧阳健越想越气，除了拍方向盘，他什么都干不了。可再一想，这结果也不坏，毕竟比起杀人，骗人根本不值一提。欧德贸易公司总经理赵明远，他和王咪到底啥关系？王咪给出的期限是两天，她为啥那么着急？欧阳健一头雾水，望着中控台上的名片，他开始在脑海里搜索一条细线，一条能牵到赵明远的细线。

第八章：魅影

1

欧阳健原本要去看画展，如今被王咪一摧残，根本没了心思。画家朋友问他怎么了？他说老妈身体不好，得过去瞧瞧。既是人之常情，画家也无话可说。

下午三点过些，他来到枫林路，停好车后走进一间茶楼。这儿环境不错，服务员也漂亮，一水儿的短旗袍，客客气气把欧阳健请上三楼。在东南角雅座里，他联系好的男人早在等他。这人西装笔挺，留短发，唇上一抹八字胡，大概修剪过，瞅着挺精致。

见欧阳健走来，他连忙起身，中指放在金丝眼镜上一顶，笑说，哥，来啦。欧阳健和他握手道，路上忒堵，快坐下。男人给服务员说，姑娘，这茶泡飞了，再上一壶，还要金骏眉。服务员说好，上前收了茶壶离开。

欧阳健说，赵森，哥哥这次有事儿求你。赵森说，哥，这话生分了，哥的事儿就是我的事儿。欧阳健欠身道，好兄弟，你不是在兰市商会做理事吗？赵森点头说没错！咋了哥，你想做生意？欧阳健掏出名片丢在桌上，你给看看，这人你认识不？赵森一看摇头道，没听过，欧德贸易公司，主营保险柜、高低床，这小公司吧？欧阳健说，能通过你们商会，把这人介绍给我不？赵森满脸不解，哥，不至于吧？你在作家里也是腕儿，这点生意，不值当吧？欧阳健笑说，谁跟钱有仇啊？我听这保险柜有市场，你帮我联系联系。赵森说，那你甭着急，我给你找家大公司。欧阳健说，就这个吧，我看过他的货，质量不错。赵森说行，既然你看好，那我明天答复你。

赵森去上卫生间，欧阳健望着手机里的王咪暗暗寻思，到底是怎样一根线，把他和王咪拴在一起？未来会发生什么？这段孽缘到底有头没头？算了，还是甭想了，在一个注定没有答案的谜题前，一切想象都是徒劳。

回到家，欧阳健把车停在别墅前，他没下车，只是摇开车窗点了支烟。闭上眼睛，他感觉自己又坐进了那辆漆黑的列车。窗外漫天繁星，黑衣人来回走动，这些都能看见，唯独火车要驶向哪儿，在何处停靠，他无从得知。

当天夜里，田思梦没有来，但她发短信让欧阳健好好吃饭，欧阳健觉着这姑娘太上赶着，八成是图钱。第二天清晨欧阳健早早起床，洗漱后去门口的面馆吃了一碗牛肉面。九点刚过，赵森打来电话，说联系到欧德贸易公司的赵明远了，他听有金主想入伙，格外乐呵，巴不得赶紧见面。欧阳健说，那现在怎么办？是我直接联系他，还是你居间介绍？赵森说，都成，我把你的情况大致说了下，他现在知道你。欧阳健说，行，哥存了几箱茅台，改天送一箱到你家。赵森说，哥，那我先谢了。

挂断电话，欧阳健走回别墅，在花园里拨通赵明远的电话，等待音响了三声，话筒便传来一声"你好"。欧阳健问，您是赵总吗？对面说没错，我是赵明远，您哪位？欧阳健说，我是商会理事的朋友，他应该说过，我叫欧阳健。赵明远说，哎呀！欧总，你好你好，很高兴认识您啊，赵理事说了您有实力，我可太荣幸了。欧阳健笑说，赵理事谬赞了，我就是手里有点儿闲钱，放银行亏得慌，看你保险柜卖得好，想着能不能入个股。赵明远说太能了，我眼下正打算在西区开个新厂房，银行贷款又下不来，缺钱缺得紧。

"那，赵总啥时候有空？咱们见个面呗？"

"没问题！您下午有时间吗？"

"有的。"

"那我给您发个地址，下午四点您过来。"

"这样吧，我有个朋友也想入伙，他下午约我在河口镇喝茶，您要方便，一起呗。"

赵明远满口答应，说他厂子离河口镇挺近，一定准时赴约。

回到客厅，欧阳健给王咪发微信说，人约好了，下午送过去。王咪说，好，我等你。撂下电话，欧阳健在沙发上睡了一会儿，醒来是两点半。他冲了澡，换上白衬衣和休闲裤，然后开车直奔河口镇。

下午四点不到，赵明远打来电话，说自己刚到河口镇医院门口。欧阳健问他是否开车，他说没有，打车来的。欧阳健说，你站着别动，我开车去接你。他问，您开啥车？欧阳健说，白色奥迪Q7。

刚到镇医院门口，欧阳健看不远处，一个穿黄色POLO衫的秃顶男人，手拿黑皮包正在朝他挥手。他身高不到一米七，肚子倒挺大，乍看之下像个大陀螺，感觉有点儿欠抽。眯缝眼儿上的眉毛若有若无，紫色大肥嘴唇，像中了武侠小说里的毒。汽车缓缓向前，他快步走来，开车上门。

欧阳健同他握手道，赵总久等了。赵明远拉开皮包，掏出一盒中华烟给欧阳健敬了一根儿，笑说，我也刚到，让欧总久等了。欧阳健打火点烟，摇下车窗说，赵总，那咱们边走边说？赵明远说，行啊，边走边说。

去南街的路上，欧阳健和他有一搭没一搭地聊生意，心里却一直在想，这家伙和王咪能有啥关系？夫妻？情人？还是兄妹？他真想立马问清楚，你到底跟王咪啥关系？

赵明远说赵理事在商界有神通，要能和欧总合作，再加赵理事提携，生意保管红火。欧阳健说这你放心，赵森是我兄弟，以后投标什么的，我全包了。赵明远咧嘴大笑，欧总大气、欧总大气呀！欧阳健又问，赵总，您结婚了吗？赵明远说，嗨，我都奔五的人啦，能没结吗？欧阳健点头说，跟您合伙做生意，有几个事儿我不得不问，您可别生气啊。赵明远说，你问，尽管问。

"您没啥恶习吧？比如赌博吸毒之类的？"

"欧总，这你放心，我这人板儿正，从不走歪门邪道。"

"嗯，这好，那你有没有情妇之类的人？"

"没有。"

"没事儿，咱都是男人，我也就问一下。"

赵明远想了想："哎呀……算是有一个，但欧总放心，她和生意两码事儿。"

"行！哪儿人啊？"

"广东人，在四川卖我的保险柜。"

"行。"欧阳健靠边停车说，"赵总，咱到了。"

二人下车，赵明远随欧阳健穿过马路，转眼便到了王咪门前。和上回一样，大门儿留着缝，院里看不到人。欧阳健推门而入说，赵总，朋友在里头，您请。赵明远走进院子，左顾右盼道，好啊，这院子真不错，您这朋友雅致得很。欧阳健锁上大门，笑说，您也喜欢院子呀？他说，楼房太憋屈，等明年效益好了，我按揭一套大别墅。欧阳健说，您里屋请。

2

看到王咪，赵明远当场蒙了，他转头问欧阳健，欧总，这你朋友？欧阳健反问，你们认识？王咪说，别演了，你先出去吧。欧阳健说，成，那你们聊，我在院儿里等。王咪说，不用等，你可以走了。赵明远瞪眼儿道，欧总，你耍我呢？欧阳健笑说别生气呀，你们慢慢聊。

欧阳健走出院子，总觉得情况不太对，他给大门儿留了缝，站在旁边的台子上抽烟。他掏出手机看了看，田思梦发来短信说，待会儿飞长沙出差，明天下午回来，给你带臭豆腐。欧阳健懒得回，只写了一个字儿，好。

小巷那头儿有人说话，欧阳健搭眼望去，是两个穿制服的警察，一男一女。他们正在跟一个小伙聊天，隔得太远，听不清楚。女警手拿笔和纸，好像在记录对话，没几分钟，他们朝欧阳健的方向走了几步，敲开另一户的门。

警察进屋后，王咪隔壁出来一个老太太，手拿蒲扇和小板凳。她望着欧阳健说，小伙子，你是不是卖洋芋的？欧阳健说不是。老太太说，那你卖红薯吗？欧阳健说我啥也不卖。老太太点头道，哦，那你卖土豆吗？欧阳健无心搭理，往大门那边挪了挪。老太太追过来说，土豆啊，土豆你别走啊？欧阳健赶紧转身面壁，他觉得这老太太可能有病，根本不敢搭理。老太太瞅他屁股，半天儿才走开。

远处那两个警察出来了，说了几句话又走下一家，估计在排查什么。欧阳健觉得这些人也挺苦，脑海里不禁想起陆飞，这小子早有警察梦，毕业那年法院招人，他死活不去，鬼迷心窍去了公安局。

欧阳健又点了一支烟，刚吸两口，听到屋里传来赵明远的骂声，好像还在摔东西。他感觉不对味儿，立马开门进去，考虑外边有警察，反手又上了锁。刚到里屋门口，隔窗看到王咪躺在地上，赵明远手拿折叠椅正在抡她，嘴里还骂道，今儿非弄死你个臭娘们儿。说罢，椅子便砸在王咪身上，又从茶几上搂了一个啤酒瓶儿。

欧阳健想了想，就这么进去劝架，万一出事儿根本说不清。他打开手机摄像，放在窗台上，心想只要录下来，肯定不会出纰漏。

他进门喊道，干吗呢？赵明远转头一看，怒声道，你等着，我今天非弄死你们这对狗男女。欧阳健说，哎，说话注意点儿，怎么就狗男女了？王咪被打得满脸是血，趴在那儿哈哈大笑，赵明远问你笑啥？王咪说，我笑你可怜。赵明远立马抢起酒瓶，看样子要砸王咪脑袋，欧阳健见势，冲上去把赵明远锁在怀里，这家伙虽然矬，可浑身大肥肉，稍一用劲儿便给欧阳健推出三丈远。

赵明远指着欧阳健说，成，那我先弄死你。他把酒瓶往墙上一瓶，洒一地玻璃，留半截儿锋利的玻璃碴。欧阳健问，你想干啥？你疯了吗？赵明远一言不发，大步朝欧阳健走来，欧阳健从身边摸来一盏台灯说，赵总你醒醒，我去给你泡杯茶，咱坐下慢慢唠。王咪不知何时爬了起来，她快步冲向赵明远，欧阳健脑子还没转过轴儿，王咪手中的水果刀已攘穿赵明远的后腰。

赵明远眉头一紧，侧身撕住她马尾辫，右手抬起玻璃碴准备叉她。欧阳健立马上前，死死夹住他右臂，进而夺下凶器。王咪后腰一顶，将赵明远顶翻在地，她拔出水果刀，骑着他胸口连续捅刺，赵明远则死死攥她头发，拳头不停猛砸她的脸。可王咪毫不在意，拳头就像雨滴从她脸上掠过，她手里的刀子不停挥舞，让欧阳健不禁想起了三年前，莫达乃死时的惨状。

他看傻了，轻轻说了声，喂，算了吧。王咪却没罢手的意思，挥刀速度反倒越来越快，像最后冲刺。她哭喊着，你给我死！去死、去死、去死！赵明远缓缓撒开手，直勾勾望着天花板，满世界飞溅的血滴，在他脸上淋了一层又一层。欧阳健向前兜了两步说，算了，喂！算了，他死了！看她还不罢休，欧阳健蹲下去，握住她的血手说，算了，他已经死了。王咪愣愣地转过头，盯着欧阳健，这才丢下水果刀，身子突然往后一缩，用手撑着身体向后挪了一步远，嘴里念叨着：死了？他死了吗？他死了？说到这儿，她抱起双腿痛哭，就像受了欺负的小女孩。

欧阳健不知所措，他说，谢谢你刚才救了我。

就在此时，外边传来敲门声，一个男的喊道，有人在家吗？警察，有人吗？王咪抬起脸，血肿的眼角微微打战，欧阳健把食指竖在唇间，低声说，别出声，应该是查户口的。王咪反问，你怎么知道？欧阳健说，我在门口看着了，他们在登记信息。

欧阳健轻巧地坐在地上，望着赵明远，他的POLO衫全烂了，像炮弹炸过。刀伤基本分布在胸口，喉结附近也有一处，不知是王咪故意还是没把好方向，这处伤口实在有些狠，看一眼都叫人脖颈发凉。

约莫两分钟后，敲门停了，隔壁又响了起来。欧阳健说再等等，估计马上就走，你别哭了。王咪没言语，她满脸是血，形象有点可怕。欧阳健又说，赵明远和你啥关系？他为啥要打你？你又为啥要杀他？王咪说，你最好别知道，这对你没好处。欧阳健点头道，行，我可以不问，那你说现在可咋整？人死透了，浑身都是血，这该咋交代？王咪反问，给谁交代？欧阳健说给国家啊！给他爸他妈他全家呀！

王咪用手背蹭了蹭额头说，能给张纸吗？在茶几上。欧阳健拔了几张递给她，问道，我就想不通了，这家伙干吗要杀我呢？稍等，我手机还在窗台上。王咪问他，警察走了吗？欧阳健取回手机说，听声儿好像是远了。欧阳健把里屋门也关了，他问王咪，你说他干吗要杀我？我跟他无冤无仇，他为啥说咱们是狗男女？难道你和他有那种关系？王咪说别瞎猜了，你要帮我。

欧阳健两眼一瞪，大姐，你可算了吧，别再坑我了，刚才得亏我心眼儿多录了视频，否则我跳黄河都洗不清。王咪说，你必须帮我。欧阳健揣起手机说，帮你干吗？这还不够啊？你还想让我把谁骗过来？大姐，咱可说好的，现在人骗到了，菜刀和录像给我吧。

"你帮我处理尸体。"王咪仰望他，虽说泪眼迷离，但目光坚定。

"啥？你疯了吧？"

"否则咱们玉石俱焚，反正我无所谓。"

欧阳健一时无语，琢磨半天才说："哦，合着你是赖上我了？"

"帮我处理尸体，我会把东西给你。"

"不行，这绝对不行，你又想拉我下水。我说你这女人也忒毒了！"

"你必须帮我，你别无选择。"

欧阳健气得原地打转儿，他左思右想道，你先别说话，听我说好吗？就刚刚、刚刚这事儿录像了，你甭怕。咱现在可以报警，你去自首，就算傻子都能看出来这孙子想杀我灭口，咱这叫正当防卫，无限防卫权，懂吗？就是说咱们杀了他，压根儿不用负责。

欧阳健掏出手机说，你等等，我给你念念，咱们《刑法》是这么规定的。王咪说，不，我不能自首。欧阳健皱眉问，为啥？这不用负责啊，不用负责你懂吗？你要把尸体处理了，这事儿可就糊了，到时候咱俩百口莫辩，你明白不？王咪说，别说了，我给你三个选择：第一帮我处理尸体，就像三年前那样；第二你现在就走，我会把菜刀和录像交给警察，然后自首；第三，你现在就杀了我，然后把我和赵明远的尸体一起处理掉，但我请求你，别把我和他丢在一起，谢谢你。

欧阳健抱起脑壳儿，无言以对，他长吁了一口气，然后又在地上转了好几圈说，我求求你，你放了我行不行？我给你钱，你要多少？二百万、三百万？去自首吧，这绝对没毛病，我给你五百万怎么样，你往后的生活绝对美滋滋啊……

"快，做决定吧，我给你一分钟。"王咪起身，捡起地上的水果刀说，"要么杀了我，要么咱俩一块儿完蛋，再或者帮我处理掉他的尸体，选吧。"

"五百万还少吗？五百万存银行，一年的利息都够你花了。"

王咪抬起手腕，盯着小巧的石英表说："倒计时开始，还有五十三秒。"

"钱可以商量，你放心，我一笔到账。"

"四十一秒。"王咪说，"等时间走完，你的选择会默认为我去自首，把菜刀和录像交给警察。也许不到明天，关于你的消息就会横扫各大媒体，谁会最难过呢？你母亲？猜猜看啊。"

"毒妇啊，太毒了，咱们非要这样吗？"

"二十一、二十、十九。"

欧阳咬牙道："我要杀了你。"

王咪把刀丢在地上说："来吧！十一、十、九。"

"停！停一下！帮帮帮！我帮你！我就喜欢助人为乐，你了解我。"

王咪笑中带泪："大作家，被人威胁的滋味儿好受吗？"

"别说了，我帮你。"

"好的，那你作何打算？"

3

赵明远死得太突然，王咪的要求和威胁更突然，欧阳健有点儿蒙，脑子里一片月光。他仿佛看到一个小和尚背靠青松，眉头紧锁，读着一本难念的经。坐进沙发，他抽了三支烟，琢磨半晌才有了念头。望着赵明远的尸体，他磕磕巴巴说，要不这样，还是老办法，先把尸体冻你冰箱里。王咪说不行，这是单开门冰箱，根本塞不下。欧阳健说"哎哟"大姐，你动动脑子行不行，有条件自然好，没条件制造条件也得上，这坨大肉肯定放不下，那你不会……等等，你没给我录片儿吧？王咪说手机在桌上，你自己看。欧阳拿起她的手机顺手关掉说，你就不会肢解吗？大卸八块铁定塞得下。

王咪摇头道，不行。欧阳健脸一沉，大姐，那你说咋整？我就不明白了，咱干吗非惹这身骚呢？你去自首，我这儿有证据，就算判你防卫过当那也蹲不了几年，民事赔偿我负责，你在牢里过个年，出来我给你一笔钱你快乐地远走高飞，咋样？是不是挺棒？王咪说你转过去，我要换衣服。欧阳健"哦"了一声，转过头说，我觉得还是自首好，性价比多高啊！王咪说，不行，你赶紧想办法，反正不能放我冰箱里。欧阳健问为啥？王咪说，首先我不同意肢解，其次这冰箱是房东的，冰箱里有他东西，隔三岔五会来取。总而言之，尸体不能放我这儿。

欧阳健转头说，那你让我搬哪儿去？王咪喊道，转过去！欧阳健看她上身精光，正拿毛巾擦着血，连忙转回去，咽了口唾沫说，不好意思啊，我以为你换好了。我问你，那你让我怎么办？我现在被你坑完了你知道不？这哥们通话记录里有我，我去接他，医院门口有监控。一路到这儿，行动轨迹肯定能查到，你现在又说尸体不能放你这儿，那我现在该咋办？王咪说，那我管不着，你自己想办法。

欧阳健叹息道，大姐，还是自首吧！自首多好啊，公检法全程服务。王咪说，没问题，我待会儿就去，你可以走了。欧阳健连说别别别，我想办法，我立马想！

欧阳健盯着手机导航说："第一，镇子靠近黄河，可岸上一马平川，就三年前的经验来说，这个抛尸地点很不理想；第二，尸体不能在最近两天处理，否则一被发现，我会立马成为嫌疑人；第三，像上回一样，我们得让他一直活着，最起码得让他手机里的人相信，他明天、后天还活着；第四，你这儿不能藏尸，那必须尽快转移，这天太热，尸体会迅速腐败；第五，尸体必须彻底毁掉，最好彻底消失。"

王咪换了件蓝色短袖，从赵明远的黑包里掏出手机说："放心，我会让他活着。"

"他手机没锁吗？"

"我知道密码。"

"你知道密码？你和他到底啥关系？"

"别废话，你第一步怎么做？"

欧阳健思忖道："从这儿到我停车的地方不知道有多少监控，包括民用监控，我得去观察一下。"

"之后呢？"

"有能塞下他的行李箱吗？"

"没有，不过镇上能买到。"

"你可算了吧！镇上卖行李箱的不会太多，很容易露马脚。"

"那咋办？"

"等我去看看情况，你先找被子把他包咯，然后收拾现场。"

"我挪不动。"

"那你等我回来。"

从停车的荒地到王咪院子，直线距离不过三百米，一路上并无摄像头，欧阳健心里突然多了几分把握。有过三年前那次经历，他认为眼下这事儿也能摆平，只不过自己被王咪拿在手里，这感觉实在太糟糕。他突然想到自己的马桶、家里的菜刀、客厅的电视，不知它们被人随意摆布的时候，心里到底啥感觉？而此刻，他和它们一样，处在必须接受摆布的境地，他认为自己和马桶是难兄难弟，可以叫马二桶或欧阳马桶，同情之余，多少有些郁闷和愤慨。

回屋后，他帮王咪处理现场，尸体用被子裹了，再用绳子捆缚塞进卧室床下。王咪说，天快黑了，你什么打算？欧阳健说，我在镇上有个朋友，现在我去找他，天黑后我再回来。王咪问，为啥？你还有空找朋友？欧阳健眉头一挤，算了，说了你也听不懂，两小时后我来取尸体。另外，地板革上的血迹多清理几遍，千万别用拖布，用你常穿的纯棉衣物，黑色和深蓝最好。倒凉水和清洁剂反复擦，衣服不能丢，洗干净晾晒，往后还要穿。王咪说，你这脑子好像比三年前更好使了。欧阳健说，好使，太好使了，一脑子的屎，能不好吗？

夜里十点刚过，欧阳健回到别墅，汽车入库放下闸门，他望着后备厢里的赵明远开始发呆。这家伙裹在花被子里，像个大蚕蛹。抽了半支烟，欧阳健吐了口唾沫，他觉着嘴里有些发苦，好像是打心头涌上来的味儿。回来一路，他一直在琢磨，王咪干吗非得处理尸体？普通人听到杀人不负责，闹不好得请乐队来吹半个月的大喇叭，可王咪这反应太过反常，她到底咋想事儿的？欧阳健完全无法理解。

授人以柄，无话可说，想再多也是徒劳。他把烟头扔在地上，围着赵明来回远兜了几圈，刚想伸手，电话却响了，差点儿吓一半死。电话是陆飞打来的，时间是十点二十三分，这个时候来电，他想不到陆飞的意图。电话接通后，他扭了扭脖子，深呼吸外加故作镇定，笑问，警察同志，有何指教啊？陆飞说，干吗呢？欧阳健，刚刷完牙，马上睡觉。陆飞说，前两天说好的一起吃饭，后来咋没信儿了？你破产了吗？欧阳健一拍脑袋说，哎哟，你瞧瞧，我咋把这事儿给忘到拉斯维加斯了，实在抱歉。陆飞说，得了吧，我看你就没心搭理我，对不对？欧阳健笑说，别闹，我这两天实在忙，要不这样，明天你等我电话。陆飞说也别明天了，我买了啤酒，这会儿过来找你。

"啥？"

"听不懂啊？我说我这会儿过来找你，咱唠唠。"

"别介！"

"咋了？"

"今儿太累了，你过来我也招待不好啊。"

"哎哟，怕我把你别墅弄脏啊？"

"狗屁少放！我是真累了，晚上陪一导演喝酒，又摸去捏脚，现在就想睡觉。"

"行，那我挑头回家，你休息，明儿再说呗。"

"没给你搓火吧？"

"我心眼儿多小啊？"

"反正也不大。"

"得了吧，哥们比你局气。"

"得嘞，明儿你等我电话，这回谁放鸽子谁混蛋。"

陆飞撂了电话，欧阳健定了定神，可以想象刚刚那情形有多凶险。幸好陆飞打了电话，要是不请自来，闹不好得出大乱子。他熟悉陆飞，太熟悉了，这小子善于察言观色，又从事刑侦工作，万一自己稍有不慎，哪怕一个表情不对味儿，都会让他多一份想法。

保险起见，欧阳健决定晚些时候再动手，不是怕被人看见，他是怕陆飞，他甚至怀疑陆飞此刻就站在别墅附近，正拿望远镜盯着他。

只身返回客厅，他放下所有窗口的电子卷帘，然后泡茶坐进沙发，打开电视机随便拨了个台。短发女主持说，最近海南岛的沙滩特别脏，许多游客素质有待提高……

欧阳健放下茶杯，看向远处的冰箱，又冲了个热水澡，把皇后乐队那首歌又听了十几遍，每次唱到"妈妈，我刚干死一个人"的时候，他就特别有感触。另一方面又想起了母亲，他已经两个星期没去养老院了，上次打电话是啥时候，他也想不起来。

从卫生间出来，他走到冰箱前，拉开冷冻室大门瞅了瞅，里头杂七杂八放了一堆东西。鸡鸭鱼肉一应俱全，他忘了这都啥时候买的，那只黄河大鲤鱼是母亲拎来的，许是春节前的事儿啦。

他从旁边抽屉取来大号垃圾袋，搓开口，把冻货挨个儿丢进去。这些东西装了半袋子，他觉着有点儿沉，怕袋子坠穿又裹了一层。清空冷冻室，他把挡板一一抽掉，然后堆在水槽里清洗，擦干后塞进橱柜。

将近凌晨十二点，他感觉一切准备就绪，便到窗前透过卷帘向外张望。月色正好，四下波澜不惊，他认为时机到了。垃圾箱位于别墅外，冻货暂时不能丢出去，那儿有监控，凌晨丢东西会显得十分可疑，要等明天。他走到鞋架前，穿了雨衣戴起手套，雨衣没别的作用，就是嫌赵明远脏。来到车库将尸体抱回别墅，一切都很顺利，顺利得出乎意料。

将赵明远放在冰箱前，再拉开冷冻室的门，大致观察后，他认为尸体裹着被子，明显塞不进去。塞不进去就得想办法，他取下被子望着血糊糊的尸体，又看了看冰箱门，尺寸似乎可以，硬塞的话估计能塞进去。

他搂住赵明远的脖子往起一提，第一感觉是死沉，还有些僵。但和莫达乃相比，他死得不算惨，至少在视觉上不会令人心悸。

他拖着尸体朝冰箱挪了两步，远处的门铃却突然响了！声音十分急促，且毫无停下来的意思。这时间会是谁呢？这接连不停的节奏不像是陌生人。是陆飞吗？他屏住呼吸，冷汗直冒，望着暗影斑驳的大门，他感觉自个儿的身体比赵明远还要僵。

4

这是一个外卖小哥，顶着头盔，满脸胡楂儿，手里拎着塑料袋，放出炙热的目光说，大锅，你要的麻辣烫。欧阳健一脸蒙，眨巴着眼睛说，啥？我啥时候点麻辣烫了？他说，大锅，你莫开玩笑，你不是 B 区 3 号吗？欧阳健说，大锅锅，我是 A 区 3 号、A 区！他点了点头，哦，那死在对不住喽，大锅你莫要生气哇。

欧阳健一宿都没怎么睡，想到楼下冰箱里戳着一坨大肥膘，他实在难以进入状态。晚上离开时，王咪对欧阳健说，你虽然道貌岸然，一肚子坏水儿，但做事还算靠谱，有逻辑。他说，你可真会夸人。王咪问他，你这辈子，哪件事儿让你最后悔？欧阳健想都没想便说，最后悔劫了你的财，要是上天再给我一次重来的机会，我一定要对110说，我要报警。王咪说，你会后悔？你不觉得无耻吗？欧阳健说，无耻归无耻，后悔归后悔，两码事儿。王咪说，我还是恨你，打心眼儿恨你，从没停过，但我从没想过要杀你，你知道为啥？欧阳健说，我知道，你嫌我恶心，怕我污了你的手。王咪说，不对，我不想让你死。欧阳健没羞没臊地说你不会爱上我了吧？王咪说，人怎么会爱上垃圾呢？欧阳健点头，又问，那你说，你为啥不想搓死我？王咪说我改天告诉你。

王咪还说，我总听坏人有好报，过去我不信，现在我信了。像你这种垃圾都能成功，每天怒马鲜衣、人五人六地在台上装，这世界我真是看不懂了，怎么会有这种道理呢？

她说这话的时候，欧阳健一点儿都不气，他认为她说得对，而且还扪心自问，对啊，像我这种垃圾到底咋成功的？

定眼儿熬到天亮，时间是凌晨六点十七分。他从床上爬起来，脑袋死沉，还有些晕，像喝了一夜大酒。下到一楼，打开冰箱一看，赵明远的姿势有些奇怪，但很安静，似乎被挤在公交车上，根本没法抱怨。欧阳健安心地合上冰箱，对他来说，现在能让人安心的事情只有一件，那就是赵明远不会从冰箱里逃跑。

洗漱完毕，他到小区外头买了几根油条回来，又从冰箱取了袋咸菜，泡了杯茶连吃带喝。将近八点，他走进书房，打开电脑准备把新书大纲修一遍，却看到邮箱里塞满了未读的电子邮件。他打电话给罗欣，那姑娘说自个儿刚起床，欧阳健说邮箱里的东西你瞧了吗？她说，不好意思，昨儿太忙给忘了。欧阳健问公司今天有事儿吗？罗欣说，今天上午影视公司有编剧来，要和您聊剧本。欧阳健说，告诉他改天，我今天有事儿。罗欣说这不好吧？欧阳健说就这样。

挂断电话，欧阳健盯着电脑屏幕，半天不知道干啥。脑子刚转过轴儿，电话却响了，是母亲的号码。欧阳健喊了声妈，母亲说，欧阳，妈妈想你了。母亲的声音有些疲软，欧阳健赶忙问，妈你咋了？身体不舒服？母亲说，没事儿，我就想看看你，今天能来吗？欧阳健起身走向客厅说，没问题啊，我待会儿就来。母亲咳了几声说，好，那我等你。

搁起电话，欧阳健瞅着冰箱，他想起昨天夜里抬赵明远进来时，自己气喘吁吁，是该找些强身健体的事情做做了。去二楼换好衣服，将昨夜的垃圾丢出去，把车库和别墅检查了好几遍，没发现异常才安下心。开车来到小区外的洗车房，他给老板加了五十块钱，让他仔细清洗，从里到外不能放过任何一个角落。

天气晴好，流云在四面八方的山顶涌动，从市区向北一路开，视野越发开阔。欧阳有一个似曾相识的念头，他真想踩着油门一直开下去，开到哪儿无所谓，只要能离开身后的城市、离开王咪、离开那栋别墅和该死的冰箱，去哪儿都无所谓。可他心里明白自己逃不掉，这城市就像噩梦里的那辆列车，无论自己到哪儿，它都会跟在身后，如影随形。遥远的天窗之上，云影恍惚，宇宙膨胀，他知道这叫命运。

母亲所在的养老院位于兰市北郊，豪华的楼宇在山间格外醒目。盘山而上，绕过一片密林便能到达。他把车停在大门一侧，在门房作了来访登记，走进花园看到许多老人在沐浴阳光，母亲披着薄毯坐在一棵树下，她抬头望着树冠，好像在聆听鸟鸣。

他老远打了招呼，母亲微笑道，路上没堵车吗？他说没堵。母亲往长凳那头挪了挪，腾出位置让他坐下。母亲问，是不是打扰你工作了？欧阳健笑说，没有，最近也不忙，你怎么了？身体不舒服吗？母亲说，没有，就是感觉好久没见你了，怕把你忘了。欧阳健说，前段时间有些忙，你没生气吧？母亲说，我昨天晚上梦见你爸了。欧阳健点头道，说话了吗？母亲说，没有，我梦里的人都不会说话。欧阳健握起母亲的手问，梦见什么了？

"有几个警察来家里，好像要抓你。你还小，也就十来岁。你爸不让他们带你走，和他们打架，打得满脸是血。"

"后来呢？"

"后来就醒了。"

"这算噩梦吧？"

"算吧，所以刚醒来就担心你。"

"昨天看《今日说法》了？"

"没看。"

"那怎么做这种梦？是不是在新闻里看警察抓人了？"

"好像是。"

"别整天瞎琢磨，你看，我好好的，啊？"

母亲说，你是我们的骄傲。欧阳健说那必须骄傲。母亲说，妈妈不想催你，可你年纪实在不小了，有上眼儿的吗？欧阳健说最近有一个。母亲问干吗的？多大年纪？欧阳健说，是个主持人，岁数比我小。母亲笑说，下次带过来让我瞧瞧？欧阳健说没问题。母亲握住欧阳健的手说，陪我吃午饭吧？欧阳健说，要不我带你出去吃？想吃啥？母亲说，这儿的饭不错，你先陪我转转，到点儿咱们去食堂。

吃过午饭，欧阳健送母亲回房午休，老太太听着广播，一会儿就睡着了。窗外水流云飞，除了清风拂过树叶的声音，一切都格外安静。母亲床头放着三十多年前的全家照，父亲和母亲站在两侧，牵着笑呵呵的小欧阳，照片上方写着照相馆的名字，后头缀了四个字：阖家欢乐。他们那样年轻，宛如昨日，欧阳健记不起那天的具体细节，只记得父亲那天用自己的私房钱，给他买了一辆玩具车。私房钱本来是用来买香烟的，不知道那个月他是如何度过的，可能在小卖店赊过账，也可能在同事那儿蹭烟。父亲说，你得省着玩，别弄坏了，更别让你妈看着，知道不？

母亲睡得安详，他起身走出房间，轻轻带上门儿，来到院子里抽烟。看几只蝴蝶飞过花丛，他心里安宁了许多。不远处，几个不听话的老头就是不休息，正在向工作人员严正抗议。一个神情顽固的老头说，你少蒙我，我就不睡觉，我这辈子睡够了，我就想看看蓝天白云怎么了？

欧阳健笑着瞄了眼时间，将近下午两点，刚把烟头捻灭，手机突然一震。

信息是田思梦发来的，她说，我刚到别墅，你怎么不在家？天好热，给你买了水果和冰激凌，你要是不回来我就放冰箱了。

欧阳健这才想起，她知道电子锁密码！

第九章：湮灭

1

古人常言祸不单行，欧阳健认为从概率角度来说，这话有点儿扯。可现在他信了。他感觉自己脑子大概出毛病了，这脑子平时还算细致，昨晚还提醒自己，田思梦知道电子锁密码，今早起来必须改一下，怎么就忘了？他越想越气，恨不得现在就磕死在方向盘上。从山上下来，他猛踹油门，可眼前的公路根本望不到头，越看越想死。

两天没见，田思梦长什么样，他好像没了记忆。除了性感这个印象，其他似乎也没啥。不对，她喜欢吃炸薯条和鸡米花，看球必喝冰镇可乐。她一直没处对象，说在等真龙天子，现在真龙出现了，她说她该入宫了。她浓妆艳抹，红色短裙，内裤是黑蓝色，蕾丝边儿。欧阳将这些碎片一一拼接，田思梦的样子才浮现出来。她年轻漂亮，投怀送抱的炙热令欧阳健神情恍惚。那天夜里欧阳健问过自己，她到底图啥？名利、虚荣，还是崇拜？欧阳健猜不透，也懒得猜，他认为无论她目的何在，这女孩他都能把持。

想必她已经看到赵明远的尸体了，十有八九看到了。冰激凌不可能放在冷藏室，就算放，谁能保证她不碰冷冻室的门儿？人都有好奇心，这一点他心知肚明。

下午三点二十分，欧阳健回到别墅，看见田思梦站在橱柜旁切奶酪，手边码了一排玻璃瓶儿。她模样又变了，面容略施粉黛，蓝色百褶裙搭配着米色短袖，白色帆布鞋和那天一样，躺在鞋柜旁边。

总体来看，她今天显得格外清爽，类似于夏天的抹茶冰激凌，给人一种初恋的感觉。

她笑着打招呼，欧阳健问她在干吗？她说给你做奶酪布丁，可好吃了。欧阳健走到橱柜旁，看了看冰箱，又看向田思梦。她显得轻松愉悦，不带一丝慌张，欧阳健暗自思忖，她是没看见尸体，还是在演戏给我看？

欧阳健笑问，冰激凌呢？

她转头说，在冰箱里，自己拿。

欧阳健打开冰箱，瞥了一眼说，哈根达斯啊？她说，对啊，草莓味儿的，喜欢吗？欧阳健说干吗放冷藏室？会化的。她手里停了一下，笑说，知道你马上回来，我就放冷藏室了。欧阳健"哦"了一声，拿出冰激凌，合上冰箱说，什么时候回来的？她说，今早儿刚回来，飞机上有个臭脚怪，差点回不来了。欧阳健说会熏死吗？她说，熏死不至于，就怕飞行员吐在仪器上，飞机会失灵。欧阳健"嗯"了一声，说辛苦了。田思梦说，欧阳老师怎么了？脸色不太好啊。欧阳健，没事儿，你别做了，我带你出去吃。她说，没关系，做好了放冷冻室闷一会儿，立马能吃。欧阳健说，走吧，咱们出去。她说，稍等一下，马上就好。

欧阳健拉高嗓门儿说："走吧！"

"啊？"田思梦一怔，"你咋了？"

欧阳健放下冰激凌说："我不爱吃什么布丁，别做了。"

"很好吃的。"

"我说别做了、别做了，你听不见吗？"

田思梦绷了一会儿，微微一笑："欧阳老师，干吗这么紧张呢？"

欧阳健心头一颤："紧张？我紧张吗？"

"不就杀了个人嘛？至于这么紧张吗？"

欧阳健有些发蒙，笑说："淘气，是不是偷看我的稿子了？"

"您别逗了，我在说冰箱里那位主儿呢。"

"你看到了？"

田思梦甩开手里的切刀，把奶酪丢进脚边的垃圾桶说："对啊，是用刀捅死的吧？"

"小田，不是你想的那样。"

田思梦嘴角一扬，带着顽皮的表情说，你就放心吧，我是不会说出去的，我会替你保守秘密，永远烂在肚子里。欧阳健问，是吗？为什么要帮我？田思梦说，谁说我要帮你？欧阳健略带疑惑，问，什么意思？田思梦拿起桌上的手机，点开一个视频给欧阳健看，画面里是自家冰箱，一只手突然出现拉开冷冻柜大门，赵明远的尸体赫然在目。这只手的腕儿上戴着一串石榴石，两相比较正是田思梦的手。视频里的女声说，大伙睁大眼睛哦，这是知名作家欧阳健的冰箱，这是一具尸体，好像死得很惨呢。哎呀，我还没见过死人呢，好怕怕呀。喜欢吗？喜欢就点个赞呗？

田思梦按下暂停，坐进客厅沙发，望着原地发呆的欧阳健说，欧阳老师，别发愣啊？准备带我上哪儿吃啊？我知道一家私房菜哎，那儿的日料特别牛，食材都是当天空运的，我最爱三文鱼啦。欧阳健转头问，为什么拍视频？田思梦说，习惯吧！总想拍些不一样的东西，看着挺刺激，对吗？

欧阳健往橱柜挪了几步，双手放在桌面上，望着田思梦说，你是想威胁我吗？田思梦微微扬起下巴说，没有啊？我没有威胁你啊？我这么爱你，怎么会威胁你呢？欧阳健的右手朝刀具架缓慢移动，距离最近的一把牛耳尖刀，似乎散发着某种不可抗拒的引力。田思梦笑说，别胡思乱想，假如你杀了我，这视频明天就传遍世界，到时候你会变成什么鬼，心里有数吧？

田思梦刚跷起二郎腿，走廊突然传来急促的门铃声，有人在呼唤欧阳健的名字，细细一听似是陆飞，惊得欧阳健浑身汗毛拔地而起，手心儿像没拧干的湿毛巾。田思梦起身，拿起沙发上的挎包，走到欧阳健身旁云淡风轻地问，你朋友啊？欧阳健说是个警察。田思梦张嘴"啊"了一下，却没出声，她拍了拍欧阳健的胸脯说，别绷着脸了，会被人看出来的。欧阳健问你去哪儿？田思梦向大门走去，转头说，别着急，我会联系你的。欧阳健又问，你到底要去哪儿？田思梦说，相信自己，你没问题的，加油！

　　欧阳健站在原地，像蜡烛上的小火苗，不知哪儿拂来一缕微风，他隐隐觉着自己马上要被吹灭了。田思梦走出大门，欧阳健才转过神儿，他快步走向鞋柜，听到田思梦说了声"你好"，又听陆飞回了声"你好"，没过一会儿，陆飞探身进来，眼睛却还在凝望田思梦。

　　欧阳健问陆飞你咋这会儿来了？陆飞转头道，干吗？不欢迎啊？不欢迎，我撤啦！欧阳健笑说，放屁，快进来。陆飞说，我看你满脸红光，口唇发干，是不是用劲儿用猛了？欧阳健说鞋柜有拖鞋，自个儿换，我去给你泡壶茶。陆飞问，哎，我是不是坏你好事儿了？欧阳健说别瞎猜，人家是电台主持人，请我做节目。陆飞一脸坏笑，也怪我来得唐突，没把你吓坏吧？听说男人用情的时候心理都挺脆弱，受惊后爱留后遗症。欧阳健说，你一警察，能不能少看些男科医院的小海报？陆飞往沙发里一挺，掏出香烟点了一支说，哎呀，你可是风流才子配佳人啊，你看我，这光棍儿眼看就要打穿咯。

　　欧阳健端来茶壶，坐在陆飞旁边问，怎么这会儿来了？没上班啊？陆飞说，今天休假，你不说请我吃饭吗？我琢磨过来跟你唠一会儿。欧阳健说，喝茶。陆飞说，我看我们家魏雨桐是打算让我遁入空门了。欧阳健点烟吸了一口问，她还没答应啊？我上回请你们吃饭，看她挺关心你的呀？陆飞说关心归关心，可她死都不肯找警察呀。欧阳健说要不你辞职得了，过来跟我一起干。陆飞笑说，大哥，你看我能干点儿啥？欧阳健说给我当司机呗。陆飞说，信不信我把你驮沟里去？欧阳健说，从你面相来看，八成得把我摔死。

陆飞把烟掐了说，我不想喝茶，大热天儿越喝越燥，有冰镇啤酒吗？欧阳健觉着脑袋好像被人敲了一铁棍儿，锁眉说，没有，我出去给你买。陆飞说，那你冰箱有啥，随便来点儿，我这儿浑身都是汗。欧阳健说，这几天没去超市，冰箱空了。陆飞看橱柜上放了一盒哈根达斯，起身说，你那儿有冰激凌啊，还有吗？欧阳健连忙掐烟，蹦起来拦住陆飞说，还有几盒，你坐着休息，我去给你拿。陆飞把欧阳健按进沙发说，你快别忙了，我自个儿取。

陆飞向冰箱走去，突然被身后的欧阳健一把拽住，陆飞看他神色慌张、满头大汗，便问，你咋了？我咋感觉你今天不对劲儿呢？欧阳健笑说，哎，你真觉得刚才那姑娘有料吗？陆飞说，那不明摆着吗？你啥意思？想让我帮你参谋参谋？欧阳健说，那必须啊，我想跟她结婚，真的，这次有想法。陆飞说，妈呀，你来真的呀？那姑娘看着比你小一轮儿吧？欧阳健说，年龄不算啥，你说咋样？陆飞说，你先别激动，能不能先把我放开？欧阳健撒开手说，我最近挺纠结，一方面不想结婚，一方面又想让我妈抱孙子，你说咋整？陆飞朝冰箱走去说，我说你啊，干吗不想结婚呢？

欧阳健连忙说，哎，冰激凌在右边的冷藏室。陆飞却伸出左手，握住了冷冻室大门。

2

"哎哎哎，右边，右边是冷藏室。"欧阳健浑身冷汗，大声喊道。

陆飞挪开左手，用右手拉开冷藏室说，喂，你有毛病吧？这不有啤酒吗？欧阳健说有吗？陆飞拿出小瓶嘉士伯，望着欧阳健说，睁大眼睛看，这啥？欧阳健笑道，哦，我怎么记着上次喝完了，有几瓶？陆飞说三瓶。欧阳健说那给我也整一瓶。陆飞拿出啤酒说，你这冰激凌放冷藏室，待会儿得化咯。欧阳健来到冰箱前说，你去开啤酒，起子在茶几上，我把冰激凌挪过去。

看陆飞走向茶几，欧阳健把冷冻室的门开了半扇儿，将哈根达斯全部丢在赵明远身上，然后关门回到客厅。陆飞打开啤酒，猛地喝了几口，哈着大气儿说，真爽。欧阳健拿起酒瓶说，慢点儿喝，肠胃容易出毛病。陆飞说，没事儿，又不是小姑娘，你刚才说结婚那事儿想好了吗？欧阳健说，我也不知道，心里挺没底儿的。

陆飞问，照这么说，那姑娘已经让你拿下了？欧阳健说，算了，八字儿没一撇，放放再说吧，你最近咋样？忙啥案子给我说说呗？陆飞问，干啥？又缺素材啊？欧阳健说，最近写荒了，脑子缺货。陆飞喝着啤酒说，最近也没啥可圈可点的案子，上个月有一起贩卖人口的，听吗？欧阳健说，那算了，有没有杀人的？陆飞说，市局那儿有一起，我也就知道大概。欧阳健说，大概就大概，赶紧给我摆两段。

接下来的两个多小时，欧阳健基本把陆飞的活动范围控制在客厅和书房，他们聊了许多过往，聊起了全宿舍关注过的女孩儿。欧阳健问宿舍那几位大爷最近咋样？陆飞说，还记仇呢？人家也是为你好，说心里话，我都不信你能靠小说飞黄腾达，大伙是替你急，明白吗？欧阳健说，我是谁？我是推理界的腕儿，我会记恨几个小律师？陆飞说，要不今晚都叫来，哥几个整几瓶？欧阳健说，行呗，反正都是吹牛，跟谁不是吹？陆飞说，二锅头？欧阳健说，你快省了吧，我车库里有茅台。

黄昏悄然而至，欧阳健订了餐厅，陆飞挨个儿通知同宿舍的几个兄弟，他们都说一定到。二人走出别墅，欧阳健说，你等着，我去开车。陆飞说，你喝啤酒了，别没事儿找事儿，咱打车过去。欧阳健说，行，那你搁这儿等着，我去拿几瓶酒。欧阳健拿了四瓶茅台，问陆飞够不够，陆飞说，够了，喝滥酒没意思。

二人你一言我一语，不觉便到小区门口，就在陆飞打车的空当儿，欧阳健朝马路对面儿扫了一眼，突然看到王咪站在那儿，直勾勾望着他。陆飞说这时间打车真费劲儿，叫个网约车呗，哎，欧阳？欧阳健被陆飞的胳膊肘碰了一下，这才转头问，啊？咋了？陆飞说想啥呢？我说叫个网约车。欧阳健说行啊，你叫呗。陆飞说我没那软件，你叫。欧阳健说你等会儿，我得回家一趟。陆飞问干吗？欧阳健说茶叶忘带了，人家送的极品大红袍，给哥几个尝尝鲜儿。陆飞说算了吧？欧阳健把手里的酒塞给陆飞说，不行，那茶叶是天蒙蒙亮，光脚的少女用舌尖儿采的，必须尝一下。陆飞说，又扯淡，你舌尖儿能采茶呀？欧阳健说采茶算个啥，我能弹钢琴。

欧阳健执意要去，陆飞只能稍候。

一进小区大门，欧阳健回头张望，发现王咪不见了。他迅速掏出手机，给王咪发微信说你咋来了？王咪没回，他又问，找我还是路过？王咪回复，东西呢？

"还在。"

"打算什么时候处理？"

"就这几天吧。"

"我要知道你怎么处理，在哪儿处理。"

"目前还没定。"

"及时告诉我。"

"为什么？"

"不为什么，我必须知道。"

"好，我会告诉你，不用来找我。刚才站我旁边那朋友是警察。"

王咪没再回复，直到欧阳健晚上返回别墅，她都杳无音信。夜里十一点多，欧阳健躺床上根本睡不着，他给田思梦打电话，可一直无人接听，再打，竟然关机了，气得欧阳健想把枕头一口吃咯。他汗流浃背，把空调的风量开到满格，仍是心火难平。他琢磨田思梦应该不会报警，否则他此刻应该在公安局的审讯室，正哆哆嗦嗦交代有个女的叫王咪，那疯子杀人不眨眼儿，人是她弄死的，她威胁我，我也是受害者之一。

田思梦到底想干吗？就眼下来看，那段视频足以将他逼入绝境，她想要啥？她说她想结婚，想嫁给欧阳健，想让欧阳健在床上踩躏她，莫非她会拿这事儿逼婚？想到这儿，欧阳健长长出了口气，他认为这也行，田思梦性感漂亮，娶她不亏，最重要的是等他们结了婚，这事儿她一准儿不会说出去。可万一哪天人家闹离婚呢？说财产全归她呢？说你的就是我的、我的也是我的呢？说你就是姑奶奶的奴婢，必须给姑奶奶天天洗脚做饭呢？想到这儿，欧阳健又怵了，那段视频的存在，无疑是另一场噩梦。

天蒙蒙亮，又是一宿未眠。早晨七点刚过，下起了毛毛细雨。罗欣早晨八点打来电话，说影视公司的编剧又要来，问他咋整？他说外边这么大雨，让他回家睡觉。罗欣问欧阳老师你咋了，心情不好吗？欧阳健拿着吃方便面的叉子说，告诉工作室，我这两天赶稿子，没事儿别理我。罗欣说有事儿啊。欧阳健说，有事儿也不行。

他打电话给母亲，说昨天公司有事儿就走了，今天下雨，您多穿些。母亲说知道了。吃完方便面，他感觉自己又找回了三年前那种照死了窝囊的状态，站在窗前看雨，心里非常别扭，他在想田思梦下次出现时，他该以何种面目相对，是继续装作一个了不起的大作家，还是装孙子？

远处的乌云宛如墨迹，时而有雷声传来，他感觉夏天快过去了，秋天是一个分手的季节。研究生毕业后的几个月，好多同学都分手了。他认为在眼下这个生死存亡的关键时刻，脑子还会想起这些无关紧要的事儿，真是一颗奇脑啊。

他走到冰箱前，拉开冷冻室大门，对着赵明远说了句，哥们，出来聊会儿呗？他看赵明远的右手像鸡爪子，似乎在练螳螂拳，再看他胸口的刀眼儿，不禁又想起王咪。他狠狠拍了拍自个儿的大脑门，淡淡地说，赵明远啊赵明远，要是再来一次，我宁愿让你又我，真的，不逗你。

自言自语时，电话突然响了，抬手一看竟是田思梦打来的。欧阳健屏气凝神，轻轻"喂"了一声，田思梦却嘿嘿一笑，欧阳健问你笑啥？田思梦说，大作家，昨晚儿睡得稳当不？欧阳健问，你有空吗？约个时间见面吧。田思梦，你这会儿是不是特想我？欧阳健说，没错，我想在床上蹂躏你。

"然后宰了我？"

"不至于。"

"然后把我跟那位先生冻一块儿？"

"不至于，我喜欢你。"

"哟？是吗？"

"真心话。"

"好吧，今天晚上九点半，我在三水大厦的地下车库等你。"

"不能换个地方吗？"

"你想在荒郊野外吗？"

"我没那意思。"

"九点半，地下车库 A 区，别迟到哦。"

"你来我别墅……"

话音未落，田思梦挂了电话，她那句"九点半"似乎仍在屋里回荡，但一切早归于平静了。作为一名作家，这感觉和断了文思差不多，实在令人气愤。晚上九点半，三水大厦的地下车库会是一番什么景象？田思梦会从哪个角落突然出现？她准备说些什么？该如何应对？欧阳健琢磨一上午，终于列出两套方案。

一套去教堂，一套上西天！

3

下午四点多，欧阳健赶到中心广场规模最大的商场，溜达十来分钟，在一家珠宝店买了一枚钻戒，没看几克拉，反正花了五万多。卖钻戒的姑娘说，您拿这求婚，别说女人，男的都得动心。出门左转，又去香奈儿买香水，再到 LV 买包，最后在商场门口的花店买了一捧玫瑰，三百六十六朵，说是爱你的日子永远长一天。

把东西全扔车里，他打电话给一个叫"麦色之"的人，这哥们是江湖浪人，"麦色之"是诨名儿。他和"麦色之"有一面之缘，半年前一次商务酒会上，欧阳健和几位投资人聊电影，一个瘦高小伙走来说，各位老板，我搞商业运营，另有几家调查公司，只要不是国家机密，各位想要啥信息我这儿全摆平。一位老板说，小伙子，话有点儿说狂了吧？小伙说，上天入地、三界五行，全在我办公室的硬盘里，您想打听哪位主、哪件事儿，我这鼠标一点，手到擒来。欧阳健说，那你还挺邪门儿，有名片吗？小伙给诸位递了一张特糙的小纸片，欧阳健一看笑说，地听调查公司，你叫麦色之？小伙说，没错，洋文 message，信息，您叫我小麦，别叫色之。

电话接通，小麦说刚到五楼咖啡厅，欧阳健说想喝啥随便儿点，我马上到。

走到电梯门口，欧阳健戴了口罩，怕被人认出来。咖啡厅里人头攒动，欧阳健寻了半圈儿才找到麦色之。他穿着灰 T 恤，迷彩吊裆裤，趿拉着一双人字拖，正靠在皮凳上玩手机。欧阳健听他在哼"老张开车去东北"，欧阳健说，撞了。麦色之抬头一瞥，起身笑说，哎哟，欧阳老师，您能抬眼儿瞧我，我家祖坟必须抖三抖啊。欧阳健同他握手，心想真会扯淡，笑说，快请坐，没点咖啡吗？他说没点，平时不怎么喝咖啡。欧阳健说，点上吧，要不场面儿太干，聊不动。

饮品和甜点上桌，欧阳健停止寒暄，他问麦色之，你调查这块儿还做吗？麦色之说，做啊，一直都做，而且主要做这个。欧阳健点头问，你这公司是团队在做，还是就你一个。他咧嘴一笑说，不怕您笑话，就我一个，24K 钛合金皮包公司。欧阳健看他眼睛，一条缝，单眼皮儿，很难确定他在看你还是睡觉。他放下手机，拿起一块儿蛋糕说，不过您放心，皮包是皮包，实力归实力，江湖六路海内八方，没我麦色之探不到的底儿。

欧阳健说，这我懂，手下油锅、吞刀舔枪都得说自个儿金刚护体，你别这么浪，有本事码出来给我亮一亮。他说，没问题啊，您想让我怎么亮？欧阳健说，既然你眼观六路、耳听八方，那我问你，你知道我常去哪家夜店吗？麦色之吞下蛋糕说，解放路的"酒葵"，没错吧？欧阳健喉结上下一抽，不觉握紧了咖啡杯说，行，有两下子。欧阳健说，我昨晚给你打的电话，你这都连夜查的吧？他说，没错啊，我一宿没睡，尽分析你了。

欧阳健说，挺好，那你捋一捋我的事儿。麦色之趴在桌上低声说，这手艺您还不信啊？欧阳健说，不是不信，就想知道你多能。他说，您犯过事儿！欧阳健脸一沉，不禁左右一瞥说，啥意思？他说，您去年偷税漏税了，我没说错吧？欧阳健笑说，这都知道？果然厉害。他说，您放心，干我们这行有规矩，该说的说，不该说的闷死不吐。欧阳健问还有吗？麦色之说，别的那可太多了，比如您的资产、内裤颜色、微信密码、马桶的牌子，我全知道。

欧阳健说，可以啊，太可以了。我现在要打听两个人，你开价儿吧。顿了片刻，麦色之一脸鸡贼问，什么人？有背景吗？欧阳健问怎么叫有背景？他说，政治背景，小官还能查，大官儿我可不敢弄。欧阳健说，没有，都是平民老百姓。他说，那都没问题，你想打听哪方面？欧阳健说，全部。他拉长声调"哦"了一声，说，那您请好吧，最起码从里到外剥三遍。

欧阳健从兜里摸出一张名片，丢在桌上说，就这人。麦色之拿起一看，说了句没问题，还有谁？欧阳健说看背面儿。麦色之翻手一看，王咪？下面这家金店啥意思？欧阳健说，我只知道她在这家金店打过工，别的不知道。他问男的女的？欧阳健说，你这脑子咋想事儿的？男人能叫咪咪吗？他说，那可没准儿，我三舅叫肖菊花，你能想象我三舅的心情吗？欧阳健说别跟我废话，王咪是女的，三十多岁，可能结过婚。麦色之点头又问，这赵明远和王咪啥关系？欧阳健说，你看看你这脑子呀，是不是让你三舅挤坏了？我要啥都知道，我找你干吗？他说行，我大概有数了，您别眨眼睛，给我三天时间。欧阳健说，三天？你这么牛，至于用三天吗？麦色之说，大哥，你要全面调查，本着认真负责的态度，这时间不长。欧阳健看他一脸自信，估计这事儿也没啥难度，便说，行吧，你开个价儿。麦色之展开一个巴掌说您是新客户，给您打五折。欧阳健说那我谢谢您，说价钱。他说三万。

"这样，您要不放心，先给我付个定金，回头儿您要满意，再掏尾款。"

"多少？"

"一千。"

"也别一千了，我都嫌磕碜。我给你五千，你好好弄。"

"得嘞。"

欧阳健临走前对麦色之说，王咪这女人你必须给我扒清楚，明白？麦色之把桌上的蛋糕一扫而光，笑说，哥，你放心。

回到车里，欧阳健望着那些求婚道具，心里只觉得自己像个笑话。本想处理掉赵明远之后，能和王咪断了纠葛，没想半路杀出个田思梦。他打开车载音乐，皇后乐队又在唱"妈妈，我刚干死一个人"。他欠身拉开手套箱，取出那把瑞士军刀。

4

晚上九点刚过，三水大厦的车库格外宁静，有些地方光线挺暗，阴影里似乎藏了些东西。上月中旬，一个富婆在这儿给人抢了，打那事儿之后，车库加装了摄像头，保安们定时巡逻。欧阳健把车停好，心想田思梦约这儿见面，可能也早有防备。

九点二十三分，一辆白色宝马轿车在欧阳对面泊车，打眼儿一看，主驾上的人正是田思梦，副驾没人。她取出口红补妆，然后下车，站在路边接了个电话，并朝欧阳健挥手。她穿一袭黑裙，白皙的小腿若隐若现，车库里空空荡荡，她的声音侧耳可闻。欧阳健把求婚道具码在中控台上，看她挂了电话，欧阳健给车门下了锁。

田思梦信步而来，坐进副驾带上门，笑说，知道你会等我。呀！送我的玫瑰吗？欧阳健捧起花束，用朗诵情诗的语调说，三百六十六朵，不管春夏秋冬，永远多爱一天。田思梦欣然接过玫瑰说，还挺酸的，数过吗？欧阳健问数啥？她说玫瑰呀，认真数过吗？欧阳说没有。她说那你咋知道是三百六十六朵？欧阳健说，我不知道，卖花儿的说三百六十六朵，有毛病吗？她说傻叔，你被蒙了，这顶多二百来朵。欧阳健说，这都敢骗？

田思梦拉开车门儿，随手将花扔出去。欧阳健瞪眼问，你干吗？田思梦关门说，你不知道，我玫瑰过敏，再说我也不爱这些个虚招儿。欧阳健拿起包包和香水说，那没事儿，这些东西你一准儿喜欢。她咯咯一笑说，怎么了？干吗对我这么好？我特不适应。欧阳健说我活该对你这么好，拿着吧，我挑一下午。

田思梦的表情突然严肃起来，拧着身子说，您先把假面具往上挪一挪，咱打开天窗说亮话，你找我干吗？欧阳健头皮一麻，知道这女的怕是没好心了，便将东西放回原处，又拿起钻戒盒子说，梦梦，你看啊，我这年纪是大点儿，可放眼下这时代，绝对算猛喳喳的。再说我能文能武、能推能搡，现在就欠老妈一孙子。你年轻漂亮，又性感，我挺喜欢你，嫁给我呗。她说你这算求婚吗？欧阳健亮出钻戒，放在田思梦面前说，嫁给我，让我踩躏你、糟蹋你，我那方面挺猛的，要不你试试？

田思梦拿起戒指一番端详，笑说，这戒指真好看，挺贵吧？欧阳健说，谈钱就俗了，来，小手撑开，我给你戴上。她说，不用，我自个儿戴。欧阳健看她戴着戒指，不停翻动手掌，便说，我知道你保准答应，那咱盘算盘算，哪天把证儿给扯喽？她转头盯着欧阳健，一声冷笑说，大叔，你想多了吧？我单说戒指好看，没说别的吧？就您还扯证儿呢，您尽扯淡了吧。欧阳健说，别闹了，结婚这事儿你说过，你说你想嫁给我，这就忘了？她说，就你这一脸老不死的样儿，我能嫁给你？

欧阳健怔了片刻才确定自个儿没听错，看来这女的的确是来者不善，虽说他早有心理建设，却还是颇感震惊。此刻她不动声色，得意的眼神分明是想说，别拿结婚这儿打岔儿，你把冰箱里那人攮死了，拜托你弄清眼下的状况好吧？

欧阳健努力微笑道，梦梦，你说啥呢？田思梦翻了个白眼儿说，大叔，别演了，人活一世得分清戏里戏外，你看着也挺聪明，懂我的意思不？欧阳健说，我还真没想到你会这样儿，合着前些天那温柔体贴都是戏精附体啊？她说，幸好你那晚没碰我，否则我得恶心死。欧阳健说，小妞，你挺毒啊？她说，还好吧，其实我挺单纯一人，起初就想从你身上刮点儿油，寻思怎么刮呢？我得把自个儿这身子折给你啊，跟你上床跟你结婚，你说我单纯不？欧阳健说，你这么一说，我还真觉得你挺纯。欧阳健左手伸进裤兜，摸到那把瑞士军刀，脑子里却闪过王咪连续捅刺的画面，就像一个前辈正在为他演示操作要领，并给予他足够的勇气。

田思梦笑说，你这把柄露得恰逢其时，老天爷对我太好了，你说呢？欧阳健问，想要多少？开个价儿。她说，我得先买套公寓吧，二百来万，装修下来至少三百万，现在装修可贵了，关键得请设计师。先给我三百五十万呗，怎么样？不多吧？欧阳健说，什么叫先？还有后呢？她说，你放心，我也不会没完没了地敲下去，具体要多少我现在没想好，你别怕，我想好再告诉你。还有，你那只手在干吗？我得提前说清楚，你别想杀我，对面车里有人，正架着摄像机录像呢，而且那天的视频也在他手里，你要杀了我，今天晚上你肯定完蛋。

欧阳健看向对面的宝马车，根本没人影，便问，蒙谁呢？人在哪儿？她说当然在后排座，你好好想想，我会傻到一人来见你？欧阳健松开军刀问，车里谁啊？她说，我男朋友，比你帅比你猛，胸肌贼厚，腹肌特弹，使劲儿撞过来，我能飞出太阳系。欧阳健笑说，你还挺文艺。小姑娘，你准备和我结婚这事儿，你男朋友知道吗？田思梦欣赏着钻戒说，当然，不过你还别笑，老话说杀敌一千自损八百，这我懂。只要弄到钱，谁在乎你过去跟谁睡过？他更不在乎，因为他爱我。欧阳健点头说，行，一个比一个脏，这就叫王八盯绿豆，一丘之貉。

田思梦叹息道，行了，废话到这儿吧！三百五十万，今晚必须到账。欧阳健说，太多了，我账头没那么多。她说那我管不着，最迟明天下午，明天下午六点前，我要看不到收账短信，欧阳老师你就等死吧。她下车时拿走了包包和香水，关门前笑说，谢谢欧阳老师的礼物，你太帅了，我喜欢你这个老东西。

她扭着水蛇腰回到宝马车前，后排座还真出来一男的，个头儿得有一米九，短头发大眼睛，胸肌爆鼓，一看就挺猛。他左手拿着摄像机，右臂环住田思梦的腰，手掌溜到屁股上狠狠一拍一抓，二人便开始亲嘴儿，好像在庆祝一场战争的胜利。欧阳健掏出瑞士军刀，弹开刀刃，他现在只想把自个儿扎死，他觉着窝囊这东西可能是基因里的一部分，就算你飞黄腾达、盖世无双，该窝囊的时候一点儿都不含糊。

欧阳健趴在方向盘上，想着假如刚刚王咪在场，这对儿狗男女必死无疑。他突然想开车撞过去，把这俩不要脸的东西撞出太阳系，可刚一抬头，宝马车已绝尘而去。望着空空如也的停车位，他似乎听到田思梦留在那儿的欢笑声，大牙都快笑掉了，可就是停不下来。毕竟是天上陨落的巨型馅饼，普通人根本难以想象。他似乎听到那男的说，你要少了，这是头肥猪，往后必须狠狠刮，知道吗？田思梦说，你也看出来了？他那头是真大，绝对老猪头。

回到别墅，欧阳健百无聊赖，越想越气，刚摔了一个茶杯，田思梦便发来一个银行账号说，欧阳老师晚安。他走到冰箱前，心想不能再等了，这尸体必须尽快处理，否则会更加危险。回到书房，打开电脑，望着逐渐清晰的卫星地图，一条不错的抛尸路线在脑海中若隐若现。

这一次，他将一切怒火转嫁到尸体上，他要让赵明远灰飞烟灭。

第十章：恶意

1

杨宇把早上吃的煎饼果子都吐了，魏雨桐从包里抽一沓纸巾，让他蹭皮鞋。他说，你干吗斜眼瞅我，你瞧不起我？魏雨桐拂去洞洞裤上的土说，行啊，都会读心术啦。杨宇说，你给我闭嘴，我要深呼吸。魏雨桐双手叉腰，望着正午的烈日说，那你接着吐，我回现场了。杨宇说，你去车上给我弄瓶水，我顺一顺。魏雨桐脱下外套，往腰上一捆说，往北三公里有黄河。

2017年7月23日晌午，陆飞带队赶到庙儿乡这片荒丘，眼前的小木屋大约四平方米，附近没啥建筑，这房子显得挺突兀，像路边的临时茅厕。庙儿乡派出所民警给陆飞说，报案人是乡里的养猪大户，今儿一早骑摩托去市里订饲料，打这儿路过看着的。陆队你看，公路离这儿不远，他一眼就望见这房子在冒烟儿。陆飞问大概几点的事儿？民警说九点多。陆飞问当时这房子已经烧塌了？民警说，早烧完了，说是冒烟儿，其实挺淡的。他开摩托过来一瞅，闻着一股怪味儿，细细一看，这才看见一只烧黑的脚，当场吐了。陆飞沉默半晌道，依你看，这火是啥时候放的？民警说大概昨天晚上。

木屋被火拦腰烧断，西面那堵墙的木板子还剩半扇，最高不过一米，乍看像排打碎的板儿牙。其余三面基本垮了，木板高不过膝。当中一地碎炭，掩了一具焦尸，偶尔一阵风，吹得木灰漫天飞扬。

陆飞摘下墨镜问，这儿离市区多远？小刘说十四公里。他问民警这房子用来干吗的？民警说，这屋早了，上世纪八十年代搭的，当时给过往班车添水加油，1995年左右废了。陆飞说类似于小加油站？民警说，没错，是那意思。小刘说，陆队，我有几句不知当不当讲。陆飞说你随便说。小刘说，这地儿往西一公里是庙儿乡的西瓜田，最近西瓜成了，收瓜的二道贩子特别多。往东不到两公里是王家磨的养牛场，主要是奶牛，工人三班倒，二十四小时加工乳制品。往东南两公里是大河村的百合种植基地，二道贩子也不少。

陆飞问，你是想说这地儿能盖个农产品交易中心吗？小刘说，不是，我的意思是，这些地方有利益冲突，凶手八成在这里头。陆飞问养牛场能有啥冲突？小刘眉头一挑说，当然有啊，比如老板拖欠工资、奶牛伤人啥的。陆飞点头说，你这脑子是不被牛踹过？小刘捂住脑门儿说，你咋知道的？

魏雨桐箭步走来，望着正在忙活的法医组问，陆队，情况怎么样？陆飞看她穿着米色紧身背心儿，双胸凸显挺拔，抿嘴说，刚听小刘分析地形，有点儿抓瞎。魏雨桐看小刘盯着自个儿的胸口，连忙捂着说，啥地形？陆飞笑道，小刘说这地形有点儿高，杨宇好些没？她说还在吐。陆飞说，这还老刑警，太丢人了。小刘说习惯就好了。

陈明道拔地而起，喊道，陆队，你给我过来！陆飞说，干吗？吃枪药啦？陈明道摘下口罩，满头大汗说，死者男性，助燃物是汽油。魏雨桐说尸体怎么样？他说严重炭化，想解剖分析是生前烧死还是死后焚尸，难度有些大。陆飞问为啥？他说凶手处理尸体的方式有些残忍，也很专业。陆飞说别磨叽，说事儿！他说尸体呈舒展状态，手指没有蜷缩样，初步推断应该是死后焚尸。小刘问为啥解剖难度大？他说凶手焚尸前，用刀破开了尸体的腹部和喉咙，内腔灌注了汽油，多数器官全都严重炭化，这导致剖验的条件被完全破坏了。

而且，陈明道使劲儿喘了口气说，还有更专业的部分。陆飞问

159

哪部分？他指着尸体说，你们能看到尸体两侧摆着几个空心砖，我数了一下，总共八块儿。空心砖两两一组，每组由一根不到半米的钢筋贯通，共四根钢筋将尸体托起，相当于一个烧烤架，尸体下方有大量条状的易燃炭。魏雨桐说，让尸体背部紧贴地面，焚烧时炭化程度会大大降低，这对尸检有益，但对凶手不利，所以他选择上下一起烧。陈明道点头说，没错，皮肤、软组织和骨骼严重炭化，鉴定条件完全丧失，更重要的是死亡时间不好确定。

陆飞点了支烟，深吸一口，吐出来的烟雾都显得异常烦躁。他说，听来听去，反正是摊上大事儿了。陈明道说，死者胸口有多处显著刺创，这可能与他的死因有关系。周围没留下衣物残片，焚烧时应该是赤身裸体。在尸体以东半米的角落，有一堆烧焦的硬塑料，外围是一个金属中框，旁边有两根儿方口金属条，我大致瞅了一眼，应该是行李箱，从金属中框的大小来看，至少四十寸。小刘问，这么大的行李箱很少见啊，能装下尸体吗？他说，就被害人的体型而言，应该没问题。但是否装过尸体，还得化验。陆飞问行李箱的颜色能确定吗？他说从零星的碎片来看，应该是银灰色。陆飞点头又问，还有其他发现吗？比如身份证之类的？陈明道摇头说，目前来看，身份很难确定。魏雨桐问，能看出年龄吗？他说，从牙齿磨损程度来看，应该在四十岁上下。还有一点，他有三颗牙齿是合金烤瓷牙，据我所知，一般正规牙科医院在换牙前都会做牙模。

"你的意思是，通过牙模比对确认死者身份？"陆飞问。

"这是个办法，不过牙科医院保存牙模的时间大多比较短，时间长了就会销毁。"

"还有其他办法吗？"

"有一个。"

"什么？"

"您应该知道甘肃白银那起连环杀人案吧？"

"废话！"

"那起案件的侦破，使用了 Y 染色体 STR 特征检测技术，我们可以通过死者 DNA 中 Y 染色体的遗传特征，确定死者家族，然后逐一排除。"

"这得多久？"

"不好说，假如 DNA 信息库里没有其家族男性成员的样本，这个方法也无济于事，就算确定其家族，这个族群的人数也可能数以万计，排查难度可想而知。"

"这个市局能做吗？"

"不知道，我得去打听一下。"

"好，你先把尸体带回去，牙模和 DNA 的事儿由你负责。小刘，让技侦组进。"

现场被烧得一片狼藉，根本无处下脚，技侦组里外掬伤好几遍，除了那个严重变形的行李箱，没发现其他有用的东西。虽说空心砖和钢筋条也是物证，可经过一夜焚烧，根本没有价值。但陆飞觉着，这"烧烤架"似乎是凶手为他量身定制的，站在烈日下，他感觉自个儿像条羊腿，被凶手轻松翻烤，噼里啪啦冒着油花儿。

他有一种灼心之痛，不是烈日所致，是恶意。

他来到小屋一侧，眺望不远处的公路，这是一条双向两车道，自西向东，将荒原切分为二。魏雨桐说，这路年久失修，近几年走的人越来越少了。陆飞说，我知道，这条路西头在兰市青花岗，东头在三十公里外的定县，我二姨就在定县，小时候坐班车去她家就走这条路。小刘说，这条路贯通了十三个乡镇，监控又少得可怜，想排查过往车辆，难度实在不小。魏雨桐说，难度大也得查，不过得循序渐进，否则工作量太大。陆飞问，你有啥想法？魏雨桐说，咱们先两头抓，按屋子的大致起火时间推算，从昨天下午六点开始，到今天凌晨四点，无论来自定县还是兰市，只要在此期间驶入公路的机动车，全都列入排查对象。小刘说那得联系交管部门和定县警方。陆飞说，这事儿我来办，还有呢？

"附近乡镇最近是否有失踪男性，这也是一个切入口。"魏雨桐说。

陆飞连连点头："没错。"

"那个 DNA 技术我觉着有点儿玄，倒不如牙模来得快。"

"拿着牙模上哪儿比？"

"让本地乡镇的民警在辖区内的牙科诊所进行比对，定县那边要同时进行，兰市更得仔细查。"

小刘打着哈欠说："这工作量有些狠吧？"

陆飞说："没事儿，我给你放个假，放六十年，你去马尔代夫养老吧。"

"就知道您没憋好屁。"

2

发现焦尸的当天下午，欧阳健应邀赶到东新街一家茶楼，和十来个研究生同学见面，商量下个月的毕业周年庆典事宜。一进包厢，欧阳健见几个孩子满地追逐，笑问这都谁家的爱情结晶？同学们转头一看，有的鼓掌，有的吹口哨，有的高喊"热烈欢迎大作家"，曾经的法学院院花周欣然说，大作家真会摆谱儿，让我们候了半个点儿！欧阳健说，周欣然，你以为我来干啥，我来就是瞅院花儿的，否则我才不来呢。

欧阳健逗闷子，全场笑声连连。

周欣然微微一笑说，咋的？我去年刚离婚，想对我下手啊？欧阳健说，来的时候的确想过，现在一看还是算了。欧阳健给大伙打了招呼，在周欣然身旁坐下，他问另一侧的李冬冬，陆飞呢？李冬冬说，他没告诉你啊？

"没有啊！他怎么了？"

"他在庙儿乡办案呢，说是来不了啦。"

欧阳健眨了眨眼，低声问："怎么去那儿了？庙儿乡也归他们管呀？"

"那我不知道，应该在辖区内吧，否则也不会去。"

欧阳健端起面前的茶杯，抿了一口问："什么案子啊？"

"没说。"

周欣然拍手道："好了好了，大家安静一下，咱商量正事儿吧！"

一个七八岁的小女孩突然跑来，抱住欧阳健说，叔叔，你是大作家吗？欧阳健问谁说的？女孩说，我妈妈，她说今天会来一位大作家，作文写得可好了，能教教我吗？我作文写得不好，妈妈总骂我。欧阳健把小女孩放在腿上问，你妈妈在哪儿？小女孩指着对面的李泽慧说，在那儿。欧阳健说，李泽慧，你说说你，你是不是当后妈的？

后来的一个小时，同学们你一言我一语，有的建言献策，有的针锋相对。欧阳健却时常神情恍惚，说话顾此失彼。周欣然问他最近是不是太累了？他说，没错，最近睡眠不太好。周欣然说风流坏了？他说可能有点儿。她说，我看不像啊，感觉你心里挂事儿了！欧阳健随便搪塞几句，无心多言。此时此刻，他满脑子都是陆飞和庙儿乡，他想过尸体迟早会被发现，可万万没想到，竟然又要和陆飞硬碰硬了。

离开茶楼的时候已近黄昏，欧阳健提议大伙在附近酒楼聚餐，他做东，可同学们纷纷婉拒，最后打了招呼，四散而行。回到车里，点了支烟，望着高楼尽头的晚霞，他决定给陆飞打个电话。等候音一直在响，欧阳健耗到最后一声，直到听见客服说话，他才撂下电话。他想再拨一遍，可心里却说不行，他认为自己不能慌，这事儿还得憋着。刚系上安全带准备离开，陆飞却回了电话，他接通笑问，干吗呢？陆飞说，我在庙儿乡办案，你们怎么样？事儿都商量妥了吗？他说，差不多，下周联系外地同学。陆飞说，纪念品我都看好了，回头我发群里大伙把把关。欧阳健说，没问题，那个，你咋跑去庙儿乡？归你管吗？陆飞说，废话，要不然我跑这儿干吗？

"啥案子？"

"命案。"

"又死人啦？怎么死的？"

"不知道，尸体烧焦了。"

"妈呀，这么狠？"

"行了，回头再说吧，你告诉大伙对不住了。"

"放心，没人怨你。"

"那我忙去啦。"

"走着。"

挂了电话，欧阳健立马发微信给王咪，说被发现了。王咪回复说，被发现不是很正常吗？欧阳健说负责案件的警察是我朋友。王咪说，那又怎样？你害怕了？你不是自信心爆棚吗？他说，我不怕，你在干吗？她说我在诅咒你。他说，你先歇一会儿，东西啥时候给我？她说，等我联系你，在此之前别再烦我。

日落之前，欧阳健返回别墅，汽车刚进前院，只见田思梦穿了一身粉色运动衣，拿着手机堵在门口。欧阳健沉住气，照例开车入库，出来便问你来干吗？田思梦扎了丸子头，双手背在身后说，电子密码改了，我进不去，为啥要改密码呢？欧阳健，你以为我脑子里有片海吗？她说，快开门儿吧，让我进去坐一会儿。欧阳健的咬肌绷出七八块儿，低声说，你又想干吗？钱也给了，你还想给我上眼药？她说，欧阳老师，我有事儿跟你说，你看，咱要是在这儿说，门口人来人往的，您那些脏兮兮的事儿再让人听去，不太好吧？欧阳健环顾四周说，行，我是孙子，您里头请。

田思梦鞋都没换，一步一晃走进客厅，欧阳健忍气吞声道，有屁快放。田思梦走到冰箱前，拉开冷冻室大门看了看，转头笑说，那位先生呢？被你捣碎了？欧阳健说我现在就想把你捣成末儿。她说那是我男朋友的事儿，犯不着你出马，再说您这老渣渣的样儿，有那本事吗？欧阳健，啥事儿赶紧往外倒，没工夫跟你扯闲篇儿。

田思梦举起手机，屏幕对着脸说，老公你看看，这就是欧阳老师的房子，漂亮吗？手机里的男人说，挺好，你把我转过去，让我跟欧阳老师打一招呼。田思梦翻转屏幕，欧阳健定睛一看，果然是那天宝马车里的猛小伙。他挥手笑说，欧阳老师，你好，我是您的忠实读者。欧阳健说，放屁，有多远滚多远。

田思梦把手机搭在桌上，就像摆着猛男的遗像，欧阳健说，要不我给你老公敬上三炷香？田思梦说，不开玩笑了，欧阳老师，我今天来的目的很简单，我们在普吉岛看了一套海景别墅，投资回报率不差，装修、环境都挺好，现在就差钱了。欧阳健说，小崽子，胃口不小啊？前几天刚刮了我三百五十万，手还没凉又来盘我？她说我当时说了，咱又不是一锤子买卖，对不？欧阳健，信不信我现在弄死你？她咧嘴一笑说，别犯傻了，您不至于，我们也没那么黑，这次就要二百万，明早十点前到账，行不？

欧阳健坐进沙发，点了支烟说，我没钱了，你随便吧。猛男突然说，梦梦，那就别废话了，回来吧。田思梦拿起手机说，欧阳老师，那我走了，晚上记着刷微博。欧阳健捂着脑门喊道，行！明天到账。田思梦走到欧阳健身旁，在他额头啵了一口，笑说，这就对了，真喜欢你这老东西。

田思梦走了，关门声仿佛一声枪响，射出的子弹击穿了欧阳健瘦弱的尊严。他拽起自个儿的头发，感觉奇痒难耐，恨不得把头皮扒下来。他心里明镜儿似的，人心叵测、欲壑难填，这对狗男女根本不会轻易放过他。而眼下的自己只能如羔羊沉默，任人宰割。他想到小说里的杀手，一个手法轻快的男人，经常在黑夜出没，杀人用刀，见血封喉。他信用极好，只要接单谁都敢杀，而且有一万种方法逃出生天，就算被警方抓获，他也会在去审讯室的路上咬舌自尽。可问题是，这样的人真的存在吗？去哪儿找呢？

欧阳健想起前不久一个新闻，说深圳警方历时半年，打掉了一个网络杀手群。群里都是缺钱的年轻人，群主作为中介在网上接单，再将任务分派下去，谈好价钱，谁缺钱谁接活儿。欧阳健拿起手机，准备在网上碰碰运气，可再一想，这些人根本不靠谱，和职业杀手相比怕是毫无专业素养，只要被警察拎起来，心里那些事儿保准洒一地。

他用手抹了一把脸，靠在那儿想了半天，最后打电话给罗欣，问，你让会计查一下，公司账户还有多少钱。罗欣问您要用钱吗？他说，少废话，尽快把情况告诉我。罗欣说，好的，我马上让他查。

一切安静下来，他闭上眼睛，再次置身于噩梦列车，只不过那些拎手铐的黑衣人有了模样，其中一个，像是陆飞。但他毫无放弃的意思，他想砸碎车窗跳出去，虽说列车逆风疾驰，但与其被抓，为何不放手一搏？

3

经过两天走访摸排，庙儿乡警方反馈的信息是，尸体口中的金合金烤瓷牙，附近乡镇的牙科诊所压根儿没有。定县唯一的牙科医院倒是有，但医院主任说，这类烤瓷牙都是进口，过去不做，一年前才推广，估计价格太高，目前也就三人换过。一位中年女性，一位老太太，另一个中年男性，年龄四十二岁，不过只换了一颗，牙模也对不上。

2017年7月26日上午，陆飞和魏雨桐来到如美牙科，这是兰市西区最大的牙科医院，向院长说明来意，魏雨桐将尸体口腔照片和陈明道做的牙模交出，院长召集医师开会，二人便在整洁的会客间等了半小时。

魏雨桐说，我感觉牙模这事儿可能没戏了。陆飞说别灰心，不是还有DNA吗？她说别太乐观，我看没那么简单。陆飞跷起二郎腿，沉在椅子里说，阿姨叫我晚上去你家吃饭，你说我去不去？她说我劝你别去。陆飞问为啥？她说，别在我身上浪费时间，我不懂爱情，也不需要。陆飞咳了几声说，雨桐，你说说，你就这么不近人情吗？我就想朝你世界里多溜达几步，你干吗总是逃避呢？她说，假如死者这几颗牙是外地换的，DNA技术又无济于事，你说怎么办？陆飞抹了把脸说，领导对这案子挺重视，毕竟是恶性杀人案件，咱要没办法，那就移交市局呗。

"三年前那案子还吊在门儿上，这案子眼看又要歇菜，真是奇耻大辱。"

陆飞说："不要妄自菲薄。"

魏雨桐朝对面的会议室瞄了一眼说："这么长时间，难道发现什么了？"

"你进门也看到了，前厅患者都在排队，人流量这么大的医院，且得好好分析。"

"你去看一下，咱们时间有限。"

"别着急，不差这几分钟。"

陆飞想聊晚上去准丈母娘那儿吃饭的事，还没张嘴，会议室开了门，医师们鱼贯而出。院长走来笑说，不好意思，让二位久等了。陆飞说，您客气，查到什么了？院长说，我们有位医师对那牙模有印象，据他回忆，那患者的确换了三颗金合金烤瓷牙。陆飞问什么时候？院长说大概半年前。魏雨桐撰开面前的陆飞问，能打扰一下那位医师吗？院长说，您别急，她拿牙模去比对了，半年前的牙模应该没销毁，二位稍候。

　　不到十分钟，一位女医师姗姗而来，端着两个牙模和一份文件夹。几句寒暄，三人直切正题。女医师说这两个牙模能对上，从照片来看，那三颗烤瓷牙的确是我换的。陆飞说，您记性这么好？她说，我们这儿病人是挺多，可换这种贵金属烤瓷牙的人毕竟是少数，大致印象是有的。魏雨桐问有患者个人信息吗？女医师打开文件夹说，患者赵明远，男，四十四岁，这里有他的住址和电话号码。陆飞接过文件一看，问，能确定吗？女医师点头道，牙模上有患者标签，不会错。魏雨桐拨打赵明远的电话，能接通，却无人接听，连续拨打也那样。

　　他们和院长道别，迅速离开，在去赵明远家的路上，魏雨桐给陆飞说，老天总算开眼啦。她的脸侧向阳光，露出一丝久违的笑颜。

　　上午九点刚过，欧阳健来到秋水公园，在人工湖畔的茶座和麦色之见了面。他的穿着打扮依旧邋遢，有种难以名状的颓。欧阳健在他对面坐下时，他正喝着三炮台，无精打采地眺望湖心。天气晴朗，湖面几条游船，微风过处，水波粼粼。旁边有几桌打麻将的，一个大胡子男人说，昨儿输了八元钱，回家差点儿让媳妇楔死，不行，今天必须捞回来。

　　麦色之说，叫您来这么远的地方实在不好意思，我最近失眠，不想跑太远，这儿离我房子近。欧阳健说，别废话，你说期限三天，这都几天了？他说，您担待，我最近这状态实在不好，我琢磨我好像得癌症了。欧阳健说，能看出来，这他妈叫懒癌。他嘿嘿一笑说，您可真会把脉。欧阳健叫了一杯八宝茶，说，少跟我磨叽，查清了吗？

"查清了。"他从身边的皮包里抽出几张纸说，"事无巨细。"

"说说看。"

"这赵明远是个男的……"

"说有用的！"

"哦，这男的是汉族，1973年生于兰市罗家镇，初中文化。1990年在新疆当兵，1993年返回兰市在轴承厂上班，2006年升任供销科科长，两年后辞职经商，成立欧德贸易公司，主营保险柜和高低床。此人有两次婚姻，现任配偶叫林瑶，二人于2014年成婚，育有一子。"

"前妻呢？"

"前妻就是王咪。"

欧阳健撇嘴一笑："早该想到了，接着说。"

"王咪1980年生人，老家也在兰市罗家镇，大专学历。父亲早年病逝，她是独生女。2006年与赵明远成婚后离开罗家镇，先后在兰市三家商场做金饰导购，2013年离婚。二人有个女儿叫赵秋雨，生于2007年，2012年被兰市第一人民医院确诊为白血病，去年年底去世了。"

"去世了？"欧阳健若有所思，"也就是说，女儿被查出白血病在前，他们离婚在后？"

"没错。而且林瑶这女的是小三儿上位。"

"难怪啊！"

"什么？"

"这白血病很烧钱吧？"

麦色之笑说："您别逗闷子，现如今哪种病不烧钱啊？"

欧阳健端起八宝茶抿了一口，点了支烟问，离婚这事儿，是因为林瑶吗？麦色之说八成吧。欧阳健，说自个儿闺女那样了，还有心思搞离婚？法院怎么判的？他说，这可难了，您不会以为天底下带张脸的都是人吧？

欧阳健看向湖心，好像又多了几只小船，两个孩子在船上唱着"让我们荡起双桨……"他想起王咪杀莫达乃的时候，那是2014年初春，当天早晨黄沙漫天，中午下了雨，黄昏才晴开。按麦色之提供的信息推断，那时的赵秋雨已得病两年，是个七岁大的小女孩，应该和小船上的女孩儿一般大。他在王咪的卧室见过那张照片，女孩瓜子脸，有酒窝，笑得很甜。王咪总是很晚回家，她下班后可能一直在医院陪护，她应该很缺钱，所以才借了莫达乃的高利贷，结果被他敲诈勒索，真是雪上加霜。

欧阳健把这些事儿在心里捋了一遍，好像突然懂了王咪为啥那么恨他。他想假如王咪当时能说明自己的处境，打死他都不会去蹭那点儿油。当然，对于现在的欧阳健来说，一万多元根本不值一提，但在三年前，在那种一无是处、啃老为生的颓态下，上万元绝对是一笔不小的款子。而对于那时的王咪来说，对于身染沉疴的赵秋雨来说，一万多元有多重要，欧阳健心里是清楚的。

麦色之说，不过话说回来，这王咪也不是省油的灯。欧阳健问啥意思？他说我查过这两人的开房记录，赵明远第一次和林瑶开房，是在2011年3月份。同年9月份，王咪和一个叫陈立的男人连续开了三天房。由此可见，在女儿被查出白血病前，他们感情已经破裂了。欧阳健问，这陈立什么来头？他说，和王咪一样是金店导购，岁数比王咪小，2009年到2013年，他们在同一家金店工作，同事关系。当然，赵明远就一人渣，和林瑶结婚之后，他开房记录里的女人人数能攒一本《水浒传》。欧阳健问，那王咪呢？除陈立之外还有人吗？麦色之翻动手里的纸张说，没了，她这些年的开房记录只有那三天，往后都是空白。

"接着说。"

"重点就这些，其余信息都在资料上，我整理过。"

"好！钱我稍后打给你，东西放下，你可以走啦。"

"得嘞，那您往后还想打听谁……"

"走吧，让我自个儿待一会儿。"

麦色之走了，欧阳健把资料从头到尾看了一遍，虽说基本信息已被和盘托出，可某些事情仍像迷雾中的影子，难以辨别。他打电话给陆飞，问他在干吗？陆飞说，正在受害人家里问话，有事儿吗？欧阳健心头一震，问，什么、什么受害人？是庙儿乡那个受害人吗？陆飞说，对啊，有事儿快说。欧阳健深深吸了口气，说，周欣然让我问你，毕业周年的纪念品选好了吗？陆飞说，差不多了，回头我发群里头。欧阳健说，好，我待会儿告诉她。陆飞说那我挂了。欧阳健说等等！陆飞问咋了？欧阳健思忖片刻，笑说，没事儿，你去忙吧。陆飞说，行，有事儿再联系。

挂掉电话，欧阳健满头冷汗，他赶忙给王咪发微信说，快把他的手机处理掉。王咪回复说，为啥？我早上还给他老婆发过短信。欧阳健说他的身份被确认了，快处理，电话卡烧了，手机砸碎撒黄河里。

隔了十来分钟王咪才回复说，知道了。

4

赵明远家在天府小区 A 塔二十三楼，房子挺大，四室两厅。赵明远儿子三四岁大，小卷发大眼睛，开着玩具电动车在地上来回溜达，见谁都笑。女人说没错，我老公是叫赵明远，您二位是？魏雨桐亮出警官证说，我们是警察。女人把长发甩到身后说，有事儿吗？陆飞说方便的话我们能进去聊吗？女人说，不必了，家里挺乱，就在门口儿说。

陆飞看她满脸谨慎，大概以为他们是骗子，便问，赵明远这几天在家吗？她说不在。

"干吗去了？"

"不知道。"

"大概半年前，赵明远是否在西区的如美牙科换过牙？"

女人眉头一紧："你怎么知道的？"

"意思是换过咯？"

"没错。"

"三颗金合金烤瓷牙，对吗？"魏雨桐问。

"三颗是没错，什么合金不知道。"

"那就对了，你老公被人杀了。"

女人一听这话就准备关门，陆飞连忙用脚顶住门框问："你干吗？"

"你干吗？"女人反问，"把脚松开，否则我立马喊人。"

"合着你以为我们是骗子啊？"

"我告诉你，别想蒙我，老娘走南闯北，啥没见过，就你这衰样，拿个假证儿蒙谁呢？怎么着？我老公死了，你准备多少钱把尸体卖给我？我告你，打这儿往北两公里是黄河，尸体我不要，你扔了喂鱼吧。"女人使劲儿顶门说，"你把脚给我挪开！挪不挪？"

魏雨桐掏出几张照片说，喏，你自己看。女人盯了一会儿，冷笑说，照片儿上抹迷幻药，是不？陆飞说你拿着给她看。魏雨桐说，看好咯，这是赵明远的口腔照片，三颗烤瓷牙你应该见过吧？这是他的尸体，被烧焦了，但体型能看出来，有些胖。右手这枚翠面儿戒指眼熟吗？女人一把夺过照片，一一翻看。陆飞问，现在能让我们进去说吗？

女人坐在沙发对面，哭成泪人。陆飞问，您尊姓大名？她说，我叫林瑶，你们在哪儿发现他的？雨桐说兰市以东十几公里的庙儿乡。林瑶揞去鼻涕问，怎么会在那儿？陆飞说我们还在查。林瑶问，这尸体，你们是刚发现吗？陆飞说，7月23号早上发现的，今天26号，快四天啦。林瑶眉头一拧，略显疑惑道，这不可能啊？他今早还在给我发短信。

陆飞和雨桐面面相觑，好像都有点儿吃惊。陆飞问今早啥时候？林瑶拿起手机说，八点多。陆飞问能给我看看吗？她说可以。信息是早晨八点二十一收到的，赵明远没说别的，就问孩子感冒好了吗？

陆飞问林瑶，你为啥没回复？她说他好些天没回家，我猜他又在外边睡女人，我懒得回。雨桐问睡哪个女人？她说多了，至少五六个，我说不上来。陆飞把手机还给林瑶说，我怀疑发短信的人和你老公的死有直接关系，半小时前我们打过赵明远的电话，一直无人接听，你现在发短信过去，问他在哪儿。

短信发出后，三人等了十来分钟，屋里除了那小孩不时叫两声妈妈，其余一切都在屏气凝神。陆飞说，不等了，你打给他。林瑶拨通号码，听了一会儿摇头道，他关机了。

"啥？关机了？"魏雨桐瞥了陆飞一眼。

"对，关机了。"林瑶切换到免提，客服的声音响彻遭遭。

陆飞连连咋舌道，难道咱们暴露了？雨桐说，完了，早上那几个电话打坏了。林瑶问现在怎么办？陆飞大致盘问了赵明远的个人情况，得知他是生意人，没什么仇家，有外债，可都是银行贷款，不存在暴力催收的问题。林瑶还说近两年厂子效益特别好，一切都蒸蒸日上的感觉，估计是得罪同行了，或者有人眼红，起了歹心。

陆飞问，你最后一次见赵明远是什么时候？她说，我有点儿忘了，应该是7月18号早晨。陆飞说能确定吗？她拿起手机翻看说，对，是那天早上，他让我在网上叫个早餐，再把他裤子熨一下，说要见个投资人。陆飞问什么投资人？你认识吗？她说，生意上的事儿我懒得打听。魏雨桐点头问，赵明远经常给你发短信吗？她说不，他一般都会打电话，很少发短信的。就算微信也发语音，他懒得用输入法。雨桐问，从18号到今天早晨，他给你打过电话吗？她说，没有，你这一说我才发现，这段时间吧，他每天都会给我发短信，电话从没打过，一个都没有。

陆飞把这点记在本子上说，我看你年纪不大，有三十吗？林瑶说今年二十九。雨桐说，赵明远四十多了，他是二婚吗？林瑶眉眼低垂，点头说，对，是二婚。陆飞问你认识他前妻吗？林瑶说见过几面，很久以前了。

"知道名字吗？"

"王咪，一个口一个米。"

"王咪？"雨桐的眼珠子来回一晃说，"陆队，这名字耳熟吗？"

"有点儿。"陆飞问林瑶，"赵明远和王咪为啥离婚，你知道吗？"

林瑶说："不清楚，我认识赵明远的时候，他已经离了。"

"你知道这王咪住哪儿吗？"

林瑶说，不知道，我也管不着。雨桐问那你还知道什么？关于赵明远和他前妻。她缓缓抬起额头，冷冷地说，我什么都不知道。陆飞一声叹息，说，这地方就你和孩子吗？她说是。陆飞问，你在兰市有亲戚吗？她说父母都在。陆飞点头道，这样，出于安全考虑，你和孩子抓紧搬到父母那儿，假如手机再有短信，请立即联系我，这是我名片。林瑶说，好的，谢谢你们。

刚回队里，杨宇上蹿下跳跑进办公室，给陆飞一个熊抱，满脸傻乐。陆飞一把推开，抹了把脸问，你干吗？杨宇说，您立大功啦，我替全国人民拥抱您。小刘说，陆队，我想抱抱雨桐姐，我替全市人民抱一抱，行不？魏雨桐坐在沙发上，腿上架着笔记本电脑，不动声色。陆飞说，都给我闭嘴！小刘，让你查案发当晚的过往车辆跟赵明远的通话记录，查完没？小刘说，查完了，在您电子邮箱里。

7月22日下午六点到23日凌晨四点，从兰市青花岗驶入兰定公路的车辆总共七十八辆，陆飞把信息列表翻了一遍，突然在车主信息栏里看到三个熟悉的字：欧阳健！车牌号是 AS666，白色奥迪Q7。小刘问这些车主需要一一联系吗？陆飞说，废话，一个也不能放过。杨宇问，魏雨桐，你干吗呢？魏雨桐说，没事儿，你出去。陆飞点开赵明远的通话记录，竟在7月18日那天又看到了欧阳健，他掏出手机比对号码，果然是他认识的欧阳健！

就在此时，魏雨桐放下电脑说，陆队，我查到了！杨宇说，瞎喊啥呀？查到什么了？她说，赵明远的前妻王咪，就是三年前和莫达乃借过高利贷的王咪。

陆飞一怔，嘴里慢慢嚼出几个字儿，欧阳啊欧阳，不带你这么玩的。

第十一章：火花

1

当天下午，会议室特闷，窗外阴云密布，看着又要下雨了。陆飞让杨宇给全队分析案情，根据已有线索，王咪和欧阳健被列为重点嫌疑人。杨宇说，欧阳健是知名作家，有一定社会影响力，他的汽车在案发当晚，也就是 7 月 22 日晚十一点十三分，从青花岗驶入兰定公路，十二点十一分到达达县，兰定公路全长四十六公里，按照限速八十开，一个小时显然开得太慢，这是疑点之一。7 月 18 日早晨八点十三分，欧阳健给赵明远打过一个电话，下午三点五十二分，赵明远又给欧阳健回过一个。巧合的是，赵明远的配偶林瑶回忆，她最后一次见赵明远，恰恰就是 7 月 18 日早晨，赵明远说当天要见一个重要人物，很可能就是欧阳健，这是疑点之二。最最巧合的是，赵明远的前妻王咪，三年前曾是莫达乃案的相关人，而当年的欧阳健就住在王咪对楼，这是疑点之三。

陆飞望着荧幕，望着欧阳健的照片投影，心里着实五味杂陈。虽然眼前的线索尚不足以证明什么，但他心里明白，世上没那么多巧合。队里只有小刘、杨宇和魏雨桐知道，欧阳健和他是铁磁儿。陆飞让他们保密，他向魏雨桐下了保证，案子归案子，感情归感情，他分得清。可话说回来，在杨宇陈述案情的同时，他好像听到有人说，巧合的概率虽然低，但不代表不存在。

陆飞说，赵明远离家之后，每天都会给林瑶发短信，但其配偶林瑶说，赵明远很少发短信，一般只打电话，所以我现在怀疑，赵明远的死亡时间大概就在 18 日或 19 日，此后手机被嫌疑人操控，发短信的目的就是想打时间差。眼下最关键的事情是找到王咪，杨宇，这个任务交给你。小刘，欧阳健当晚到达定县后去了哪儿，这事儿你来查，务必尽快给我结果。欧阳健由我和雨桐负责，好了，大伙打起精神，分头行动。魏雨桐说，我看你就别去了，交给我吧。陆飞说，这人绝顶聪明，我不放心。你别胡思乱想，兄弟归兄弟，案子归案子，我懂。

驱车离开警局，天空泛起毛毛细雨，陆飞问最近怎么老下雨？魏雨桐胳膊卡在车窗上，挂着下巴说，我在想三年前的莫达乃案，我们是不是疏漏了什么？陆飞在红灯前踩下刹车，打开雨刮器说，你怀疑王咪？雨桐说，不是怀疑，是非常怀疑。陆飞说，当年的侦查也算滴水不漏，就算莫达乃是她杀的，但她没有抛尸的时间啊。雨桐点头道，没错，可心里这份儿怀疑越来越强烈了。你仔细想想，莫达乃案发现前一天，他的手机还在联系债务人，会不会和赵明远案一样，是凶手故意在打时间差？

陆飞摇头道，赵明远这是短信，莫达乃那是通话，老莫说电话那头肯定是他儿子，这不会错。雨桐想了想，一个激灵坐起来问，假如是录音呢？陆飞拧着方向盘说，录音？微信语音之类的？雨桐说，假如真是录音，目的就相当明确了，通过时间差干扰我们对死亡时间的判断，不是吗？陆飞说，我又想起一事儿。雨桐问啥事？陆飞说，不知你忘了没有，当年王咪所在的小区，监控的保存时间只有七天。雨桐好似恍然大悟，下巴微微一抬，轻轻"啊"了一声，说，至少七天的时间差，照这思路推下来，莫达乃肚子里的西瓜子，很可能就来自那家自助餐厅啊。陆飞说，你这记性可真好。雨桐望着窗外，怔怔地问，她在哪儿杀的人呢？尸体怎么处理的？天哪，越想越可怕了。

陆飞一声叹息道，雨桐，讲真话，我还是不信欧阳健和这些事儿有关系，但我没法说服自己不去怀疑。雨桐问，也许真是巧合呢？陆飞说，不，除了他打给赵明远的电话，除了他在案发当晚路经现场，还有其他。雨桐问什么？陆飞狠捏了一把方向盘，笑说，算了，我也是猜测，待会儿交过手再说吧。

陆飞给欧阳健打电话，问他在哪儿？欧阳健说，在家，怎么了？陆飞问，有时间吗？找你问些话！欧阳健说找我问话？是毕业庆典的事儿吗？陆飞说不是。欧阳健沉默片刻说，成，那你来吧，我给你泡茶。陆飞说还喝上回的大红袍。欧阳健笑说，你小子嘴够挑的。陆飞问，干吗？舍不得呗？欧阳健说放屁，哥们儿给别人舍不得，给你都舍得。来吧，我伺候着。挂了电话，魏雨桐问，陆队，我想问你一事儿，你别生气。陆飞说，问吧，没那么脆弱。雨桐说，假如，我是说假如，假如欧阳健为这事儿搭进去了，你会难过吗？陆飞说，别提了，我这会儿已经难过了。雨桐说，他能有今天的成就真不容易，可要摧毁的话，也就一念之间。陆飞咬了咬牙，说，是啊，不容易的。

敲开别墅大门，欧阳健胸前挂一布兜，陆飞问你干吗呢？欧阳健说，烤甜点啊，哟，雨桐也来啦，快进快进，别让雨淋着。二人进屋换了鞋，走进客厅闻到一股浓稠的奶油味儿，欧阳健说，我抽空给你们烤了葡式蛋挞，马上出炉。陆飞说，别忙了，过来坐下。欧阳健说，再等一分钟，茶在桌上，你们自助。他站在烤箱前，戴起防烫手套问，陆飞，周欣然说你选的纪念品太次了。陆飞坐进沙发，抿了一口茶，问，怎么了？我看那钢笔挺好啊！欧阳健说，得了吧，人说你那钢笔像江南皮革厂做的。陆飞问，那咋整？要不我再看一看？

烤箱"叮咚"一声，欧阳取出一盘金黄蛋挞，端到茶几前说，雨桐吃蛋挞吗？魏雨桐说，大作家还有这手艺，真难得。欧阳健说，哎呀，我记着雨桐不喝茶，给你弄杯热咖啡？雨桐说，不用了，天气凉飕飕的，热茶挺好。陆飞说，你赶紧坐下，我有话问你。欧阳健摘下手套，拿起烟盒给陆飞递了一支，自己点了一支，坐进旁边的沙发问，怎么了？啥事儿弄得你俩紧张兮兮的？

陆飞说，欧阳，我现在问你几个事儿，你要说实话，不许蒙我。欧阳健笑着说，干吗呀？至于这么正经吗？陆飞说，你要敢撒谎，我告诉你，哥们我绝对不客气。欧阳健说，雨桐，要不你问吧，我怎么感觉这孙子今天想抽我呀。

雨桐说："成，那我来问吧。欧阳哥，你认识一个叫赵明远的男人吗？"

2

欧阳健想都没想，点头"嗯"了一声，说："是认识一个叫赵明远的！怎么了？"

"你认识的赵明远是做保险柜的吗？"

"没错，四十来岁，人挺胖。"

"那就对了，你们怎么认识的？"

欧阳健把烟掐了，眉头一锁道："雨桐，你能先告诉我这人咋了吗？为啥要问他？陆飞，这人怎么了？"

陆飞说他死了。欧阳健的视线在陆飞和魏雨桐脸上来回一点，搓了搓鼻梁，正儿八经地问，死了？怎么死的？陆飞，你不会怀疑是我干的吧？陆飞说，没错，我就是怀疑你。欧阳健身子往后一沉，跷起二郎腿说，雨桐，你吃蛋挞，陆飞你说，你凭啥怀疑我？陆飞起火点烟，深吸一口道，你先回答我的问题，你们怎么认识的啊？

179

你一个知名作家怎么会认识一个卖保险柜的小老板？别给我撒谎，我要听真话。

欧阳健深深点头道，行，那你听好了，我认识他大概是半年前，在一个局上，攒局的人是我朋友，叫赵森，他是兰市商会理事。那天在场的大多是生意人，赵森请我过去撑场子，我去了，后来经人介绍认识了赵明远，他说他做保险柜，利润特别好，这话我当时就记住了。前阵子新书卖了版权，手里有闲钱，我琢磨工作室不用，放银行也亏，转念就想起赵明远说的话。我让赵森问他有没有入股的需要，他说最近想盖新工厂，正缺钱，那我想这生意能做啊，就这么简单。

欧阳健端起茶壶，给陆飞茶杯续满说，别愣着，接着问啊！魏雨桐说，欧阳哥，7月18日早晨和下午，你和赵明远有过电话联络，我想知道具体情况。欧阳健十指相扣，欠身道，是不是7月18日我倒忘了，但我们确实联系过，那天一早我接到赵森的电话，他说赵明远欢迎我去投资，所以我联系赵明远面谈，他约我下午在河口镇见面，就这样。

"为什么要在河口镇？"陆飞问。

"他说他工厂就在河口镇附近，这你可以查。"

"之后呢？说过程。"

"我是下午三点半左右赶到河口镇的，车停在镇南口，没一会儿他就打电话给我，问我在哪儿。我问他在哪儿，他说他在镇医院，我就开车过去接他。"

"接着说。"

"投资不是小事儿啊，我说找一茶楼慢慢聊吧，他说不必，想着先给我介绍一下自个儿的经营状况，让我再考虑考虑。"

"你是财主，八抬大轿都请不来，让你再考虑考虑，这是什么逻辑？"

"他说我不了解这一行，有些事儿必须说清楚，否则到时出了岔子，他得罪不起我那商会的朋友。"

"所以呢？"

"我把车停在南街附近的空地上，听他给我讲工厂的设备和效益，主要讨论的问题是渠道。他说我在商会有人，往后招标的事儿希望我能出面打理，我说没问题。之后乱七八糟又扯了半个点儿，他说就这样，您回去再想想，要是同意，咱选个良辰吉日签合同，我说行。"

"后来呢？"

"后来他走了，说是要见什么人，挺着急的。"

"见谁？"

"你看看，我又不是他妈，我问那干吗呀？"

"他怎么走的？"

"步行。"

"几点走的？"

"嗯……不到五点钟。"

"你呢？"

"镇上有个挺有名的玉雕师，算朋友吧，我琢磨来都来啦，过去打一照面儿呗，而且你知道我喜欢和田玉。到他家聊了一个点儿，买了两个手把件儿，花了十三万多，转账记录、东西都在，看吗？"

"等会儿再看。"陆飞说，"你几点离开的？"

"我们吃了一顿饭，大概九点吧。"

"那天之后，你和赵明远没再联系吗？"

"联系了，第二天我给他打电话，他不接。下午他给我发了短信，说近几天出差，等回来再联系。谁知道你们今天来说他死了，我还一头雾水呢。哎，怎么死的？"

陆飞说，那我再问你，7月22日晚上十一点多，你开车从青花岗驶入兰定公路，十二点多到达定县，你去干吗了？欧阳健说你真拿我当嫌疑人了？陆飞说，别磨叽，回答问题。欧阳健说，雨桐，你干吗一直盯着我？你在观察我的微表情吗？雨桐说，没有，你说你的。欧阳健说，没错，我是去定县了，怎么了？我不能去吗？陆飞说不是那意思，我是说那个时间你去定县干吗？而且第二天一早七点多又返回兰市，你在搞什么呀？

欧阳健盯着陆飞，瞳孔微微一晃说，我有抑郁症。陆飞说，啥？抑郁症？抑郁症就喜欢那点儿到处乱跑吗？那是抑郁症吗？欧阳健说，你啥都不懂，我这病晚上睡不着，失眠！你上楼去卧室看一看，我床头放了三种安眠药，每天轮着吃，根本没用。

陆飞说病情往后搁，先说去定县干吗了？欧阳健说定县有个佛门居士，七十来岁的老爷子，一脸大胡子，长得像弥勒。他说我这是心锁，吃药没用，只有佛法能解。他让我晚上过去，三更半夜念经渡我，跟我聊宇宙、聊生死、聊空空如也。这么说，不仅22号，那几天晚上我都去了，效果特别好，我现在睡眠好多啦。

魏雨桐瞥了陆飞一眼说，欧阳哥，兰定公路全长四十六公里，你却开了一个小时，是不是太慢了？欧阳健说，妹妹，哥哥有点儿夜盲，开夜车都慢，再说那条路穿了好些个村镇，我倒不怕死，就怕撞了别人给人添堵啊。

陆飞连连拍手，笑说，不愧是欧阳健，回答天衣无缝，我猜跟着你提供的线索从头到尾查一遍，什么商会理事、玉雕大师、佛门居士，说的话应该都和你如出一辙，没错吧？欧阳健眉头一拧说，陆飞，说话好好说，别给我酸了吧唧的。怎么了？就认定我是杀人犯了？行，你要为立功，哥们儿豁出去了，手铐摞下带我走。陆飞吃了一枚蛋挞，欧阳健问，咋样？这味儿行不行？陆飞说，挺好，待会儿你给我打包，我全带回去。欧阳健说，没问题，我再给雨桐烤一炉。雨桐说，不用了，我很少吃甜点。

陆飞舔了舔手指说，欧阳，来，把你手机给我看一下。

3

检查手机这要求相当突然，说是晴空霹雳都不太够，欧阳健虽然有些蒙，但他绝不能让自个儿像呆头鹅愣着。他掏出手机笑问，陆飞，真要给我从里到外扒层皮啊？陆飞说，死者手机上午还通着，你给我打了一个电话之后，人手机彻底关了，你相信这是巧合吗？欧阳健给手机解锁，丢给陆飞说，看吧，随便看，也就你陆飞，换旁人早让你滚屁啦。

陆飞点开欧阳健的通话记录，用手机拍照说，没删通话记录吧？欧阳健说，你抓紧，我待会儿订餐厅，晚上咱们喝两杯。拍下通话记录，陆飞盯着欧阳健问，短信、微信能看不？欧阳健突然起身，眨了眨眼说，看呗，最好都看看，软件一箩筐，都翻翻。我去给雨桐拿些巧克力，俄罗斯货，倍儿香。雨桐说别忙了。欧阳健说就在楼上，我去拿。

欧阳健缓步上楼，窗外大雨滂沱，密集的雨线让远处的建筑集体消失，就像欧阳健心里的秘密难辨踪迹。雨桐说，陆队，他敢把手机给你，我猜早处理过了。陆飞说，别小看他，万一唱个空城计呢？雨桐环顾四周说，你看这房子，每件物品都错落有致、规规矩矩，这么细致的人，你认为他会轻易犯险吗？还有，谁敢保证他没有第二部手机呢？再说联系方式这么多，你能确定他只用手机和外界联络吗？陆飞说有一个查一个，查不到再说呗！刚给他通话记录拍了照，回去和查询记录比一下，要发现哪个通话被他删咯，那不就漏了。

"微信有异常吗？"雨桐问。

"没发现。"

欧阳健从楼上下来，手里抱着一个红铁盒，打开是包装精美的巧克力，有方块儿，有五角星形的，花花绿绿怪好看。欧阳健说，这是上个月朋友从莫斯科捎来的，雨桐快尝尝！陆飞捡了一颗，撕开包装丢进嘴里说，欧阳，还有别的手机吗？欧阳健，你看你，我是倒二手机的吗？陆飞点头道，行，这巧克力不错，雨桐你也来一块儿。雨桐说，不想吃。欧阳健说，没事儿，走前给雨桐带上。在陆飞要求下，欧阳健把18日当天购买的玉器和小票找了出来，之后又去车库看车，魏雨桐仔细搜查了后备厢，没发现异样。

站在车库门口，陆飞望着湿漉漉的草坪问欧阳健，我现在认认真真问你一遍，三年前住你对楼那女人，你到底认不认识？欧阳健说那我就真真切切回答你，不认识。陆飞点了点头，伸了个懒腰说，欧阳啊，我这儿有个理论想不想听一下？欧阳健笑问啥理论？陆飞说，其实也不算理论，算我自个儿悟的，当一个情绪控制力极强的人想要冷静的时候，他会异常冷静，冷静得过头儿。欧阳健掏出烟盒给陆飞敬了一支，自己点了一支说，你的意思是，我冷静过头了？陆飞说，兄弟，有事儿早说，我不会害你。欧阳健说，少给我来这套，回去躺床上好好想想，我何苦要杀赵明远？什么动机？我是缺钱还是缺女人？你再查一查我和赵明远的社会关系，我和他往日无怨近日无仇，我干吗呀？我现在拥有这一切你都能看见，金钱、荣誉、地位，我缺啥？

"那女人叫王咪！"陆飞转头盯着欧阳健，突然说。

"你说我对楼那个？"

"没错，她是赵明远的前妻。"

"哦？这也太巧了。"

"对啊，我也觉得巧，它怎么能这么巧呢？"

"行了，别夹枪带棒的，有屁好好放。"

三人离开车库，欧阳健邀他们去餐厅吃饭，陆飞当即回绝，说眼下忙得不可开交，哪儿有嘴吃饭。欧阳健说，行，那改天再说，庆典纪念品那事儿你甭管了，交给我。雨还在下，欧阳健撑伞将二人送至路旁，陆飞钻进驾驶舱，摇下车窗说，欧阳，你刚才说那些我会一一核实，要是里头有一丁点儿毛病，你去我办公室，咱俩当面儿捋清楚。

欧阳健眉眼一沉，微笑说，没问题，我等你。

陆飞说，还有，这段时间你不许离开兰市了，假如非走不可，你得去我那儿报备，跟我说明出行事由，记住啦？欧阳健说，没问题，我全力配合。魏雨桐欠身说，欧阳哥，谢谢你的巧克力。

望着陆飞的汽车在雨中消失，欧阳健终于松了口气。他返回别墅，打开微信，再次向王咪发出好友申请。王咪问怎么样？欧阳健发送语音，他们已经怀疑我了，当然，还有你。王咪说为什么会怀疑我？欧阳健说，不知道，你那儿处理得干净吗？她说放心，纤尘不染。欧阳健说，他们应该很快就会找到你，切记别慌，他们没证据。王咪说，欧阳健，咱们别再联系了，那把菜刀和录像我会寄给你。欧阳健问为啥？她说就这样吧。

几分钟后，欧阳健被王咪扯进黑名单，再无回声。放下手机，欧阳健来到窗前，听着雨滴敲打世界的声音，他内心有些许怅然。

回警局的路上，魏雨桐没怎么说话，陆飞问怎么了？干吗不说话？她说，我觉着你挺为难，别说你，我都有些磨不开面儿。陆飞说，朋友是朋友，嫌疑是嫌疑，我分得清。她说，我觉得你分不清，因为你从没这样过。陆飞问我哪样了？她说，你刚才问话的时候，根本就没集中注意力，问题也是东一榔头西一棒槌，毫无条理，你从没这样过，至少我没见过。

陆飞扭了扭脖子问，你觉得欧阳健有问题吗？她说我感觉有。

"说说看。"

"每当你问到案件细节，他总会试着把话题扯回来，扯到平时聊天那状态，就好像，你们在聊一本悬疑小说。"

"没错。"

"欧阳哥平时不这样，往常他听你聊命案，注意力会格外集中。假如这事儿和他没关系，他肯定会揪着你问东问西，不问穿才怪呢。可是刚刚，他总在回避问题，上楼拿巧克力回来，他鬓角明显有些潮湿，我猜他八成用冷水洗过脸，好让自己保持清醒和放松。"

"你眼贼，我都没看着。还有呢？"

"他在别墅里的回答行云流水，毫无破绽，我真是佩服。不过在车库门口，当你说那女人叫王咪时，他左手食指不自觉勾了一下。我站他身后，看得一清二楚。"

"是吗？还有呢？"

"汽车清理得很干净，简直像新车一样。"

"没错。"

"上个月他来队里给你送茶叶，还有几箱杞果，假如我没记错，后备厢的垫子是咖啡色，如今却成了米白色，十有八九是新换的。"

"对，是咖啡色。"

"你会经常换后备厢的垫子吗？"

"很少有人换那东西，顶多洗一洗。"

"那他为啥要换？"

"现场有钢筋条和空心砖，假如事先放在车里，很容易把垫子刮出裂。"

"我也是这么想的。"

陆飞说你刚才为啥不问他？雨桐说我不想打草惊蛇。陆飞说那就回去调监控，看看他在哪儿换的垫子。雨桐说没用的，就算你把旧垫子扔给他，他也会胡编乱造，一个写小说的人，最不缺的就是想象力。陆飞说，没错，我了解欧阳，这人心思缜密，能露出这么显而易见的破绽，肯定早有考虑，那现在怎么办？雨桐说，我把他行车记录仪的内存卡偷来了。陆飞脸一绷，问，啥？偷来了？雨桐说，我怕他现场做手脚，所以偷来了，有毛病吗？陆飞说没毛病。雨桐说，假如视频里有22日当晚的行车记录，我看欧阳哥还怎么说。陆飞说，没错，只要他在庙儿乡附近逗留过，那就没跑了。

就在此时，欧阳健打来电话，说，雨越下越大，你小心开车。陆飞说，没事儿，我们马上到了。欧阳健说，行，那我就放心了。陆飞说欧阳，不好意思，雨桐刚把你行车记录仪的内存卡带走了，临走前忘了打招呼，别生气啊。欧阳健说，你告诉雨桐，哥这儿的东西随便取，不用打招呼。不过，那卡是昨儿新换的，原来那张坏了，你们查完给我捎回来。陆飞一声冷哼，望着雨桐说，成，我抽空给你送回去。

挂了电话，陆飞说，咋样？服了吧？雨桐说，不愧是推理作家，服了！可他这么做，只会增加自己的嫌疑，不是吗？陆飞说，嫌疑是嫌疑，证据归证据，你好好想想，他可是学法律的，嫌疑和证据的差别他心知肚明。目前来看，那个银色行李箱可能是唯一突破口了。雨桐说，陈明道在箱子碎片上发现了死者血迹，但你该如何证明那箱子是欧阳哥的？陆飞说，别着急，总会有办法。

夜里九点多，小刘让陆飞去监控中心，说是有重大发现。众人围在电脑屏幕前，小刘说大家看，这辆出租车于22日晚十一点四十二分，从青花岗驶入兰定公路，十二点十四分，此车在庙儿乡附近调头，不到二十分钟又返回兰市，最后一路开向河口镇。我们进行逆向追踪，发现这车是河口镇开来的，从好几个监控卡口都能看到，汽车后备厢翘了半张嘴，至于里面装的什么，监控暂时看不清，但应该是个大家伙。雨桐问，乘客在哪儿上的车？小刘说应该是河口镇南街附近，但那片儿地方没监控，目前查不到。

陆飞说抓紧联系出租车司机！小刘说已经叫来了，就在前厅候着呢。陆飞问为啥不早说？小刘说您也没问啊？雨桐问杨宇回来没？小刘说，没有，还在查王咪的落脚点。

陆飞说，我看这出租车肯定有问题。

4

司机个头儿不高，脑袋像萝卜，一身严重褪色的蓝工作服，戴着花袖套，挂着大短裤。据他回忆，那天夜里是有个女乘客，托着大号行李箱，手里还拎着一只桶，就大号矿泉水桶，里头装着淡黄色透明液体，他知道是汽油，味儿挺冲。陆飞问，她在哪儿上的车？司机说河口镇南街，她说要去定县，问我能去不？我说包车四百元，她说没问题。那行李箱死沉，是我帮她塞进后备厢的，那桶汽油她一直拎在手里，上车后搁在脚旁边了。

陆飞问那行李箱大概多少斤？司机说，哎呀，少说得有一百来斤吧？

魏雨桐问，现在走定县，多数人都会上高速，你为啥要走兰定公路？司机说，她要求的！我也不爱走啊，那路遍地都是炮弹坑，废车。雨桐又问，她在哪儿下的车？司机说庙儿乡附近，我也觉得怪，照理儿说那地方离庙儿乡还有几公里，荒山野岭、黑灯瞎火的，不知道她为啥在那儿下车，可她还是给了我四百元钱。陆飞问，那女的长啥样你还记得吗？司机说长头发，扎一马尾，个头儿得有一米七，身材挺棒的。我行车记录仪应该拍到了。

陆飞说那劳烦您取来给我们看一下。司机说成，车在院儿里，我去拿。

视频里，汽车灯光转了一个弯儿，在狭窄的路上又走了几分钟，右侧人行道上，一个女人的身影渐渐清晰。她穿一身粉色运动装，白色旅游鞋，朝司机挥着手，面前立着一个银灰色行李箱和大号矿泉水桶。

汽车缓缓停下，女人托着箱子从画面中一掠而过，陆飞将视频倒放，魏雨桐说，没错，就是王咪，好像比三年前瘦了些。小刘说，行李箱能对上，焚尸的汽油也在，地点也吻合，基本没跑了。雨桐说，陆队，展开抓捕吧？陆飞点头说，行，我去给领导汇报一下，你们把录像拿到视侦组，让他们再看看。小刘说没问题。陆飞刚一起身，桌上的电话响了起来，是杨宇打来的。

信号似乎不畅，相互"喂"了几声，杨宇说："陆队，王咪的住所找到了，在河口镇南街27日。"

"怎么找到的？"

"她在兰市有个二姨，她二姨说的。"

"你们去了吗？"

"我们刚到，可眼下这事儿挺邪门儿的！"

"怎么了？"

"我们刚到门口，发现房子给河口镇派出所的同志给圈了。"

"咋回事儿？"

"我还不清楚，要不我等你？"

"成，我马上到。"

摞下手机，陆飞说，王咪的住所找到了，就在河口镇。魏雨桐问，王咪在吗？陆飞说，不知道，杨宇他们刚到，可房子被河口镇的警察给围了。小刘瞪着眼泡儿说，不可能啊？这案子一直是咱负

189

责，他们干吗呀？陆飞说，不清楚，去了再说吧，雨桐你给家里打个电话，今晚可能要加班了。

夜里十点半，大雨骤停。陆飞和魏雨桐赶到河口镇南街，杨宇在巷口朝他们挥手，不远处的人行道旁，停了一辆救护车。陆飞问啥情况？杨宇说跟我来。三人走进窄巷，不远处扎了一堆人，唔唔喳喳的，几名干警挺在前头，维持秩序。杨宇像人肉炮弹将围观者炸开，陆飞和雨桐跟在后头，跨过警戒线，走进院子，他们见到了河口镇派出所所长老冯。

几句寒暄，陆飞环顾四周，正屋门上有颗灯泡，院子里挺亮堂。老冯身后的地上有些血迹，像未成的泼墨画。陆飞问老冯，什么情况？老冯说我们接到报警，说有一男的让人杀了，在南街27号院子里。我们赶到这儿，见这地方横了一人，男的，脸上都是血，但没死。雨桐问人呢？老冯说送医院了。陆飞问伤哪儿了？老冯说舌头给人割了。

"啥？舌头？"陆飞有点儿蒙。

"没错，是舌头。"

"就舌头被割了？"雨桐问。

"后脖颈有一处钝器伤，可能是铁棍儿之类的东西打击所致。"

"你们来的时候，他什么状态？"

"一直昏迷不醒。"

"大门是你们撞开的？"

"不，大门没上锁。"

"屋里有人吗？"

"只有被害人。"

陆飞问："报案人呢？"

"刚问了，报案人是一女的，我把电话打过去，受害人兜里的手机却响了。"

"意思是，报案人用被害人的手机报的案？"

"没错。"

"几点的事儿？"

"大概一小时前。"

就在此时，杨宇在西面小屋里喊道，陆队，你快过来看！陆飞走进小屋，正对面支着一口大冰柜，盖板儿搭在墙上。两侧的警员相继退开，陆飞走近冰柜，看到四壁挂霜，雪白的霜花表面，有几片殷红的痕迹。柜子里是些大肉和冻鸡腿儿，散乱地堆在一起。

陆飞问咋了？不就冻肉吗？杨宇伸出手指，朝柜角一戳，你再瞅，那是啥？雨桐戴上手套，拿起那个裹着保鲜膜的小物件，细细一看，竟是一根手指头。

"是人的手指头？"陆飞问。

"没错。"

"老冯，受害人的手指少了吗？"

老冯说没啊，除了舌头哪儿都没少。

魏雨桐说："陆队，这不像刚冻的，你好好想想，三年前的莫达乃是不是少根儿手指头？"

陆飞点头道："没错，有这回事儿。"

杨宇问："妈呀？冻了三年啊？怪不得有点儿像老腊肉呢。"

"你给我闭嘴！"

陆飞继续打量冰柜，自言自语道，这几抹红通通的，不会是人血吧？雨桐说，杨宇，赶紧给队里打电话，快！杨宇说这就打。陆飞问老冯，受害人的个人信息清楚吗？老冯说，看了身份证，受害人叫孙晓阳，三十一岁，兰市本地人。干吗的不知道，不过从打扮来看，像医院急救人员。陆飞问哪个医院？老冯说没细看。雨桐问，外边那辆救护车是受害人的吗？老冯说不知道，要不咱们去医院，刚才联系家属了，问问他们呗。

陆飞让杨宇留下，等队里来人部署侦查，自己和魏雨桐、老冯驱车赶往兰市第三人民医院。将近凌晨，他们在住院部十三楼见到了孙晓阳的几位家属，大致询问后，陆飞请孙晓阳的妹妹借一步说话。

这女孩约莫二十来岁，穿着打扮十分普通，瞳仁又大又黑，说话泪水涟涟。陆飞说，别哭了，你哥应该没事儿。她问，你抓到凶手了吗？陆飞说，还没有，不过你放心，凶手跑不了。她说，我哥平时待人和善、不争不抢，谁会这么毒？陆飞问，你哥做什么工作的？她说在市二院开救护车。陆飞问，你哥单身吗？她说前不久好了一个，打算年底结婚的。魏雨桐问，叫什么？她说名字不知道，就知道姓钱，在东升街一家超市干会计。陆飞说，那你有没有听你哥说过一个叫王咪的女人？她抹掉泪痕，望着陆飞问，谁是王咪？

"没听过？"

"没有，从没听过。"

"行，你父母没来吗？"陆飞问。

"他们在外地，明儿才能赶回来。"

"那你看好你哥，等他醒了通知我们。"

"知道了。"

第二天一早，陆飞和魏雨桐赶到市二院，管理救护车的后勤主管说，这孙晓阳我认识，但不是我们医院的。陆飞说不可能，他妹妹说他就在这儿开救护车啊。主管说开救护车不假，可他是黑救护啊。雨桐问啥叫黑救护？主管说他那车没资质，挂靠在小型医疗机构，总盘在我们医院拉病患。陆飞说既然是黑救护，你们不管吗？主管一声冷笑说，我们管？我们怎么管？没那权力啊！再说你们是警察，这事儿该归你们管吧？

陆飞哑口无言，手机却响了起来，是杨宇。他说孙晓阳醒了，目前说不了话，我让他把昨天的事儿写在纸上，来龙去脉大概捋清了。陆飞问怎么说？杨宇说，昨天晚上八点多，孙晓阳接了一个电话，说河口镇南街二十七号有一病患，请他过去拉一下，还说挺急的。孙晓阳开价三千块钱，对方说可以。他赶到门口，一个女的给他开了门，他问病人在哪儿，女的说在里屋床上。他刚一进门，就被那女的敲了闷棍儿，倒在地上有些晕，他见那女的走过来，往他脸上捂了一块布，没一会儿就断片儿了，今早醒来才知道舌头让人拿走了。

　　陆飞问，打电话的也是女的吗？杨宇说对啊，应该就是王咪了。

　　"电话号码查了吗？"

　　"查了，没有实名认证。还有一点，孙晓阳说他没见过那女的，从没见过，不知道她为什么害自个儿。"

　　"没见过？不可能吧？无冤无仇，她至于吗？"

　　"我让他好好回忆一下，他就说不认识，我也纳闷啊。给他看王咪的照片，他说就这女的。"

　　"还说什么了？"

　　"对了，技侦组在正屋的地板革上发现了一些血迹，院子的水槽上放了一瓶化学试剂，是乙醚。"

　　"王咪用那东西把孙晓阳给整断片儿了？"

　　"八九不离十。"

　　"还有呢？"

　　"可用的线索就这些了，至于王咪的踪迹，目前还不明朗。"

　　"知道了。"

　　陆飞和魏雨桐回到车上，陆飞戴起墨镜说，雨桐，这女的是不是疯了？魏雨桐系上安全带，说，我倒觉得，这孙晓阳可能没说实话。

陆飞说，他和王咪肯定认识，我不相信他们毫无瓜葛。

魏雨桐说，王咪，这女人像一阵风，像天上的云，是个谜。

第十二章：锋利

1

印象里的商业街总是人头攒动，今天却格外冷清。王咪站在落地窗前，从酒店房间俯瞰城市，想起了很久以前，女儿在客厅里背唐诗，自己把浆洗的床单枕套搭在晾衣架上。正午阳光明媚，似曾相识的情景，总会勾起沉寂的回忆。那时女儿活泼康健，扎着丸子头，戴着卡通发卡，经常问王咪这样那样的问题。

小雨问过王咪，妈妈，为什么天亮了，星星全都不见了？王咪记得自己的回答，她说星星也要睡觉啊。小雨说星星为什么白天睡觉呢？王咪说这你得问星星呀。

去年年底，王咪的小星星永远睡着了，对她来说，再也没有可以入眠的夜晚，她的世界成了永久的白昼。

酒店登记的证件是赵明远的，她心里知道，东躲西藏的时间不会太长了，眼下大限将至，她明白。喝了杯红茶，离开酒店，她来到商业街上，走进一家美发中心。小胡子发型师与她久未谋面，却还是立马认出了她，笑问，您这是去哪儿了？这都两三年没见啦！王咪说，您记性真好，进门儿前我还担心您会不会把我忘了。发型师说，不能够，就是从没见您穿过运动衣，您穿运动衣也漂亮。

屋里顾客挺多，有人洗完头坐在沙发上排号，网络歌曲一首接一首地放着。王咪环顾四周说，装修了？发型师说，对啊，这都两年多了，过几个月又得重新装。

王咪淡淡一笑说，我想把长发剪了，还像原来那样儿，烫一下。发型师问染色吗？王咪说，还是栗子色。发型师走出柜台说，您就喜欢那颜色，行，先去洗一洗？王咪问不用排队吗？发型师说，打我开店您就一直照顾生意，排队不能够。

下午四点多，王咪来到儿童乐园，趴在旋转木马前的栏杆儿上，站了两个多小时。黄昏来了，天边儿染了绛红，游玩的人们相继散去，管木马的男人关了彩灯，盯着王咪说，女士，我看您搁这儿站了一下午，没事儿吧您？王咪笑说，没事儿。男人点头说，哦，这儿要打烊了，您孩子要坐木马得等明天啦。王咪说，知道了，谢谢。男人说，您快走吧，再过一会儿，前门儿就关了。王咪又说"谢谢"，可刚一转身，突然泪如雨下，她一边往前走，不时转头凝望，仿佛小雨还坐在木马上，朝她摆着剪刀手。

在商业街附近吃过饭，夜色入深，回到酒店已是晚上九点多。刚在楼下买了包烟，点了一支，站在窗口愣了半响。已经很久没吸烟了，烟草的味道恍如隔世。走进洗浴间，放水冲澡，水滴像无数小虫，爬过她光滑的肌肤。

冲洗完毕，裹上浴巾，她打开空调在床上躺了一会儿。窗外华灯初上，又一天过去了。不知何时她开始钟情于黑夜，安静的夜晚没有月光，无人叨扰，只要闭上眼睛，就能想到那些为数不多的美好。白天很烦，街上车水马龙，熙来攘往的人流巨大而沉默，她会感到恐惧，恐惧这些行走的人心。

夜里十点钟，她吹干头发，望着镜中的女人，她总觉着该去上班了。回到卧室，打开手提包，取出许久未穿的黑色长裙和黑色高跟鞋。裙子没变，只是自个儿的腰围偷偷扩了些，可套在身上依旧性感。鞋子上脚，稍稍有些不适，多年没穿高跟儿鞋，感觉得慢慢找。她走到化妆镜前，涂了口红，每一下都小心翼翼。之后打开面前的小盒子，取出那条黄金项链，坠子是一朵向日葵，金色的，就像刚刚盛开。一切穿戴整齐，她将盒里的钻戒丢进垃圾桶，那是赵明远的甜言蜜语，她早就想扔，可还是忍到现在。

出门前，她什么都没带，仿佛她什么都不需要了，甚至不需要整个世界。离开酒店，晚风拂过裙摆，她徐徐前行，趁夜色消失在路的尽头。

当晚十点不到，陆飞再次召集全队开会，小刘首先发言。他说从赵明远的通话记录来看，在欧阳健联系赵明远之前，商会理事赵森的确联系过赵明远。据他交代，欧阳健很早就向他提及过保险柜生意，欧阳健和赵明远相识，也的确是在一次商务聚会上。我们查了赵明远的公司状况，他们前不久在西区租了四亩地，是准备加盖工厂，规划图和设计方案都有，也向两家银行申请了贷款。所以说，他确实有融资需求。赵森听说这事儿，便问赵明远有没有融资渠道，赵明远说比较紧张，他就给欧阳健和赵明远搭了桥。

陆飞问，这赵森说话时，有没有可疑之处？小刘说，挺牛的，说话像大领导。雨桐，你问过是哪次商务聚会吗？小刘说，问了，他说早了，具体想不起来，还说这种聚会经常有。陆飞说，行，接着说。小刘点头道，7月18号当天下午四点零三分，赵明远在河口镇医院门口上了欧阳健的奥迪车，两分钟后，汽车在路口转弯向南行驶，最后一次出现在监控里，是离王咪住所一点五公里的一个卡口。五点二十八分，汽车再次出现，最终停在了镇西口的天成玉器行。玉器行老板说，他和欧阳健是老朋友，当晚在饭局上卖了两个手把件儿给他，总价十三万五。他还给欧阳健送了一套紫砂茶具，是他亲手塞进后备厢的，他说后备厢当时有两箱白酒和一个车刷，旁的没有。

夜里九点十三分，欧阳健离开玉器行，汽车驶过南街、东街，最终离开河口，并于当晚十点十七分返回兰市别墅。至于他是否在王咪家附近有过逗留，没有监控，目前很难说。

陆飞问定县那个佛门居士呢？小刘说查了，这人姓王，的确是在家修行的居士，去那儿求签的人络绎不绝。他说欧阳健是他关门弟子，还说他历经魔劫，求佛度化。杨宇问啥叫历经魔劫？小刘说我问了，那居士的意思是心魔难灭。陆飞往后一挺，说，心魔难灭？小刘说，对，是这么说的，他说咱们都有心魔，抽空可以去那儿拔一拔。杨宇一声冷哼，说，啥佛门居士？我看就一拔火罐的。陆飞说，行了，接着。小刘说，欧阳健说得没错，他不止7月22日当天夜里去过定县，21日晚上也去过，打今年3月起，他每个月都会去几次，时间都在晚上，行车时间也都是一小时左右。我查的就这些了，和欧阳健说得基本吻合。

陈明道拔地而起说，该我了。陆飞说你慢点儿。陈明道扭头说，我坐久了得站站。陆飞说，那你快些，我抬头盯着你，颈椎病也得犯。陈明道说，那我长话短说，在王咪住所内发现的那根儿冷冻手指，的确是莫达乃的。

在座一片哗然。

陈明道示意安静，接着说，冰柜里和地板革上的血迹是赵明远的，不过赵明远的尸体不像莫达乃那样，没有显著的冷冻特征，推测冷冻时间并不长。检验报告在雨桐手里，大伙可以传阅一下。

见陈明道坐回原位，陆飞问这就完了？陈明道点头说，啊，你让我快点儿啊。陆飞说，这就奇了，她为啥要留莫达乃的手指头？照理说，三年前能从咱眼皮儿底下溜掉，她不该把莫达乃的痕迹全都抹干净吗？杨宇说，可问题是三年前那尸体，她怎么抛的？当时无死角查了，她完全没那时间啊？雨桐说这些以后再说，小刘，王咪那个没实名认证的电话号码，有没有在赵明远的通话记录里出现过？小刘说没有。陆飞说，假如赵明远离开欧阳健去了王咪家，之前肯定会联系，难道是微信？雨桐说，杨宇，王咪的行踪有着落吗？杨宇说还在搜。

陆飞说，有一点我就是看不透，假如王咪的行李箱塞了赵明远，那空心砖和钢筋条在哪儿呢？我不认为那行李箱能装得下。魏雨桐说，所以你怀疑欧阳健？陆飞说，他和王咪肯定有关系。魏雨桐双臂抱怀，问，为啥这么肯定？陆飞眉眼朝下，眨了眨说，我也说不好，感觉吧。魏雨桐问，真这么想？陆飞轻声叹息，点头道，对，真的。

就在此时，陆飞接到门房电话，说你那个姓欧阳的朋友要找你。陆飞问在门口儿吗？门房说，对，刚登记了。陆飞说让他来我办公室。魏雨桐问怎么了？陆飞说，老话说得好，说曹操，曹操到啊。

2

陆飞给欧阳健沏了茶，二人隔桌瞪了会儿，陆飞扑哧一笑，问，干吗？想吃了我怎么着？欧阳健说，我出门儿散步，打这路过，心想有件事儿得告诉你。陆飞双手往桌上一撂，欠身说，打进门儿你就绷着脸，这事儿怕是不简单吧？欧阳健端起茶杯，微笑说，其实也没啥，明天去上海签售，过来打声招呼。陆飞思忖道，哦，过来报备的？机票买了吗？欧阳健喝了口茶，把嘴边的茶叶片子吐回茶杯说，买了，明天下午两点飞，要检查吗？

陆飞笑说，不检查了，你也不许去。欧阳健问，咋了？限制我人身自由了？陆飞说，那倒不至于，你给我留一面子，别去了！欧阳健放下茶杯说，不是，那你倒摆清楚，我跟你说那案子到底啥关系？我那天交代那些事儿，你都查了吗？陆飞说查了。欧阳健问有毛病吗？

陆飞盯着欧阳健，半天才问，18日当天下午，也就是你约见赵明远当天，有没有去过河口镇南街27日那座院子？欧阳健反问，你觉得呢？陆飞说，那是王咪在河口镇的落脚点，我们在正屋的地板革上发现了赵明远的血迹。欧阳健不动声色，笑问，你跟我说这些，几个意思？陆飞说，我现在怀疑，赵明远的死亡时间就在你和他见面当天，案发地点就在王咪的房间内，你说，这不会是巧合吧？

　　欧阳健心想这傻妞到底在干吗？说得清清楚楚，屋里的边边角角都得收拾干净，怎么出了如此可笑的差池？他心里特别后悔，觉得这几天应该亲自去一趟，可事已至此，王咪怕是保不住了。他怀疑王咪已经落网了，换句话讲，自个儿的处境已十分危险，他认为那女人十有八九把他给撂了，但问题是，假如陆飞已经掌握了全部事实，他还有必要在这儿诈供吗？

　　"巧合的概率虽然微乎其微，但不代表不存在吧？"欧阳健说。

　　"你这半天想啥呢？"

　　"我在想，你为什么怀疑我？难道在王咪的房子里，有我的指纹？"

　　"没有。"

　　"那你为什么要限制我的人身自由呢？陆飞，打开天窗说亮话，有什么证据尽管拿出来，我不喜欢你怀疑我，这感觉真难受。"

　　"生气了？"

　　"不是生气，是委屈。那女人抓住了吗？"

　　"你猜？"

　　欧阳健再次端起茶杯，眉角微微一颤，说："小兔崽子，好好说话！"

　　"昨天晚上，王咪把一男人骗到她家院子，你猜怎么着？"

　　"怎么了？"

　　"她用乙醚把男人捂晕，给人舌头割了。"

"是吗？这女的疯了吧？"

"对啊，我也这么想。"

"那男人干吗的？"

"开黑救护车的。"

"黑救护车？"

"对，在市二院拉私活儿。"

欧阳健说，茶没了，给我续上。陆飞端起茶杯，走到饮水机前说，你猜我们在她侧屋的冰柜里发现什么了？欧阳健说干吗给我说这些？陆飞将茶杯放在欧阳面前，说，怎么着，不要写作素材啦？欧阳健，少给我阴阳怪气儿的，有话直说。

"我们发现了一根手指头。"

"谁的？赵明远的？"

"不，三年前那起黄河抛尸案你还有印象吗？要是没记错，我当时给你说过。"

"记得。"

"那案子的受害者叫莫达乃，手指头就是他的。"

欧阳健左思右想，都没想起莫达乃啥时候少了一根儿手指头，便问，你的意思是，那手指头在冰柜里冻了三年？陆飞，不好说，总之发现的时候就在冰柜里。欧阳健说，行了，既然你不让我到处走，那我明天不去了，茶败了，我回去了。欧阳健刚一起身，陆飞笑说，三年前她怎么抛的尸，我到现在都捋不清楚，要不，你帮我推理推理？欧阳健说，行啊，你说说案情，我给你分析分析。陆飞说，三年前刚发现尸体那会儿，受害人的身份让我们一头雾水，突然有天早晨，受害人的身份证从天而降，掉在我汽车的引擎盖儿上，你帮我分析一下，这为啥？欧阳健笑说，凶手在挑衅你，瞧不出来吗？陆飞说，是啊，我就是想不通，凶手怎么会知道那辆车是我的？欧阳健说，这有啥想不通的？凶手肯定调查过你啊。陆飞说，杀了人不单挑衅警察，还敢调查刑警队队长，这人不简单吧？欧阳健嘴角微微一扬，说，兴许这人你认识。

"对啊，我也是这么想的。"

"所以你认为，那人是我呗？"

陆飞咯咯一笑，说："逗你玩呢，紧张啥？"

"你看我紧张吗？"

"那你说凶手图啥？莫达乃身上有一百来万的存款，他没去银行取过一分钱。"

"你当凶手傻呀？去银行取钱不是故意找死吗？再说银行卡没密码呀？"

"那你说凶手图啥？"

"情杀、仇杀，就这些吧！"

陆飞淡然一笑："那女的我们正在抓，等她到案后交代清楚，要是和你没关系，你就自由了。"

"成，那我走了。"

"我送送你。"

"这还差不多！"

刚出办公楼大门，陆飞望见院子里围了一撮人，欧阳健说，你们这儿大晚上挺热闹啊！魏雨桐快步跑来，瞥了眼欧阳健，低声说，陆队，王咪来自首了。陆飞忙问，人在哪儿？魏雨桐说，在院子门口儿。陆飞见欧阳健的表情有点儿僵，便问，咋了？听哥们儿要破案了，不高兴？欧阳健说，你看我哪儿不高兴？我就觉着，这女的挺邪门儿啊！陆飞拍打欧阳健的后背说，别愣着，过去看看呗。

见陆飞走来，警员们让出一条小路，当最前头的人闪开身子，陆飞看到一个气质端庄的短发女人站在昏黄的灯下，她穿着黑色长裙，身体轮廓格外性感，光影中，她额头有些暗淡，可闪亮的耳坠和鲜艳的口红，都会令人产生错觉：她此行目的，是要见一个十分重要的人。她表情泰然自若，似乎还有些伤感，静悄悄立在那儿，望着楼顶上的繁星。

她的项链坠着一枚金光熠熠的饰品，仿佛一朵花，但陆飞无暇细看。

人群窃窃私语，杨宇小声说，陆队，她说她来自首的。陆飞走到王咪面前，一本正经地说，王咪，三年不见了，还那么漂亮。王咪淡淡一笑，说，陆队长记性真好。陆飞戳了一下太阳穴说，都在这儿，忘不了，你说你来自首的？王咪说，对啊，不欢迎吗？陆飞说，当然欢迎，否则我还得兴师动众到处找你，必须欢迎。王咪说要戴手铐吗？陆飞说，那我得先问问你，赵明远是你杀的吗？王咪点头道，对啊，是我。

"孙晓阳的舌头是你割的吗？"

"对啊，也是我。"

"莫达乃也是你杀的吗？"

"没错，都是我干的。"

陆飞转头道，欧阳，过来啊，愣那儿干吗？老邻居来了不得打个招呼吗？欧阳健上前说，行了，你们忙吧，我先走了。陆飞说，别着急啊，这女人你眼熟吧？欧阳健盯着王咪，愣了四五秒钟，微微一笑说，见过，我们原来住一个小区。陆飞说，是吗？没别的？欧阳健怔怔望着陆飞说，你认为呢？

陆飞转头问："王咪，我来介绍一下，这位是著名作家欧阳健，你们认识吗？"

王咪和欧阳健四目相对，那眼神欧阳健似曾相识，他忽然想起那个黄昏，他威胁王咪时的情景，没错，是那个眼神。

见王咪沉默不语，陆飞又问了一遍，王咪，你们认识吗？王咪突然一笑，依旧盯着欧阳健说，当然认识。

魏雨桐瞥了欧阳健一眼，问，怎么认识的？你们什么关系？王咪笑说，妹妹，一个男人、一个女人，你觉着是什么关系？欧阳健厉声道，喂！胡说什么呢？我跟你有什么关系？陆飞说，欧阳，怎么了？干吗生气啊？欧阳健说，陆飞，别听她胡说八道，我跟她压根儿没关系。王咪说，瞧你吓得，我跟他们开玩笑呢，你至于这么紧张吗？

魏雨桐说，王咪，请你严肃点儿，我再问一遍，你和欧阳健什么关系？王咪说这家伙不是说了嘛，三年前我们住一个小区，见过。陆飞问，除此之外呢？王咪说，没了，仅此而已。陆飞说王咪，对抗调查没有任何好处，明白吗？王咪向前走了两步，歪着脑袋问陆飞，你想让我们有什么关系？

眼神久久对峙，陆飞感到一丝寒意，这女人的眼神宛若无边的黑夜，令人茫然，又让人心慌。

陆飞转头说："欧阳，你先回吧。"

欧阳健轻轻点头："行，那我走了，你们忙。"

欧阳健与王咪擦肩而过，心里总算松了口气。可就在此时，王咪突然伸手紧紧攥住他的胳膊，他刚一转头，便听王咪问他，干吗？就这么走了？

3

王咪不再说话，好像在等一个等了千年的回答。所有警察的视线都扎在欧阳健紧绷的脸上，似乎只有他回个声，世界才能重新运转。欧阳健猜不透王咪要干吗，可他能感觉自个儿的嘴角僵硬无力，此时此刻，他不断提醒自己要尽快恢复常态，因为这样的僵持每过一秒，都会令他嫌疑倍增。他看了陆飞一眼，又看着王咪，脑袋一歪说，大姐，您这话头有点儿怪了，什么意思啊？王咪眼中含泪，微微一笑，说，你不该跟我说声对不起吗？

"不是，大姐，你到底想干吗？手先松开，请松开我好吗？"

"你不该说声对不起吗？"

她三年前被欧阳健敲诈了钱，现在要声对不起，欧阳健觉着也无可厚非，可眼下这场合要说了对不起，陆飞必然更加起疑，要是不说，她会不会立马就把那些事儿抖出来呢？

眼下凶多吉少，欧阳健决定放手一搏，说："为啥？我为啥要说对不起？"

"三年前……"

"什么三年前？你想干吗？"

陆飞接茬儿道："欧阳，别说话。王咪，三年前怎么了？"

王咪一声冷笑："大作家，三年前你在对楼一直偷窥我，以为我不知道吗？"

欧阳健狠狠咽了口唾沫，说，啥？我偷窥你？我能偷窥你？你当你谁啊？王咪说，不承认吗？欧阳健又看了陆飞一眼，无奈一笑，说，好，对不起，我是偷窥过你，行了吧？对不起，我不该看你，都怪我眼馋，好不好？

欧阳健撒开王咪的胳膊问，还有其他要求吗？说吧，我全都满足！王咪拭去泪痕道，没了，我心里舒服多了，你走吧。欧阳健对陆飞笑说，还有事儿吗？没事儿我先回了。陆飞瞥了魏雨桐一眼，说，回吧，但你别忘了我说的，这段时间不许你离开兰市。欧阳健说知道了，听你的。临走前他又瞥了王咪一眼，她的瞳仁那样深邃，似乎能塞下全宇宙的秘密。

离开警局，路过一排商铺，欧阳健感觉大腿越走越软，呼吸都有些困难。他在公交站旁的椅子上坐下来，这个时候，只有零星几人在等车回家。一个长发女孩在打电话，好像在说公司里的杂七杂八，还说老板娘总是针对她，不许她在老板跟前挺胸、俯身或下蹲，她真想立马辞职。

欧阳健掏出香烟叼了一根，点火的时候手一直颤，吸了没几口，鼻子忽然一酸，等他脑子转过弯儿，已是热泪滚滚。他扔掉香烟，捂着脸，尽情哭了起来，这股莫名的伤感毫无来由，他不知道自己咋了，只是想起王咪的笑脸，心就像被刀一通乱划。这感觉，像失去了唯一的朋友，失去了一位战友，失去了一个只要失去她、便会让自己孤立无援的人。公交来了，打了个喇叭又走了，车站终于安静下来，他想假如王咪此刻突然出现，他一定要紧紧拽住她，问她你到底为啥要去找死呢？

返回别墅，欧阳健喝了半瓶红酒，可心里那劲儿始终过不去。他把这事儿的来龙去脉捋了好些遍，脑子里全是问号。王咪为啥自首？不怕死吗？或许早有打算？莫达乃的手指头是什么情况？杀赵明远那天她分明不同意自首，难道是为了拖延时间，去割那男人的舌头？为了她的计划，她逼我抛尸……不对，这地方有毛病。陆飞说王咪侧屋有一冰柜，可王咪只说正屋有个冰箱，还装了房东的物件儿，她在隐瞒冰柜的存在！假如冰柜能藏莫达乃的手指头，就不能装赵明远的尸体吗？她完全可以把赵明远放在冰柜里，再去割那男人的舌头，最后自首，不是吗？有必要让我抛尸吗？

这么一想，欧阳健勃然大怒，他突然意识到，她十有八九是想拉他垫背。他搂起酒瓶摔向客厅，红酒在大理石柱上炸裂四溅，泼了一墙。可当他冷静下来，又觉着这里头可能还有其他事儿，他想既然王咪想拉他垫背，为啥刚才会放他走呢？这女人到底想干吗？难道那冰柜体积小，实在塞不下赵明远，所以，她是真的需要有人帮她？

面对陆飞，她会如何交代？未知产生的恐惧和不安，正在从欧阳健心脏的一个细胞里向外扩散、膨胀，仿佛在天花板上撑出了裂纹。

他看到百叶窗闪过一道白光，心里更是七上八下，靠窗边向外偷偷一瞄，只见路灯下停了一辆白色轿车，那车他从没见过，根本不是附近的车辆。车窗贴了膜，看不到里头是谁，只有两个光点忽明忽暗，应该是在吸烟。他暗暗思忖，自己很可能已经被陆飞监视居住了，现在想要脱身，无异于天方夜谭。

他将屋里的灯全都熄灭，坐在光影斑驳的沙发上，开始琢磨王咪为啥要干这些事儿。那个开黑救护车的男人和她是什么关系？她为什么要杀赵明远？左思右想，能想到的只有一点，那就是她女儿赵秋雨。

欧阳健掏出手机，打电话给罗欣，罗欣说自己刚睡着，欧阳健说，对不起，打扰了。罗欣问，老板有啥吩咐？欧阳健说，你把去上海的机票退了吧，明天告诉主办方，签售取消了。罗欣"哦"了一声，忙问为啥？人家都安排好了，嘉宾可都是影视圈的腕儿，您咋能这么随性呢？欧阳健说，就这事儿，晚安。

撂下电话，他发现自个儿满手冷汗，心里觉着今天有句话说得特别对，要不是三年前这对烂眼珠子到处瞎瞅，何至于走到如今这般田地。王咪到案，陆飞势必连夜突审，割舌头这事儿倒也没啥，毕竟欧阳健没有参与。关键是赵明远这案子，尤其是抛尸过程，她该如何交代？欧阳健感觉自个儿的好日子怕是到头了，也许等不到天亮，陆飞就会派人来提他。他现在真想开车去趟养老院，再看母亲一眼，告诉她儿子不孝，怕是辜负您的期望啦。

将近凌晨，王咪被搜身检查，卸去身上的饰品，然后被领到审讯室。当陆飞和魏雨桐坐在她对面时，她笑着问，你们每天都加班吗？陆飞说，偶尔吧，干吗关心这个？她说我觉得有点儿对不住你们，假如我今晚好好睡一觉，明天吃饱了再来自首，你们就不用熬夜了，不是吗？魏雨桐打开摄像机说，王咪，咱们开始吧。她说好啊，随便问吧。魏雨桐问，孙晓阳的舌头是你割的吗？她说，没错，是我。陆飞问为什么？她说因为他骂过我。

"骂过你？"雨桐问，"为什么要骂你？骂你什么了？"

"去年11月份，我女儿在市二院住院治疗，她是白血病晚期，大夫说没救了，让我趁早拉回家。我去医院楼下找车，碰到孙晓阳，我和他讨价还价，他很不高兴，骂我是乞丐，还说像我这种穷人，家里不死人才怪呢。一个星期后我女儿去世了，所以我恨他，我要割掉他的舌头。"

"说一下作案过程吧？"

"那天夜里我打电话给他，骗他家里有人病危要他拉一趟。不到四十分钟他就来了，我去开了门，他显然没认出我，我说病人在屋里躺着，他便走进院子，我用事先准备好的钢棍敲他，他跪在地上、又趴下，我用乙醚把他捂晕，最后割了他的舌头。他舌头真短，我拼命拽了半天才割掉一丁点儿。"

"哪儿来的乙醚？"陆飞问。

"我二姨在兰市的化工厂上班，她家有，前一天去她那儿吃饭，顺出来的。"

"舌头去哪儿了？"

"扔了。"

"扔哪儿了？"

"黄河啊！"王咪淡淡一笑问，"别告诉我你们想去打捞一下。"

"王咪，你挺毒啊！"

"毒吗？还好吧。黄河里那么多鱼，总有饿肚子的，虽说那舌头又短又脏，可好歹也是一顿肉啊。"

魏雨桐问割舌头的刀呢？她说在孙晓阳家的报纸箱里。魏雨桐瞄了陆飞一眼，问，为啥放在那儿？她说，刀上带着他的血，就当送他的纪念品吧。魏雨桐问，这些事儿都是你一个人做的吗？她说，对啊，不然还有谁？陆飞问，欧阳健没有参与吗？她身体往回挪了一下，挺直腰杆儿说，就我一个，没旁人。魏雨桐问，报警电话是你用孙晓阳的手机打的吗？她说没错。魏雨桐说既然你那么恨他，为什么又要救他？她说我不能让他死啊，我希望他活下去，一个没有舌头的人往后要怎么生活，想想都觉得有意思呢。

"说说赵明远吧，他是你杀的吗？"陆飞问。

"是！是我用刀叉死的。"

"为什么要杀他？"

"他是我前夫，这你们知道吗？"

"知道。"

"女儿去世后，我想去南方做生意，可手里没钱。最近几年，赵明远的生意越做越大，我想问他借点儿钱，可他每次口头答应，占我便宜，到头一分钱也没给我。那天下午他又去找我，我一气之下就杀了他。"

"你的意思是，他经常去河口镇找你？"

"不，他很少去我那儿，平时见面都在他厂子附近。"

"宾馆吗？"

"车里。"

"他被你叉死之后，你做了什么？"

王咪说，最近天儿热，怕臭，我把他藏在冰柜里，可每次经过那房间，都会恨得牙痒痒。于是我买了一个超大号行李箱和一桶汽油，那天夜里我用火把他烧了。雨桐问在哪儿烧的？她说庙儿乡附近的一个小木屋。陆飞问为什么要在那儿？她说，我之前考察过，自认为那地方着火的话，应该没人能看见。陆飞说，我们在现场发现了一些钢筋条和空心砖，是你带去的吗？王咪摇头道，不，那些东西本来就在木屋里，应该是从前留下的，当然不止这些，还有一袋易燃炭。陆飞对这个回答比较吃惊，其实他在等王咪说是她带去的，这样便可以直接拆穿她的谎话，将话锋直对欧阳健，可王咪这么一说，陆飞倒失了分寸。他问王咪，怎么烧的？王咪说，我用空心砖和钢筋条搭了一个架子，在下面铺了一层易燃炭，倒了汽油，把尸体放在上头，用刀割了他的喉咙和肚子，将剩余汽油泼在他身上，就这样。雨桐问，尸体身上有衣服吗？她说没有，让我扒了。陆飞问衣服呢？她说扔垃圾堆了。

雨桐问，为什么要这么做？王咪问什么意思？雨桐说，你的这些做法，是为了躲避侦查吗？王咪笑说，没想那么多，就是恨他，我要让他被烧得体无完肤。

陆飞双臂叠在桌上，突然说："你在撒谎！"

王咪怔怔望着他。

"你的行为存在逻辑问题，没发现吗？"

"我不懂什么叫逻辑问题。"

"你杀了赵明远之后完全可以藏在冰柜里，因为这不会影响你割孙晓阳的舌头，更何况你来自首，必然早有打算。可你却兴师动众地烧了赵明远，有必要吗？"

王咪一声冷笑，淡淡地说："我说过，我恨他！"

"单单是因为钱吗？"

"要是你被人当成一个烟花女子，随意把玩儿，你还会问这样的问题吗？"

王咪的微笑从容不迫，仿佛刚给女儿讲了一个童话故事。

第十三章：噩梦

1

有一件事儿欧阳健没骗陆飞，那就是他吃安眠药。他床头的确放了三种安眠药，开头吃的是佐匹克隆，副作用显著，关键是头疼，早上起来不敢晃脑袋，一晃就想死。后来吃阿普唑仑，老想吐，附加效果是便秘，痔疮一触即发，大便用力直喷血。最后用了思诺思，身体勉强吃得消，可夜里噩梦不断，尤其是那个坐在列车里的噩梦，简直像循环播放。

某天清晨醒来，他盯着三种药开始推理，头疼、恶心、噩梦，只吃一种显然不是办法，他将医嘱抛之脑后，决定三样轮着吃，试了一个星期，感觉终于能扛住了。他成名前经常看法制节目，老听那些被抓的逃犯说，我逃了多少多少年，从没睡过一个安稳觉，他以为那是为了节目效果，照词儿念的，如今放在自个儿身上，他才感同身受。

睁开眼睛的时候，天蒙蒙亮，思诺思的效果似乎还在，毕竟是凌晨四点吃的药，一时半刻过不去。他摸来手机，今天的头条新闻是明星分手，女星演过他作品里的人物，出于礼貌，他给女星的分手公告点了一个赞。

时间是七点二十三分，他撂下手机，从床上爬起来，多少还有点儿晕。空调吹了一宿，屋里凉飕飕的，他打了一个寒战，想起了王咪的眼神。不知道她现在怎么样，有没有挨打，陆飞应该不会打人，再说现在警察办案都挺规矩，应该不会。她交代得怎么样？陆飞至今没派人来，是不是说明她都扛住了。可是她说的话，陆飞必然会一一核查，假如露出马脚，该如何应对？他知道王咪迟早是个死，眼下最关键的，是尽快和她撇清关系，他望着眼下舒适宽敞的卧室，心想这一切得之不易，绝不能因为这个疯女人，坏了自个儿的前程。

他摸到楼下，拽开百叶窗向外望，昨天停在路灯下的汽车不见了，他想可能是自己多心了，当然还有另一种可能，他们挪了一个更好的位置。到卫生间冲澡的时候，他又担心起来，万一那疯女人把他给抖了，陆飞会怎么做？这小子近些年越来越稳，一定会落实证据再来提人，他闭上眼睛，开始琢磨还有哪些证据没有销毁。

回到客厅吃早餐，两个面包一杯牛奶，罗欣打来电话说，去上海的机票退了，但主办方和出版公司说您耍大牌，好像挺生气的。欧阳健说，谁还没个头疼脑热，甭管了，你告诉他们，往后要想合作，山水有相逢，不想合作，就此别过。罗欣低声问，不好吧？欧阳健说，就这么说，一个字儿都不许少。

挂了电话，欧阳健端牛奶走进书房，打开电脑开始写大纲。这本新书构思了两个月，其实故事挺好，就是最后的诡计有点儿衰，他似乎听到书里的凶手说，哥，我就想堂堂正正做一个有智商的杀人犯。

写了一百来字，欧阳健脑子里一片泥石流，连抽半包烟，就是想不到最后一笔该如何惊魂。他用双手狠搓头皮儿，偶然间看到手边一沓资料，那是麦色之的调查报告，整整齐齐躺在那儿。他信手翻了几页，看到一张身份证复印件，这人叫陈立，鼻孔特大，国字脸，招风耳。虽说年纪小，看着挺稳重。欧阳健想不通王咪怎么会跟这家伙跑去开房，不过再一寻思，倒也顺理成章，毕竟赵明远那长相就跟刚从榨汁机里倒出来似的。可问题是，他感觉王咪不太像那种随随便便的女人啊。

这么顺着想下去，问题又回到原点，王咪为什么要杀赵明远？赵明远为什么要说我和王咪是狗男女？我和赵明远无冤无仇，他为啥想用酒瓶儿攮死我？王咪杀赵明远是因为要救我吗？不，王咪逼我把赵明远骗到那屋里，可能早就想好要杀他，这一切都是王咪计划好的，没错吧？

许多问题难以解释，无数问号卡在欧阳健的嗓子眼儿，想吐又吐不掉，相当难受。资料里有陈立的电话号码，欧阳健决定约他出来聊一聊，可要这么毫无缘由地打过去，难免有些唐突。欧阳健翻看资料，发现这小子目前在会展中心的奥迪4S店上班，他决定亲自去一趟。

出门的时候，天上有点毛毛雨，他开车驶出小区，发现那辆白色轿车一直跟在后头，一路跟到4S店的停车场外。欧阳健没管他们，戴上墨镜，拎起挎包径直走到销售区，前台的漂亮姑娘问他是来看车的吗？他刻意亮出自己的奥迪车钥匙说，我是车主，你们这儿有个叫陈立的吗？她问您的车怎么了？欧阳健说，我问你陈立在吗？她的视线在大厅里扫了一圈，笑说，他好像去维修部了，您稍坐一会儿，我去叫他。

欧阳健在圆桌前坐了四五分钟，陈立小跑而来，这家伙个头儿不小，后腰像水泥墩子，白衬衣的纽扣被绷得原地立正。他同欧阳健握手后，便问，您这儿什么毛病？欧阳健摘下墨镜，眉头一拧说，小伙子，怎么说话呢？你看我哪儿有毛病？陈立笑说，对不起，我是说您的车，您是什么时候在我这儿买的车？我怎么看您有点儿面生呢？听他这么问，欧阳健估摸这孙子八成不看推理小说，便说是托朋友在这儿买的。陈立点头说，哦，我说呢，您的车怎么了？欧阳健清了清嗓，问，陈立，车的事儿姑且放一放，我有别的事儿想问你。

"您别了，我这儿都快忙死了，您就说车吧。"

"放心，求人办事，我从不叫人白忙活。"欧阳健从挎包里掏出五个黄信封，一一码在桌上说，"这每个信封一万块，你只要跟我说实话，眨眼儿都归你。"

陈立眼皮儿一跳，龇牙笑说："大哥，您这什么路数啊？"

欧阳健抽出一沓钱："你要不信，可以拿验钞机。"

陈立连忙捂住欧阳健的手，小声道："大哥，你问啥？"

"认识王咪吗？"

"王咪？认识啊！"

"怎么认识的？"

"我们过去是同事。"

"仅此而已吗？"

"不瞒您，我们好过。"

"好了多久？"

"2011年开始的，我们一起住过一段儿时间。"

"她为啥跟你住？"

"我估计您也能看出来，就我这身板儿，站哪儿都是一堵墙，女人就缺安全感，这我有，更何况我还有点儿帅，您别笑，我这命就叫大桃花。另外，我知道她跟她老公关系不好，一直都挺僵的。"

听这货说自个儿长得帅，欧阳健真想找俩绿豆苍蝇塞他鼻孔里："她和她老公怎么了？为啥关系不好？"

"大哥，你跟王咪啥关系？"

"拿钱办事，旁的别问，江湖规矩不懂吗？"

"您这说的我还有点儿小紧张了。"

"不慌，于你有利无害。"

陈立往前探了探脑袋："王咪有个女儿，她老公重男轻女让她再生一个，后来一直没成，听说还经常揍她。我这人没啥爱好，就喜欢安慰弱势妇女，一来二去，她就投怀送抱了，我那会儿单身，火气壮，她也挺满足的。"

"后来呢？"

"2012年那会儿，她女儿查出白血病了，我还经常去医院帮忙呢！后来被我妈发现了，这老太太，跑去医院给王咪一顿臭骂，说她死不要脸勾搭我，我们就分了。2013年夏天吧，有一胖子来找我，说自个儿是王咪老公，让我去法庭给他作证，塞给我两万块钱。"

"作证？啥意思？"

"他们要离婚，让我证明一下王咪跟我同居过，这样一来王咪有过错，分财产的时候可以少分点儿。"

"你去了？"

"去了呀！本来就同居过嘛，这是事实。而且我当时的房东、我的邻居都去了。"

"这些人也收钱了？"

"可能吧。不过我听说，王咪一分钱都没要，带着那病恹恹的孩子去南方了，后来再没见过。"

"她老公挺脏啊！"

"可不是嘛！法院让他承担女儿的医疗费，他愣说没有啊，我估摸他早把资产转移了。"

"小子，你知道这女的不容易，还跑去助纣为虐。"

"您这话怎么说的，面对神圣的法庭，我不能说谎啊。"

"那她老公给你两万块钱这事儿，你说了吗？"

"人家法官也没问啊。"

"得嘞，我这嘴里有点儿干，你们有喝的吗？"

"有，咖啡、橙汁儿一应俱全，喝点啥？"

"有啤酒吗？"

"这还真没。"

"成，那你在这儿等着，我出去一趟，回来再一个问题，这钱就归你。"

"那，大哥，你快点儿。"

欧阳健出门看见一辆卖烟的小车，老太太问他买啥烟？欧阳健说来包软中华，又问，您这儿有啤酒吗？老太太说有青岛纯生。欧阳健说，成，给我来两瓶。拎着啤酒回去，陈立正悄没声地数钞票，见欧阳健过来，他笑说，您酒量可以啊。欧阳健说，啤酒不算酒，顶多开开胃。陈立说，您还有个啥问题，赶紧问吧。欧阳健坐回椅子说，你过来点儿，这事儿得小声说。陈立往前一挪，耳朵对着欧阳健。

"这王咪在床上，漂亮吗？"

"那绝对好。"

欧阳健手腕儿一翻，抡起酒瓶便砸向了陈立的脑瓜子，这哥们儿邪笑刚展了一半，抱头就摔在地上。大厅里的人都吓坏了，几个来看车的撒腿就跑，欧阳健拎起另一个酒瓶，绕到陈立头顶，又一砸。

2

一大早，陆飞带队赶到王咪三年前住的房子，开门儿的是一胖女人，四十岁上下，她说这房子是她上个月刚租的，房东在南方打工，她没见过，租住手续都在中介公司办的。魏雨桐说明来意，女人被吓得脸色惨白，她半信半疑地问，这地方，真死过人啊？魏雨桐说，十有八九，您抓紧联系一下房东吧。

约莫半小时后，房产中介派来一个小伙子，通过他，陆飞和房东通了电话，征得同意后，技术组进场开始侦查。他们的第一任务是撕壁纸，不多一会儿，大片白墙裸露而出，在刚一进门转角的地方，陆飞看到了好几片血迹，初步断定应该是喷溅血，这和王咪的口供相互印证。

杨宇蹲在地上，长叹一声道，这女的，这女的也忒狠了，你们三年前咋没发现这壁纸有问题呢？魏雨桐说，这事儿我的确想过，因为我当时发现，这几面壁纸的新旧程度不一，而且和整体装修风格不搭调，甚至有些不伦不类。于是我想，房东之所以贴壁纸，八成是因为墙面太脏，为了租上好价格，才花钱贴了，因此不会考虑美观之类的问题。但我又发现其他房间包括厨房的墙面还算干净，客厅能脏到哪儿去呢？说实话，我当时就认为这壁纸是新贴的，但我又看见一些东西，让我打消了这个想法。陆飞问你是说蚊子？魏雨桐说，对，当时天气并不热，蚊子很少，可我看壁纸上有一些死蚊子，就理所当然地认为，这壁纸最早也是去年夏天贴的。陆飞说，那昨天晚上你为啥不向王咪证实一下？魏雨桐说，有必要吗？她都交代壁纸是新贴的，是为了遮盖血迹，蚊子自然就是人为做的咯。杨宇说，这女人真是不简单呐。

就在技术组采集血样时，陆飞的电话突然响了，是负责盯梢欧阳健的小张打来的。他说，陆队，刚刚发生了紧急情况。陆飞急问咋了？欧阳健跑了吗？小张说，不是，欧阳健在会展中心的奥迪4S店，把一个小伙儿给打趴了，刚被滨河路派出所的同志带走。陆飞说，你们没上去看看情况吗？小张说，您只让我们盯梢，我也不知道该咋整啊，不过警车我们跟上了，马上就到派出所。陆飞问谁被打了？小张说，一个汽车销售。陆飞问严重吗？小张说，让啤酒瓶子开瓢了，流了不少血，救护车刚接走。陆飞说，这样，你们去派出所问一下，到底什么情况？主要问清楚他为啥打人，我待会儿过去。

魏雨桐问，欧阳哥怎么了？陆飞说不知道，说是把人打了。杨宇问在哪儿啊？陆飞说，魏雨桐，这儿交给你和杨宇了，我得去趟滨河路派出所。雨桐说，放心，你快去吧！但你切记，面对他的时候，你要克制。陆飞说，知道了，我心里有数。

离开小区时，乌云渐渐散开，陆飞真没想到三年前的旧案，竟会在不经意间变得明朗。路上一直堵车，他听到广播里放着一首老歌——《情非得已》，不禁想起研究生那会儿，欧阳健在暮春的人工湖畔和他喝大酒的样子。

车开了二十分钟，到了派出所门口，小张站在院儿里，正和几个派出所民警说话，大伙都认识陆飞，全都客气，又打招呼又敬烟的。陆飞问人呢？小张说做笔录呢。

"咋回事儿？"陆飞问。

"说是去修车，跟销售人员起了争执，最后就打起来了。"

"欧阳受伤了？"

"没，他好好的。"

"被打的那位呢？"

"在医院缝针呢，他给派出所的同志说，欧阳健进门儿就带着火，一搓就着。"

"就因为修车的事儿吗？"

"对，就因为修车，被打的那位说自个儿也多嘴，吐了几句风凉话，这事儿不能全怪欧阳健。"

"挨打了还一日三省，真是精神可嘉。行，我去他们所长那儿打一招呼，你进去盯着，笔录做完让他在我车跟前等着。"

"知道了。"

陆飞从派出所出来，看到欧阳健戴着墨镜，蹲在马路牙子上。

陆飞蹲他旁边，他往嘴边塞了两根烟，点着给陆飞递了一支。陆飞吸了一口，问，你咋了？心里有火啊？欧阳健说，给你添堵了？我也不知道咋了，脑子里的刹车好像坏了。陆飞笑说，至于吗？也就没人把你认出来，真要媒体来了，你说你该咋收场？欧阳健转头咧嘴一笑，说，我又不傻，哥们儿打完就把墨镜戴上了。陆飞说，你这聪明劲儿啊，闹不好真得把你害了。欧阳健瞅了一眼头顶，说，天都晴了，你就别跟我话里有话了，说吧，那女的招了吗？我这嫌疑洗清了吗？

陆飞说，招了，三年前的案子就是她干的，人是在家里杀的，今早我们在那房子里找到血迹了。欧阳健扔掉烟头问，三年前的血迹？怎么发现的？陆飞说，你猜猜？欧阳健抿了抿嘴皮子，说，不会吧，三年前的血迹能留住吗？陆飞说，在墙上。

"墙上？不会吧，你们不是去过她家吗？当时怎么没发现啊？"

"这女人可厉害了，用壁纸把墙给遮了。"

"哦，那是挺厉害。"

"这还不止呢，人还用砂纸打磨、烟熏、吹土的办法把壁纸做旧了。"

"这么专业？"

"更可怕的是，人还往墙上弄了一堆死蚊子。"

"高手啊，这女的是不是学刑侦的呀？"

"不，她不学刑侦，她喜欢读你小说，我在她那住处发现了好几本呢。"

"这你不能怪我，她三年前杀人那会儿，我还没成名呢。"

"问题就在这儿啊，你三年前没成名，她应该没读过你的书，那怎么就那么专业呢？"

欧阳健咧嘴一笑："陆飞，你混蛋了，比我早出道的推理作家多得是，你在这儿跟我说梦话呢？"

"欧阳，不开玩笑了，我有正事儿跟你说。"

"我也有正事儿跟你说。"

"你先说？"

"你先。"

陆飞掐了烟，盯着欧阳健问："行，那我再问你一遍，欧阳，你听好了，这是最后一次。三年前，三年前那个春天，你有没有去过王咪的房子？"

3

问题犹在耳畔，陆飞目光如炬，他在等一个回答，是与否。

欧阳健低头，手指挠着耳根子，咧嘴一笑："陆飞，跟我来劲呢！那我倒问，你究竟为啥一直怀疑我？为什么要怀疑我跟那女人有瓜葛？有什么证据？来，拿出来我看看！"

"要是有呢？"

"拿出来呀！"

"欧阳，那女人把你交代了。"

欧阳健担心的事儿还是来了，可他仍存疑虑，假如王咪要拉他下水，昨天夜里为啥又放他走呢？他转头盯着陆飞，瞳仁微微一晃，说："交代什么了？"

"让我说吗？咱都是学法律的，不会不知道什么叫自首吧？"

欧阳健起身道："小飞，要是有证据，你现在立马抓我回去，我无话可说。要是没有，别再叫你的人监视我，咱都是学法律的，我可不是软柿子。"

陆飞站起来，拍了拍屁股说，欧阳健就是欧阳健，行，你有什么话跟我说？欧阳健说，我要说的都说了，你放心，在我嫌疑解除之前，我哪儿都不会去，欢迎你随时拿证据来找我。陆飞说，哥，有些事儿你可能搞错了。欧阳健问什么搞错了？陆飞说，我不是来害你的，我是在帮你。欧阳健淡淡一笑，帮我？你就这么帮我的？咱兄弟一场，你就这么怀疑我？这也叫帮我？陆飞说，做人要问心无愧。

欧阳健厉声喊道："你给我闭嘴！还是那句话，我什么都没做，什么都没有……小飞，你给我听好了，我能拥有今天这一切，全是我赌出来的，你们都瞧不起我的时候，我告诉自己，别人瞧不起你，你要瞧得起你自己，你可以，你一定行。看看，我赌赢了，我现在什么都不缺，那么请你给我一个理由，我为什么要去犯罪？"

"哥，我从没瞧不起你，我只是担心……"

"行了，欢迎你拿证据来找我，我随时奉陪，再见吧。"

看欧阳健打车离开，小张跑来说，陆队，我去跟吧。陆飞说不用了，他不会跑的。小张说，这不太好吧，万一呢？陆飞说，没什么万一，你去派出所打声招呼，咱们走。

出租车里特别闷，司机好像舍不得开空调，欧阳健摇下车窗，半条胳膊搭在外头。司机说，大兄弟，我劝你把手挪回来，万一折了算谁的？欧阳健说，那你倒是开空调啊？司机说，不是我不开啊，这空调歇菜了，你看我这一胸大汗，你挺一下。欧阳健把手缩回来，望着窗外一掠而过的大槐树说，师傅，掉头去市二院。

欧阳健左思右想都认为，陆飞这小子刚刚肯定在诈他，要不是自个儿有点儿逻辑，八成要被诈出来。王咪要是招了什么，陆飞绝不会坐那儿跟他废话，闹不好现在这会儿，他早被陆飞提到审讯室了。这小子可真够阴的，不过话说回来，三年前那天下午，陆飞反复问他认识不认识对楼那个女人，难道这小子手里真有啥证据？他在回忆里细细思索，怎么也想不出有啥纰漏。

汽车转眼到了市二院门口，这医院无论任何时间，总是人满为患。眼看正午将近，到处都是送外卖的，医院不让他们把摩托开进去，几个保安挺在路边，八风不动。欧阳健径直走到大门右侧的停车场，放眼望去，都是救护车。他见一个络腮胡男人坐在主驾上，盯着手机哈哈大笑，便上前问，哥，有事儿打扰你一下。男人瞥了陆飞一眼，问，用车吗？欧阳健说，不用，我就跟你打听一人。男人盯着手机，笑得前仰后合，欧阳健掏出香烟递了一支，男人瞅了一眼欧阳健手里的中华烟盒，接过香烟叼在嘴边，问，谁啊？欧阳健给他拢火，说，不知道叫啥。

"那你问个屁啊。"

这人手机里放的是老版《水浒传》，李逵正擎着一对板斧喊哥哥，欧阳健说："大哥，这电视剧早了。"

"可不是吗？我看了不下五十遍。"

"打戏好看，一打浑身都掉渣。"

"古人嘛，身上都是土。"他按下暂停键，视线在欧阳健脸上扫了一圈，问，"哎，你问啥？"

"有一人在你们这儿开救护车，听说舌头给人割了，你认识吗？"

"孙晓阳啊，你干吗？"

"我是报社记者。"欧阳健掏出钱包，取出两张大钞塞进车里说，"您方便跟我说一说吗？"

这人盯着钱，小声道："上车。"

"得嘞。"

男人指着窗外说，你看咱们对面那排救护车，跟我这车有啥不一样？欧阳说，没看出来，不是一样吗？男人说，你把墨镜摘了好好看，是不是比我这车小一圈？欧阳说，差不了多少吧？你的意思是，那些车不正规？男人说，那都是黑救护，不是我们医院的，你说那孙晓阳就是干这活的，漫天要价，狠着呢！我怀疑他是得罪人了。欧阳健问，得罪谁了？男人给欧阳健发了一支烟，说，这我上哪儿知道去？八成是病患家属呗。欧阳健问，那车就他一人开吗？男人说，不啊，他早先从卫校招了一小护士，上个月不知道咋了，人家不干了，听说这段时间找人呢，谁承想人没找着舌头没了。这小子，平时走路横着走，不知道跟医院领导啥关系，但凡有病患找车，都得先够着他。

欧阳健问，您知道那小护士去哪儿了吗？男人想了想，说，好像去雁滩一个社区卫生院上班了。欧阳健问叫啥名字？男人说名字不知道，就知道姓钱。欧阳问，长什么样？他说，个头儿不高，眉心有颗痣，长得有点儿意思。欧阳健说，成，那我就不打扰了，您忙着。男人说，兄弟，你是不是要曝光黑救护啊？欧阳健说差不多吧。他说那你可想好咯，这现在都是产业链，你要挡人财路，晚上回家可得长点儿心啊。欧阳健说，谢谢。

4

在医院附近吃了一碗牛肉面，欧阳健便奔着雁滩去了，他在手机里大致搜了一下，这附近总共十一家社区卫生院，只好挨个儿打听。下午三点多，他在丰家巷卫生院里打听到，有个护士叫钱小贝，过去在市二院做救护，个头儿不高，眉心有痣，但她今天没上班。欧阳健说自己是钱小贝的朋友，要了电话号码，打过去之后，接电话的是一男人，问是找贝贝吗？欧阳健，对啊，您是？男人说，贝贝在洗澡，稍后我让她给你回过去。欧阳健说，不用，我稍后再打给她，谢谢了。

男人的声音有些苍老，欧阳健怀疑是小护士她爸，等了不到十分钟，那边果然回了电话。这次是女孩儿的声音，她问，您哪位？欧阳健说，是钱小贝吗？对方说是。欧阳健说，我是市二院后勤处的，找你了解一点儿情况。她沉默了几秒钟，问，什么情况？欧阳健说，这样，你家在哪儿，我们在那附近见面吧。她问，和孙晓阳有关吗？欧阳健说，差不多，你给我一个地址，我过去。她说，不用了，我来找你，你在哪儿？欧阳健站在人行道上，环顾四周的建筑说，我刚从你们卫生院出来，这地方有一家冻鱼咖啡，我在那儿等你，行吗？她说，好的，我马上到。

咖啡厅环境不错，放着时下最火的民谣歌曲，欧阳健点了两杯冷饮，从书架上取来一本村上春树的《奇鸟形状录》，这书他多年前看过，男主是辞职在家的窝囊律师，突然有天老婆失踪了，结果就显得更窝囊，现在想来，他和男主还真有点儿惺惺相惜。论窝囊，也是不相上下。他大致翻了几页，读得索然无味，正想换本来读，一个女孩赫然出现。她一头短发，娃娃脸。她问欧阳健，您是市二院的领导吗？欧阳健起身笑说，对，钱小贝吧？她点了点头。欧阳健说，坐下吧，给你点了柠檬茶。她将手包放在桌上，坐下说谢谢。

欧阳健说，怎么看你有些紧张呢？她说，我不知道你要问什么。欧阳健说，别紧张，这事儿与你无关，你实话实说就好。她说知道啦。欧阳健问，你过去和孙晓阳跑救护车，没错吧？她点头。欧阳健又问，跑了多久？她双手似乎无处安置，最后捂着玻璃杯说，大概两年半吧，孙晓阳怎么了？欧阳健说，他舌头被人割了。

"什么？"她显得十分惊讶。

"舌头被人割了，用刀，割断了。"

"谁干的？"

"一个女的。"

"怎么会这样？"

"这正是我要问的，你和孙晓阳跑救护车那会儿，有没有发生过得罪人的事？"

钱小贝眉眼低垂，忽然沉默了。

"怎么了？"欧阳问健，"有难言之隐吗？"

"不，我不知道该怎么说。"

"别紧张，怎么想怎么说。"

"孙晓阳过去还好，后来谈了一个女朋友，那姑娘许是嫌他没钱吧，总之就分了。过去拉病患，他都是提前谈好价格，说多少是多少，可自从分手之后，这人就变了。"

"啥意思？"

"他开始半路加价，有些外地病患，尤其是附近乡镇的，送到半路他会找各种理由让家属加钱，否则就不送了。大多数家属不愿计较，那些重病家属、病人本来就要不行了，都说死者为大，时间长了寿衣都不好穿，所以基本不会回绝。他发现这样来钱快，后来越弄越黑，漫天要价，好几次差点儿跟家属打起来。"

"原来如此。"欧阳健从包里取出一张王咪的照片，放在桌上问，"那你看看，这女的你有印象吗？"

钱小贝只瞄了一眼，便问："难道……是她割了孙晓阳的舌头？"

"哦？你认识？"

钱小贝捂起嘴，眼眶里泛出一层泪花。

欧阳健问："怎么了？"

"我认识。"

"我估计她用过孙晓阳的车，没错吧？"

她问欧阳健，你怎么知道？欧阳健说什么情况？当时发生了什么？你在现场吗？她点头说，我在。欧阳健往桌上一趴，说，你说说看。她从包里取出一张手纸，蹭掉眼泪说，具体时间，好像是去年 11 月份吧，大概是月底，天气特别冷。她女儿是白血病，人快不行了，那天夜里九点多她找孙晓阳用车，要把女儿拉到罗家镇，孙晓阳开价两千五，她说可以。去的路上她跟我说过几句话，我问她是不是住在罗家镇，她说不是，就想让孩子再和姥姥见一面。她女儿状态很差，一直处在半昏迷状态，不过那孩子特别可爱，一手攥着她妈妈，一手攥着我，她好像一直在听我们说话。

钱小贝说，孩子头发掉光了，戴着一顶有辫子的小红帽儿，我问她难受吗？她说不难受，妈妈说过要坚强，我说她长得可爱，她还会笑一笑。说来也巧，车走到离罗家镇还有两三公里的地方，外边突然下雪了，但我觉得孙晓阳应该不会再为难这对母女，毕竟他平常叫人加价，都会在半路提出来。可我没想到……

欧阳健说，没想到他最后还是要钱了？钱小贝将手纸揉成一团，不时在眼角一抹，对，他把车停在路旁，打了双闪，拉开救护仓说，不好意思，您看这天下雪了，路又难走，要不您再找辆车吧？那女人一愣，问他什么意思？说这眼看就到了，你叫我上哪儿找车去？孙晓阳说，要不这样，您再加点儿钱。女人问加多少？他说五千吧，最好现金。

欧阳健说这孙子心可够脏的，后来呢？她说，女人看了看孩子，点头说行，你先把我们送到，我让我妈给你钱。孙晓阳说，不行，要不你让家属送来。女人说，你放心，我不会少你一分钱。孙晓阳点了支烟说，反正人也不行了，你要么再找一辆车，要么你赶紧通知家里人，天这么冷的，我也不想在这儿蹲太久。欧阳健不禁握起拳头，说，后来呢？

"我对孙晓阳说，你就把人送到吧，人家说了不会差你一分钱，你干吗呀？他让我闭嘴。"钱小贝说，"后来，那孩子突然醒了，可能是冷风吹醒的，她说妈妈，咱们下车吧。我给孙晓阳说，要不这钱我来出，你赶紧开车。他让我滚，让我从车上滚下来，让我自己搭车回兰市。"

"你走了？"

"没有，那女人看车上有个折叠轮椅，问我能不能卖给她。孙晓阳说可以，他要八百块钱。我说要不这样，咱们在路边等等，要是能拦住过往车辆，我陪她一块儿把孩子送回去。她说不用了。她给孩子穿上棉衣，让我帮她把孩子放在背上，我说这不行，还有好几公里呢，你背不回去。她没搭理我，背着孩子就走了。"

"你们可真行啊，这世上竟然有你们这种人，我真是大开眼界了，大开眼界啊。"

钱小贝哭着说："我也看不下去啊！你说我怎么办？孙晓阳和二院领导关系好，他答应托人把我塞医院上班，我不能得罪他。可当时……"

"怎么了？"

"我给孙晓阳甩了八百块钱，然后把轮椅送给她们了，雪越下越大，她推着孩子往罗家镇去了。那天孙晓阳抽了我一耳光，说我不配跟着他一块儿挣钱，他说挣钱心不狠，早晚得死在别人脚底下。"

欧阳健用手拄着脑袋，闭着眼睛问，就这些吗？钱小贝说，就这些，我没有撒谎，你要不信，我可以和孙晓阳当面对质。欧阳健说不用了，谢谢，谢谢你那八百块钱。

5

钱小贝走了，欧阳健又坐了一会儿，脑子里嗡嗡嗡的，稍稍平静，才发现眼泪挂在鼻尖儿上。他原想王咪杀人、割舌，背后肯定有啥原因，但实在没想到会这么苦。他想不通，老天爷为啥要这么整她？莫达乃强奸她，赵明远算计她，陈立玩弄她，孙晓阳敲诈她，这些人都怎么了？他觉得这些人都该死，可要这么想，自个儿的所作所为难道就光明正大吗？

离开咖啡厅，他没有打车回家，路上阳光明媚、车来人往，他想走一会儿，去哪儿都无所谓。他感觉只要走在太阳下面，心里那点儿又黑又脏的东西才不会发芽，刺穿心脏倒是次要的，浪潮般的愧疚和自责似乎更要命。他过去认为自己是个不要脸的人，可眼下来看，心里多少还存了些良知，否则也不会黯然落泪。

接下来的几天，陆飞和魏雨桐忙得够呛，他们对王咪交代的作案过程一一核实，大体情况和口供吻合，只是某些细节仍然存疑。据孙晓阳交代，自己被割舌当晚，院子里除了王咪，没有旁人，这案子可以坐实。

赵明远的案子相对复杂一些。王咪杀赵明远时用的水果刀，被她藏在大衣柜的夹层里，刀身带着赵明远的血迹，行李箱和汽油等作案工具都能对上，可遗留在现场的空心砖、钢筋条和易燃炭，陆飞觉得应该没王咪说得那么简单。他们在庙儿乡走访数日，找到了曾在小木屋经营加油生意的男人，他说那房子废弃后，好像有个流浪汉在那儿住过。陆飞问，你知道那流浪汉在哪儿吗？他说早不知道去哪儿了，八成死了，但你说屋里有易燃炭，那十有八九是他弄的，咱这儿冬天不好过，总得取暖吧。

他们还走访了王咪的邻居，有个老太太说，自从那女的搬来后，没见有人找过她。不过有天下午，她家门口站了一个卖土豆的，我知道他是卖土豆的，他非说他不卖。陆飞问男的女的？她说，男的，我们这儿卖土豆的，基本都是男的。陆飞掏出手机，翻出一张欧阳健的照片递给老太太，问，您仔细看看，是不是这个人？

老太太瞅了半晌，拧着眉头说，不太像，好像不是。陆飞说，好像不是，那到底是不是啊？老太太说，你们警察就不会好好说话吗？我欠你的吗？不是！

魏雨桐在赵明远厂区附近调查了好几天，真的在一个民用监控里发现了王咪的踪迹，她在路边等了许久，一辆黑色轿车接她离开。后经确认，那车正是赵明远私用的，据厂里人说，赵明远的汽车只有他自己开，从来不许别人碰。通过沿路监控发现，汽车在离厂区一公里的地方开下公路，应该去了厂房南侧的一片树林，魏雨桐去现场调查，找到了一些残存的轮胎印，和赵明远的轮胎花纹完全吻合。

莫达乃的案子经年已久，许多证据都已荡然无存，只有那一墙的血迹和王咪的口供，还原了那天夜里腥风血雨的一幕。陆飞问过王咪，落到今天这步田地，后悔吗？王咪说，我认罪，但我不后悔，我不会向任何人道歉，更不需要任何人的谅解，我没有钱赔给他们的家属，我能赔出来的，就这条贱命。

魏雨桐问她，你真的不怕死吗？她莞尔一笑，说，我早就死了，你说我怕吗？雨桐问什么意思？她说，飞在空中的鸟，游在海里的鱼，你告诉我，这是不是命运？

两周之后的礼拜六，法学院毕业周年庆典如期举行。上午八点多，欧阳健穿好西服、打起领带，驱车前往学校。昨天夜里和外地来的同学碰了头，喝了一夜大酒，大伙都问陆飞为啥不来，欧阳健说警察忙得要死，明天能见着。

九点刚过，欧阳健到达学校，在综合教学楼下停好车，便听有人猛敲车玻璃，转头一看竟是陆飞。欧阳健摇下车窗，笑说，好久没见了，最近怎么样？陆飞说，就那样呗。欧阳健说，昨天晚上叫你喝酒，为啥一直不接电话？陆飞说，我怕我喝飘了，有些话不好听。欧阳健一声冷笑，说，小飞，咱俩心里这结，你说能解开吗？陆飞说，结？什么结啊？欧阳健下车说，行了，今天不聊别的，你今天也不是警察，好吗？陆飞说，行啊，我还是睡你上铺的兄弟。欧阳健说，得嘞，同学们都上哪儿去了？陆飞说，李教授等不住你，他带大伙去教学楼上课了，让我在这儿等你。欧阳健从后备厢取了一个小纸盒，陆飞问啥东西，他说校徽啊，走吧，去上法理课。

多年没来，教学楼焕然一新，走进教室那一刻，所有人的目光都搭在欧阳健脸上。李教授显老了，那副玳瑁老花镜后头，少了当年灵动睿智的眼神，乍看之下，和普通退休老头没啥两样。李教授问，陆飞啊，这是你抓来的嫌疑人，还是咱们的欧阳健啊？同学们笑声四起。欧阳健走到讲台前，朝李教授鞠了一躬，说，老师，我是欧阳健，是您的学生。李教授说，哦，既然是我学生，怎么迟到了？不知道几点上课吗？欧阳健笑说，宿舍没人叫我，这帮王八蛋。

李教授说，从你这横着走的性格里我能看出来，你未来适合当作家。行了，既然迟到了，我罚你把《社会契约论》的读后感写出来，不低于一万字，明天交给我。欧阳健说，没问题，我晚上熬夜赶出来。李教授说，不许抄人家周欣然的。

李教授又点了一次名，全班三十六人到齐，欧阳健偷偷和周欣然聊着八卦，说那谁跟那谁没结婚啊？周欣然说，闭嘴吧，李教授要讲课了。

李教授的板书相当好看，虽说年纪大了，可粉笔敲打黑板的时候，力道依然生猛。他写下"法律人的信念"，转头说，今天咱们讲这个。陆飞突然起身说，老师，这个话题我和欧阳健私下聊过，您可以先问问他，法律人的信念到底是啥，就当抛砖引玉，您看怎么样？张风远一脸憨笑，举手道，没错老师，欧阳健跟我也聊过，我看可以让他讲几句。李教授说，行，那欧阳健说说吧，你作为一个法律人，心里的信念是什么？

欧阳健知道陆飞使坏，随便提了几个大法学家的经典语录，勉强糊弄过了。

十一点下课，同学们集体参观宿舍，陆飞站在自己床前说，你们肯定想不到，这张小破床竟然能出一个大作家，欧阳，记得有一次我打球崴了脚，你给我洗了两天的袜子，对不？欧阳健笑说，小飞，说这干啥？那是我分内之事。陆飞说，你对我好，我都记着呢。同宿舍的薛志斌说，喂，我天天给你们做盲人按摩，你们都忘了？欧阳健说，不能够，你那大力金刚掌差点把我搓成渣儿，哎，你还给隔壁宿舍的丁老大扎过痔疮吧？薛志斌说，他那痔疮气球似的，小针烧红轻轻一捅，那血差点儿滋我脸上。

陆飞说，欧阳，我叫你一声哥，你还是我哥不？欧阳健说，你随便。陆飞说，我一直等你呢，我希望你能想清楚。薛志斌说，哎哟？你俩啥情况？怎么叫一直等你呢？欧阳健说，小飞，咱今天不聊别的，成吗？

临近中午，欧阳健带队离开学校，赶到提前预订的酒楼。宽敞明亮的餐厅里，大伙围桌而坐，上菜的空当，周欣然手持麦克风走上舞台，说，现在我宣布，毕业周年庆典正式开始，下面第一个节目，由袁潇潇为大家吉他弹唱《二货的青春》，各位欢迎！袁潇潇算是院里的二号美人，标准文艺女青年，单就抱着吉他坐在那儿，都已经赏心悦目了。欧阳健怀疑这歌是她自己写的，八成要惊艳全场。她架起吉他刚说了一句话，陆飞突然冲上台，笑说，不好意思，第一个节目应该是我的。

下面起哄喊道，陆飞你赶紧给我滚下来！陆飞说，潇潇，你先下去吧，第一个节目让我来。她说，没看出来啊，你现在都会抢镜啦，成，那你来。陆飞拔掉麦克风说，请工作人员把投影仪打开，接下来，我要给大家讲一个匪夷所思的杀人案，大家可以开动脑筋参与进来，我认为这个节目大家一定会喜欢。

有人喊道，凶手漂亮吗？陆飞说，漂亮，特漂亮，是一个超级性感的女人。欧阳健起身对旁边的周欣然说，我出去接个电话。陆飞说，欧阳！干吗去？这节目不能没你啊，你可是知名推理作家，大家说对不对？欧阳健说，好，我不走，亲爱的陆警官，开始你的表演吧！

第十四章：列车

1

所有人都看着陆飞，全场一片寂静。欧阳健脱掉西装，挂在椅子上，周欣然小声问他，陆飞这是想干啥？欧阳健笑说，咱这帮同学里头，就他点子多，让他玩吧。周欣然说，这场合讲凶杀案，总觉得怪怪的啊。旁边一男同学说，你还别说，我看这有点儿意思。

工作人员打开投影仪，舞台背景墙赫然出现一张照片，其他人看得一头雾水，可欧阳健心里清楚，图片中央那堵墙上的血迹应该是莫达乃的。看来这小子今天是有备而来，他不禁担心，难道陆飞手里真有什么证据？他想起刚刚在宿舍里，陆飞跟他说的那句话：哥，我一直等你呢，我希望你能想清楚。

"难道这孙子打算今天把我交代在这儿？"

这么一想，欧阳健手心一把冷汗，可他现在走又不能走，拦又拦不住，心里一团乱麻。

陆飞举起麦克风，指着背后的画面说，我问一下，大家能看出墙上的东西吗？李教授笑说，你既然要讲凶杀案，那十有八九是血迹吧？陆飞说没错，老师说得很对，正是血迹，这血迹是三年前的一场凶杀案留下的，照片是前不久拍的，凶手杀人后，不到两个月便从这间房子搬走了，后来的三年里，陆续有四家人在这里租住过，大家可以猜一猜，这血迹是如何保存至今的？

有人说，这血迹不算少，不过租房的人应该不会在意吧？陆飞说，这堵墙的血迹范围长一米三，宽七十四厘米，大家可以想想，就算一户人家不在意，两户人家不在意，这都勉强说得过去，四户人家都熟视无睹，就算是租的房子，也不太正常吧？更何况这四户人家都有孩子，像这样大片的血迹，八成会引起孩子的好奇心，不是抠就是蹭，但我们发现墙面非常完整，谁再来猜一下？欧阳健，你是推理作家，试一试？

欧阳健从容一笑，说，从画面来看，三年前的血迹能保持如此清晰，我猜凶手可能在墙上做过手脚。陆飞说，很好，什么手脚？周欣然说，壁纸？凶手贴了壁纸？陆飞说，不愧是我们的院花，冰雪聪明。没错，正是壁纸！这壁纸是凶手作案后第二天贴在墙上的，几天之后，我们去这间房调查的时候，凶手将壁纸故意做旧，这当然是为了掩人耳目，好让我们知道，这壁纸是过去贴的。李教授说，这凶手不简单呐。陆飞说，这还没够，凶手去黄河边抓了一堆蚊子，回来碾在壁纸上，各位可以猜一下，这是为什么？

有人说，为了让壁纸更旧呗！陆飞说，可以这么说，但不完全对。我来提示一下，当时是三月中旬，兰市的气温并不高，大家接着猜。片刻寂静后，丁老大突然说，我想到了，按时间来看，那个季节室内的蚊子并不多，凶手这么做，无非就想让你们知道，贴壁纸的时间最迟也是去年夏天，这样一来，你们根本想不到壁纸后面会有血迹。陆飞将麦克风夹在大腿缝里，鼓掌喊道，好！不愧是痔疮王子丁老大。丁老大说，去丫的，我现在粗茶淡饭、早睡早起，痔疮早就 goodbye 了。

陆飞抬手一挥，投影仪换了图片。陆飞说，2014 年 3 月 26 日黄昏，我们在黄河边发现了这东西，大家可以看到，就在这个白色编织袋里，装着一具略显浮肿的尸体。后经确认，死者是莫先生，他常年在一家高利贷公司从事催收工作。2014 年 3 月 17 日夜，他去凶手的住所催收利息，凶手身上没钱，二人因此发生口角，莫先生说话比较难听，凶手一气之下便用菜刀将莫先生砍杀。前面那些血迹，正是当时留下的。

欧阳健突然说，不好意思，我有个问题。陆飞看向欧阳健，脑袋一歪，笑说，洗耳恭听。欧阳健说，我想问一下，这个莫先生说话到底有多难听，才会让一个人动了杀他的念头？陆飞说，据凶手所说，是一些脏话。欧阳健冷笑道，你作为一个警察，能不能好好动动脑子，一个长期被高利贷压榨的人，就因为几句脏话，杀了一个长期职业催债的人，你不认为这事儿特可笑吗？李教授说，没错，这的确有违常理啊，不过话说回来，凶手是不是有心理疾病？比如偏执型人格障碍。陆飞眉角一挑，问，哦？大作家，你是怎么知道这凶手长期被高利贷压榨的？欧阳健说，不是你说的吗？陆飞说，我说过吗？我只说莫先生长期从事高利贷催收工作，啥时候说凶手被长期压榨了？欧阳健说就算是短期压榨，那也不可能因为几句脏话杀人吧？大伙说对不对？陆飞说，因口角而激情杀人的案子不在少数，作为一个推理作家，不会没听过这类案件吧？欧阳健说，行，我不说了，您接着演吧。陆飞说，不对啊，你认为脏话不会引发血案，那我倒想问，你认为凶手的杀人动机是什么？欧阳健嘴角一扬，说，少废话，我还等潇潇唱歌呢。

陆飞说，行，我抓紧时间。经法医尸检，死者身上有多处砍创，属失血性休克死亡，但法医还发现，死者的死亡时间难以确定，因为尸体有被冷冻过的特征，在很大程度上干扰了法医的判断。大家看这张图，这是我罗列出的时间线，2014 年 3 月 17 日夜，莫先生被凶手砍杀。2014 年 3 月 25 日夜，凶手将莫先生的尸体装在行李箱中，前往黄河边的废弃码头抛尸。3 月 26 日黄昏，尸体被一位在河边散步的女人发现。从 17 日到 25 日，在这八天时间里，莫先生的手机并没有与外界中断联络，凶手利用莫先生储存在微信里的录音，每天都会和通讯录里的人通话，制造了莫先生依旧活着的假象。更重要的是，在这八天时间里，凶手一直将莫先生藏在厨房的冰箱内，那么我想问问各位，有谁知道为什么是八天的时间？凶手为何要将抛尸的时间拖延至第八天？

丁老大说，我猜，3月25日这天，对凶手来说可能意义非凡，闹不好这天是凶手的幸运日、结婚纪念日啥的。笑声此起彼伏，陆飞说不对。李教授说，你之前说过，尸体因冷冻原因，死亡时间很难确定，凶手这么做的目的，应该是想干扰你们对死亡时间的判断吧。陆飞说，老师说的对，但不够完整，我在这里可以提示一下，凶手所在小区只有一个大门，门内就有监控。薛志斌喊道，行了，你就赶紧解谜吧！

陆飞的视线在人群里抹了一圈，最后落在欧阳健脸上，说，大作家，你三年前和凶手住在同一个小区，而且对楼相望，我猜，你或许能想到这是为什么。周欣然转头问，欧阳，真的吗？陆飞说，欧阳，别愣着，你这么聪明，八成能想到其中的原因，试一试吧？

2

一时间无人言语，全场焦点再次落在欧阳健身上。周欣然看他面色凝重，便说，陆飞，冷场了吧？快解谜得了，大伙还等潇潇唱歌呢。陆飞微笑说，欧阳，怎么了？我不信这么厉害的推理作家，能被这样的小把戏难住。再想想，其实特简单，根本就没啥科技含量。周欣然说，陆飞，怎么说话的？推理作家是编故事的，你这是真实案件，有可比性吗？陆飞说，可别小瞧编故事的，更别小看推理作家，要是没有缜密的逻辑思维，能写好推理小说吗？李教授说，陆飞啊，你自己说吧，别让大家等着啦。

陆飞点头道，欧阳，那我解谜了？欧阳健起身，将凳子转了个方向，面朝陆飞，然后坐下说，别，我来试一试。陆飞笑说，对嘛，这才是大家认识的欧阳健！来吧，我洗耳恭听。欧阳健说，你目前给出的重要线索有三条。第一，凶手在杀人后没有直接抛尸，而是将尸体加以冷冻，如此一来，死者的死亡时间难以确认；第二，凶手用微信录音，制造死者仍然活着的假象，无非是怕这段时间，死者的家属或朋友发现异常而报警；第三，从死者被砍杀的地点来看，想去到凶手的房间，必然要经过小区大门，这是正常路线。小区大门有监控，一定拍到了死者进入小区的画面。大家往前推理一下，要是凶手在杀人后直接抛尸，或者不制造死者仍然活着的假象，那么一旦有警方介入，追踪到死者的行动轨迹，凶手的嫌疑必然大幅度提高。因此我推断，这八天时间，很可能是监控存储视频的最长期限。期限一到，死者进入小区的画面会彻底删除，警方自然无从查起。陆飞，我说得没错吧？

陆飞将麦克风插在支架上，鼓掌道，精彩，真是精彩绝伦的推理。欣然，我没说错吧？大名鼎鼎的推理作家欧阳健可不是盖的。薛志斌问，那么说，小区监控的储存期限真是八天啊？陆飞说，不，是七天！丁老大说，妈呀，这凶手也太牛了，又是冰箱藏尸、又是伪造通话，而且对小区的监控了如指掌。不过话说回来，就是运气有点儿背，假如尸体顺流而下，我看这人死了之后，鬼都不知道啊。

陆飞说，可不是吗？我干了这么多年刑侦，就这位，算是高智商犯罪了。前不久我们找到了当时在小区执勤的三名保安，给他们看了凶手的照片，都说对凶手没印象，但其中一位跟我说，当年有个小伙子经常找他聊天，这保安原来当过协警，小伙子跟他聊的都和刑侦有关，而且据他回忆，也问过小区监控的事情。我给这保安看了一个人的照片，他立即就认出来了，欧阳，是你吗？

周欣然问，陆飞，几个意思啊？这话里话外都听着，你是在怀疑欧阳？有同学说，陆飞，你这就过啦，没你这么逗闷子的。李教授说，陆飞，这是不是你和欧阳私下编排好的节目啊？全场一片嘈杂，服务员也开始上菜了。周欣然说，好了陆飞，下来吧，你这节目我瞧不上，下面请潇潇上台演出，大家欢迎！

现场掌声雷动。陆飞忙说，别呀，再给我五分钟，就五分钟，大家品着凉菜，听我把案子讲完嘛！潇潇说，陆飞，你今天怎么这么烦人呢？有点儿眼色行不行？大家对你这案子没兴趣，看不出来吗？陆飞说，小姐姐，再给我五分钟，案子说完，我跟你合唱一曲怎么样？丁老大喊道，唱《霸王别姬》！陆飞说，行，唱什么都行！不过请大家先别说话，再给我五分钟。欧阳，保安说的那小伙子，是你吗？欧阳健说，没错，就是我。陆飞点头道，行，那我想问一下，你为什么要问保安小区监控的储存期限呢？欧阳健说，你想让我怎么回答？我说我和凶手沆瀣一气，你满意吗？

陆飞笑说，这就没意思了，作为推理作家，不会把悬念这么早推倒？欧阳健说，你还知道我是推理作家呢？一个推理作家，去打听一下监控的储存期限，你觉得有问题吗？陆飞说，当然，这当然没问题，不过你打听一个保安的作息时间，这是为什么？欧阳健说，跟陌生人聊天，没话找话，难道不正常吗？陆飞说，好吧，这样有说服力的回答，我还是比较满意的。

陆飞叫人切换图片，说，大家请看，这幅地图上标注的红线，是凶手的抛尸路线。据凶手所说，2014年3月25日晚九点多，凶手在民主路附近和朋友喝酒，大约十一点钟，凶手翻越小区围墙，回到家中，将尸体塞进行李箱，之后带着尸体翻出围墙，在民主路上的监控盲区打车离开，最后抵达黄河边的废弃码头。抛尸后，凶手将行李箱丢弃在码头以北的废品回收站，随即打车返回。当年我们侦查的时候，压根儿没想到凶手能这么做，大家猜猜这是为什么？丁老大说，因为你傻呗！

全场笑声爽朗。

图片再次切换。陆飞说，大家请看，这是案发小区的围墙，高度一米八五。据凶手交代，她在带尸体翻越围墙之前，首先在藏尸的行李箱把手上栓了两根儿尼龙绳，之后将另一头捆在胳膊上，第三步爬上围墙，第四步，将尸体拉上来，最后再抛到围墙另一侧。请大家注意，尸体的重量大约五十五公斤，那么请大家猜一下，凶手能这么做，她会是一个什么样的人？是男人还是女人？身体瘦弱还是强壮？

有同学说，这不废话嘛！能把一百多斤的东西提到一米八的高度，那肯定是男人啊，而且臂力绝对不小，闹不好是肌肉男。陆飞笑问，老师，您认为呢？李教授说，应该是三十岁左右、身体健壮的男人。陆飞说，错！凶手是一个女人，三十来岁，身高一米七一，体重四十九公斤。周欣然说，没搞错吧？这怎么可能？身旁的男同学说，这有啥不可能的？我见过那种女的，身体贼瘦，嚼着口香糖能抢起二百斤的杠铃呢。周欣然说，那是奥运会女子举重冠军吧？

陆飞笑说，大家先别议论，听我说！前几天我们做了一个实验，让凶手站在一米八的台阶上，用一根足够结实的尼龙绳，拴住一个五十公斤的沙袋，另一头交给凶手，为保持良好的摩擦力，我们给凶手掌心抹了体操运动员专用的镁粉。大家猜一猜，沙袋有没有被凶手拎起来？有人说可以，有人说没有。陆飞说，实验的结果是，凶手根本拎不动，她几乎用了吃奶的劲儿，才勉强把沙袋提高了九厘米。凶手哭着跟我说，她当时可以拎起来，不知道为啥，总之当时拎起来了，希望我可以相信她。

陆飞面色一沉，所有人似乎不约而同地沉默了："欧阳，你来分析一下，这女人说的话到底可信吗？"

3

窗外轻风拂过，杨树叶儿上的阳光被吹落下来，洒在干燥的水泥路上。欧阳健听到几辆车在摁喇叭，听到同学们开始小声议论，台上的陆飞一直盯着他，让他有点儿胸闷。

陆飞说，欧阳，怎么不说话了？欧阳健勉强一笑，他感觉自个儿的嘴角有些打战。眼下来看，回答陆飞的问题并不难，只是他实在摸不透陆飞下一手会打哪张牌。在场这么多人，万一他突然拿出有力证据，坐牢且不说，关键是这老脸以后往哪儿搁？这些同学该怎么看他？人要脸树活皮，欧阳健打困境走到如今的辉煌，这句话，他心里明镜儿似的。

欧阳健说，小飞，下来吧，这节目该收尾啦。陆飞笑说，你看你，说好给大家演一出现场定罪的，怎么这么沉不住气啊？周欣然说，啥？原来真是你们商量好的呀？丁老大说，我就说嘛，你们也太会玩了。陆飞说，行了，由于现场观众的反应不够热烈，我和欧阳的推理节目到此结束，欧阳，愣着干吗？上来致谢呀！

欧阳健上台，陆飞胳膊一甩搭他肩上，说，咱给大伙鞠个躬吧。欧阳健对着麦克风说，我在这儿说明一下，这节目我和陆飞彩排了好几天，本来是想给大伙一点儿惊喜，不过我没演好，对不住大家。老同学好不容易聚在一起，愿大家友谊长存，也祝老师身体康健，我和陆飞给大伙鞠躬啦。

二人弯下腰，全场一片掌声，陆飞低声道，哥，好玩吗？欧阳健说，有点儿意思。陆飞说，说实话，我怀疑你，但我没证据。欧阳健说，还是那句话，我啥也没干过。陆飞说，行了，起来吧，我最近腰疼。二人起身,欧阳健说,我那儿有些泰国膏药,晚上过来拿。陆飞问,管用吗?欧阳健说,还不错,我用过。

趁着掌声,二人走下舞台,潇潇的表演即将开始,欧阳健的电话却响了,是养老院打来的,对面的人说,你母亲心脏不对了。欧阳健脸色一变,问,怎么搞的?严重吗?对面的人说救护车送去抢救了,在市二院,你快去吧。欧阳健拎起西服,拔腿就跑。周欣然起身问,欧阳怎么了?陆飞说,你们吃,我去看看。

陆飞追着欧阳健一路到了停车场,看到欧阳健跪在车前头,陆飞上前问,哥,你咋了?欧阳健说,小飞,快扶我起来,我软了。陆飞一把拽起欧阳健,问,到底出啥事儿了?欧阳健说,我妈被送去抢救了。陆飞问在哪儿啊?欧阳健说市二院。陆飞夺过欧阳健手里的车钥匙,顺道给他挪到副驾门口,说,你上车,我来开。

汽车驶出学校,欧阳健满头冷汗,说话的能力似乎都没了。陆飞说,别上心,阿姨肯定没事儿,我上周去看过她,健朗着呢。欧阳问,你去看她了?为了调查我吗?陆飞说,哥,案子归案子,阿姨是阿姨,自从她搬去养老院,我每个月都去看她,我发誓我从没提过那些事儿。你这么说话,有点儿伤人了。欧阳健说,小飞,今儿是故意给我摆的鸿门宴吧?陆飞说,阿姨跟我说,你这孩子除了自负,其实挺善良的,她就盼你抓紧……

欧阳健说,行了,别说了。陆飞说,阿姨到底怎么了?她身体平时挺好的,是突发状况吗?欧阳健说,心脏。陆飞说别紧张,人年纪大了心脏都不好,我妈也是,兜里二十四小时揣着速效救心丸呢。欧阳健说,我挺羡慕你的,你有两个姐姐,父母有人照顾,回头一想啊,我挺对不住我妈的。陆飞说,阿姨说过,住养老院是她自个儿选的,她在那儿挺开心,你没必要这么想。欧阳健说,小飞,能开快点儿吗?陆飞说,少安毋躁,我已经够快了。

二人刚跑到急诊楼大门口儿，便被一个养老院的护工拦住了，这女孩欧阳健见过，好像姓谢。她一脸沮丧，说，不好意思，老太太半路没挺住，走了。欧阳健握住她的胳膊，说，不可能，别跟我开玩笑，我妈在哪儿？小谢说，哥，你捏疼我了。陆飞将二人分开说，欧阳，你冷静点儿，小姑娘，阿姨在哪儿？小谢委屈地说，送去太平间了。欧阳健蹭掉眼泪问，太平间在哪儿啊？小谢说，院长让我在这儿等你，跟我来。

太平间里光线很暗，只停了一具尸体，盖着白布。欧阳健流着泪，走过去，然后跪在床前，伸手攥住那一层布，他感觉这层东西似有千斤重，费了好大力气才掀开几寸。母亲的面容露了出来，乍看上去，和平时睡着了一样。欧阳健低声问，妈，起来吧，起来咱们回家好不好？你不能这样，你不能这么狠心，这是丢下我不管了吗？

欧阳健握住母亲冰冷的手说，妈，你看，小飞也来了，他说他喜欢吃你做的糯米糕，你不能这样就这么一句话不说地走啊，你是不是不想见我？陆飞抹着眼泪，攀着欧阳健的肩膀说，哥，阿姨累了，让她休息吧。欧阳健鼻涕眼泪一把，趴在母亲怀里，痛苦不已。

当天夜里，大多数同学都来了殡仪馆，当然还有许多朋友。追悼的过程并不漫长，他们安慰欧阳健节哀顺变，周欣然哭着说，阿姨是好人，一定会去更好的地方，欧阳健和她抱在一起，宛如亲人。会场里杂七杂八的事情全由陆飞打理，迎来送往，忙得不可开交。魏雨桐说，从没见欧阳哥这么难过，我心里也挺难受的。陆飞说，我了解他，他最放不下的就是他母亲，现在阿姨走了，希望他能想明白。魏雨桐问，你今天讲案子的时候，他反应如何？陆飞说，老样子，八风不动，我跟他说了我没证据，希望他自己能转过弯儿。魏雨桐眉头一皱，说，你有病吧？为什么要说没证据？你这么说，还希望他能自首吗？陆飞说，本来就没证据，他是学法律的，你以为他不知道证据的重要性吗？

将近凌晨，养老院的人准备离开，小谢跑到欧阳健身旁，从包里抽出一个黄色信封说，这是阿姨给你的，叫你在没人的时候打开看。欧阳健接过信封，看了看，上面写着"欧阳健亲启"，背后写着两个字：妈妈。欧阳健问什么时候给你的？小谢说，两周前了。欧阳健点头道，好的，谢谢你。此时陆飞走来，看到欧阳健手里的信封，便问，怎么了？欧阳健把信封对折，塞进兜里说，没啥，同学们送走了？陆飞说还有几个。小谢说，那我走了，您保重身体，阿姨的东西我们明天会送到您的住址。欧阳健说，谢谢你。

小谢离开后，陆飞在欧阳健身旁坐下，望着头顶的遗像，感慨道，时间过得真快啊。欧阳健说，小飞，你和雨桐回去吧。陆飞说，那不行，我得陪你守一夜。刚才那封信，是不是阿姨留的？欧阳健说，不是，养老院给我的结算单。

陆飞说，啊，希望老人家在那边，能和叔叔团聚吧！她跟我说过，虽然她不懂啥叫爱情，但她最想见到的人，就是叔叔。

4

两天后，母亲入土为安。她早年在父亲墓碑旁买的地方，现在终于用上了，如她所言，他们又能在一起啦。那封信的内容很奇怪，只写了一个地址和一个人名：水井巷36号，张英棣。

下午三点多，欧阳健开车来到水井巷，这是兰市仅存的一片老宅子，独门独院。36号的蓝色门牌儿已然斑驳，双开的朱红大门像不久前漆过，左右墙面雪白，各立一棵门槐，巨大的树冠刺向蔚蓝的天空，洒下一片荫凉。

欧阳健捏住门环，轻叩大门，少顷便听到院里传来脚步声。开门的是一位老爷子，满头银发，笑容可亲，欧阳健还没张嘴，他却说，你来啦！快进来吧。欧阳健一怔，问，您认识我？他说你妈经常给我看你的照片儿，是欧阳健吧？欧阳健说是。他说，那就对了，我是你妈妈的老朋友，我姓张。欧阳健说，不好意思，没听我妈说过你。他说，那都不重要，进来吧孩子，我去给你泡茶喝。

院子宽敞，搭着蔽日的葡萄藤，正中摆了圆桌和几把藤椅，老张让他坐下稍等。除了不知哪儿来的蝉鸣，四周异常宁静，屋里好像没有旁人。老张从正屋出来，手里拿一红色小铁盒，就那种装糕点的盒子，表面印着牡丹花，有点复古，应该是上世纪八十年代的物件儿。

他在欧阳健对面坐下，指着圆桌上的茶具说，壶里有新茶。欧阳健说，您别客气，我不渴。老张说，你妈妈走了？欧阳健双臂搭在椅子上，十指相扣，说，对，您怎么知道的？老张说，生老病死，自然法则，你节哀顺变。欧阳健说谢谢。他从桌上取来老花镜，抠开小铁盒，里面装着几沓连环画，有《白蛇传》《平原枪声》《火烧琵琶精》。欧阳问，您这连环画，有些岁数了？他说都比你年纪大。

老张从连环画底下抽出一个信封，说，这是你妈留给你的信，拿着吧。欧阳健接过来，正要拆，老张却说等一下，别在这儿看，你妈说了，看信的时候得找一个没人的地方。欧阳健眨了眨眼，说，张叔，我妈还说什么了？老张将连环画装回铁盒，盖上盖子说，没了，就这一封信。欧阳健起身道，成，那我就不打扰了，谢谢您。

和老张道别，欧阳健回到车里，信封上字迹清秀，是母亲写的。信纸三折，总共四张，全文开头挂着他的大名，欧阳健。

欧阳健，等你看到这封信的时候，妈妈应该不在了。哭了吧？不要难过，人都要走这一步，只是把你留在这里，妈妈不放心。

有些事情，我不知道怎么和你说，妈妈不敢，怕你有负担。那天夜里，你爷爷安排手术，我从医院回来去了你租的房子，屋里没人，可我看到对楼有个人和你长得像，我用望远镜看了看，是你，我不知道你为什么会在别人家。你和那个女人去了黄河边，我一路跟在后头，看你把行李箱里的那个人取出来，我都不敢相信那是你。

孩子，妈妈太自私了，你小时候做了错事，我必须教育你，可这件事，妈妈要保护你。我知道，保护你是错误的选择，但妈妈太自私了，自私给了我一个信念，这么做是对的。打那时起，我晚上睡觉的时候，经常听到有人敲门，我不敢去开，怕是警察来找你。可事实上，根本就没人敲门。

我害怕，怕你被警察带走，怕你因为杀了人被判死刑，假如这些都成了事实，你说，妈妈该怎么办？我决定去养老院住，想离开那些恐惧，可我发现，我根本逃不出来。孩子，妈妈每天都活在恐惧里啊，我多么希望我能去帮你抵命，可法律不允许，不是吗？

现在妈妈走了，可我又担心，当我见到你爸爸的时候，我该怎么跟他说呢？假如他知道他儿子是个杀人犯，他一定会被你气死的。妈妈只能跟他说，咱们小健成了大作家，给你们欧阳家光宗耀祖啦。

孩子，你成功了，但妈妈发现，这些年你好像并不快乐。也是啊，心里有负担的话，怎么会快乐呢？你每次来养老院看我的时候，我都想告诉你，事情已经过去了，警察这么多年都没有找你，你就别再担心了。可我不能这么说，我也没法说服自己这么说，我不能毫无条件地护着你，毕竟那不是正确的事情。假如我这样安慰你，不就等于赞同你做的事情吗？

妈妈为难了，你懂吗？

我希望你能从阴影里走出来，可是，我该怎么说呢？

记得你小时候吗？有一次你偷了同学的自动铅笔，你爸用皮带抽得你屁股开花，我怎么说的？做错了事情，要改正，对吗？可是你现在犯了这么大的错误，我不知道该怎么教育你了，我真的想过带你去自首，可我舍不得，我不敢想象失去你的日子，我要怎么活下去。这种心情，你懂吗？

儿子，人生总在面临选择，虽然我害怕失去你，但我又希望，你能做出正确的选择。

照顾好自己。

妈妈

合起信的时候，欧阳健趴在方向盘上，放声痛哭。他想起那天夜里，窗台上的望远镜被人挪过位置，他猜过是母亲，可那个时间，她应该早就睡下了。这么看来，河堤上一闪而过的人影也是母亲。他开始因自己做过的事情感到羞耻，这些年来，他的确是在煎熬、恐惧中度过的，可万万没想到，母亲竟也为他背负了如此沉重的包袱，这实在不应该。

现在，母亲走了，带着沉重的包袱离开了他，也许到另一个世界，她仍旧不会开心，是他亲手把这场噩梦塞进了母亲的人生。他以为物质可以让母亲快乐，错了，也许从他站在阳台看到王咪的第一眼起，母亲的晚年就已经被他毁了。

他想到陆飞，想到陆飞的母亲，平顺度日，子孙满堂。陆飞曾说，我妈的幸福很简单，只要我们健康平安，她就幸福了。

欧阳健想说话，想跟母亲说，妈，我没有杀人。可这么想还有什么用呢？一切都迟了，甚至连一句再见都来不及说。

5

三天后的中午，天朗气清。欧阳健和助理罗欣在机场咖啡厅候机，他们将飞往广州，开启新一轮签售。这次出行获得了陆飞许可，欧阳健在电话里问，既然同意我去，那就是说，我的嫌疑解除了？陆飞说，没有，我只是觉得，你不会跑。

机场人不多，咖啡厅人更少，罗欣坐在笔记本电脑前，不停敲打键盘，不时瞅一眼手表，似乎十分紧张。欧阳健说，罗欣，别忙了，跟我聊一会儿。

"我问你，假如有天你像我一样，拥有我现在拥有的一切，你会高兴吗？"

罗欣伸手摸了摸欧阳健的额头，眉头一挑说："老板，您也没发烧啊！"

"没开玩笑，你就说你会高兴吗？"

"要不咱俩换换？"

"回答问题。"

"废话！你去我住的地方看一看，一个小屋，四个姑娘，还是高低床。早上迟起半分钟，厕所都抢不着。窗户特别小，关键还朝北，几栋高层围在前头，一年四季没阳光。上个月养了两盆小花，全阴死啦。夏天蚊子到处飞，不知道哪儿来的，搭了蚊帐都没用。冬天冷得像冰窖，暖气片儿总是温乎乎的，根本不好使。你说，我要住你的大别墅，我嗓子都得笑出血。"

"这么惨啊？"

罗欣喝了口咖啡说："可不是吗？你看这咖啡，八十块钱的咖啡我哪儿喝得起啊？要是我自个儿坐飞机，肯定蹲外头喝白开水呢。老板，说白了，我认为物质很重要，有了物质才能谈别的，有了物质，人才能看得起你，这很现实，你说呢？"

"为什么跑来给我当助理？以你的学历，完全可以找更好的工作啊？"

"我只想多挣钱，然后把我妈从那个小村子搬到县城里，让那些亲戚都看看，我这书没白念……有时候想想，其实也挺傻的，我现在就好像是为了得到那些亲戚的尊重才拼命工作，你可能不会懂这种活在别人眼睛里的感觉。"

"是啊！能被人尊重的感觉，真的挺好。我就怕失去这一切。"

"失去？为什么？您现在可是如日中天啊，想什么呢？"

"我决定给你涨工资。"

"真的？涨多少？"

"逗你玩呢。"

罗欣嘟着嘴说："资本家，果然是资本家。哎，您的新书动笔了吗？"

"还没有。"

"人物想好了？"

"嗯，一个很有钱的男人。"

"男主角？"

"对。"

罗欣说，被人杀了？欧阳健说，不，是他杀了人。罗欣说，这不太好吧？有钱的男人怎么会杀人呢？他不怕失去自己拥有的一切吗？欧阳健说，你说错了，恰恰因为害怕失去，所以才杀了人。罗欣瞥了眼时间说，差不多该登机了，我收拾一下，咱们走。欧阳健说好。他掏出手机，给田思梦发了一个短信，问她最近怎么样？海景别墅好看吗？田思梦没回复，直到飞机起飞，仍旧杳无音信。

后来的两个月，欧阳健一直在大理写书，他在古城租了间房，日出而起、日落而息。周末和朋友喝茶聊书，偶尔也骑自行车去洱海畔溜达。天气好的时候，他会在农户的田间地头坐一下午。

这天晚上八点多，欧阳健在一家小酒馆听歌，都是本地女歌手，唱民谣，啤酒叫风花雪月，口味儿一般。这家酒馆讲究少，可以吸烟，老板装了几台空气净化器，不至于烟雾弥漫。欧阳健正在和一个本地姑娘搭讪，桌上的手机却震了起来，一看是陆飞，他走出酒馆，接通电话说，小飞，怎么了？陆飞问干吗呢？欧阳健说，外边瞎溜达，给你寄的腊肉收到了吗？陆飞说收到了，都快吃完了。

"我跟你说一事儿，正经事儿。"

"说呗。"

"后天礼拜三，王咪杀人案最后一次开庭，来吗？"

"说什么呢？开就开呗，跟我有关系吗？"

"我就问你来不来？"

"我在大理，你不是不知道。"

"我知道啊，所以才打电话嘛。"

"当庭宣判吗？"

"嗯，十有八九。"

欧阳健抬头，望着对面阁楼上的灯笼，叹息道，不去了，手里挺忙，眼下挪不开。陆飞说，行，那你忙吧。挂了电话，欧阳健返回酒馆，吸了半支烟，喝酒的心情全然没了。

欧阳健结了账，一路朝住处走去。将近十一点，路边的商铺大多关了门，他去烟店，买了包云烟，老板是个瘦男人，正在看重播的新闻。玻璃货柜上有个塑料桶，盖子上插着棒棒糖，其中有几支是向日葵的样子。欧阳健抽了一支，问这多少钱？老板说一块钱。结账出来，继续往回走，望着手里的棒棒糖，他心里挺乱。王咪要被判刑了，后天，她会被推上法庭。

棒棒糖是软的，像棉花糖，他用手指捏了捏，丢进了路边的垃圾桶。夜里十二点多，欧阳健来到阁楼的阳台吸烟，望着苍山上的弦月，思绪万千。掏出手机，翻了翻通讯录，最后打给了罗欣。罗欣半天才接，问他怎么了？欧阳健说，不好意思，麻烦给我订张机票。罗欣问去哪儿啊？欧阳健说，回兰市。

"好的，那我明天一早订。"

"不行，现在订。"

"怎么了？有急事儿吗？"

"现在订吧。"

"好，知道了。"

当天夜里他又做了那个噩梦，还是那辆黑漆漆的列车，他依旧坐在那儿，不敢动。

第二天一早，欧阳健收拾好行李，在路口吃了米线，便直奔机场了。当飞机直入云霄的时候，他都在想，我到底在干吗？

第十五章：抉择

1

10月中旬，兰市的清晨已然寒凉。欧阳健一宿没睡，脑袋有些发烫，为防感冒，他在出门前吃了一把维生素。早餐是牛肉面，要了半碗辣椒，否则全无胃口。陆飞给他发短信，说自己刚到，问他在哪儿？欧阳健回复，稍候片刻，马上到。

将近八点，兰市中级人民法院门口，被记者堵得水泄不通。主流媒体介入，使案件热度骤增。陆飞让魏雨桐先进去，自己夹着半根烟，站在路边等欧阳健。今天天气不好，头顶乌云密布，一切都阴沉沉的。陆飞身后的一个女记者，正在给观众们梳理案件的来龙去脉，摄像机后头站了一圈路人，一个大妈说，这小姑娘，我在电视里见过。另一位大妈说，对，我也见过，她那电视台老卖药，隔壁老李头经常买。大妈问啥药啊？大妈说，包治百病那一种，一盒只要九块九。大妈说，哦，那都是骗人的，老李头去世一年多啦。

不到十分钟，欧阳健打车出现在街对面儿，陆飞朝他挥手，他快步走来，问，没迟到吧？陆飞说，没有，怎么看你状态不好啊？欧阳健说，可能有点儿感冒了。陆飞问，吃药了吗？欧阳健说吃了。他望着密集的人群说，挺热闹啊？陆飞问，新书写完了？欧阳健说，快了。

"就知道你一定会来。"陆飞突然一句。

"为啥？"欧阳健冷冷地问。

"这么好的素材,你怎么能轻易放过呢?"

"行了,现在干吗?进去吗?"

"跟我来。"

欧阳健戴上口罩,和陆飞穿过人流,进入法院。第二刑事审判庭,灯光明亮,旁听席呈阶梯式布局,眼下人头攒动,还有人相继入场。

庄严肃穆的法庭上,最先出现的是律师团队,欧阳健定睛一看,问,我没看错吧?那是不是咱们班的周小勇?陆飞点头说,对,他近几年在刑事辩护这方面,名气挺大的。欧阳健问,谁找的?陆飞低声道,别跟我装傻,这价格的律师,一般人能用得起吗?欧阳健一笑,周小勇说了?陆飞说,你和王咪非亲非故,为啥要帮她?欧阳健思忖片刻,说,你想多了,那天同学聚会之后,周小勇找过我,我们聊了这案子,他说他想给王咪辩护。究其原因,这可以扩大他在圈子里的影响力。我说我和那女人有一面之缘,索性也出把力,就把律师费担了,但条件是,他必须把案情内幕告诉我。

陆飞说,意思是,你在收集素材?欧阳健说,否则呢?陆飞盯着欧阳健,说,这份素材的价格可不低啊!雨桐说,你俩说话小点儿声。欧阳健低声问,谁是主审法官?陆飞说,咱们大师兄,梁清风。欧阳健说没啥印象。陆飞说,咱们刚进学校时,他是学生会主席,你没参加学生会,肯定没印象。

将近九点钟,法官和检察官鱼贯而入。梁清风四十多岁,戴着黑框眼镜,满脸书生气。欧阳健回忆许久,对他毫无印象。全场寂静,梁清风敲响法槌,说,关于王咪故意杀人、故意伤害案,本庭继续开庭,带被告人入席。话音刚落,法官席旁的摄像机转了半圈,镜头直对侧门儿。少顷,王咪戴着手铐出现了,两位女法警一左一右,架着她轻快入场。几月没见,她又瘦了,头发也短了,没有任何造型,但她眼神依旧明亮,显得十分精神。

她穿着灰色线衣，外罩橘红色坎肩儿，当她站进被告席时，只留给欧阳健一个背影。三年前那天夜里，就在莫达乃被砍杀的十分钟前，欧阳健的望远镜里也是这样一个背影，也许她现在想抽支烟，她烟瘾实在不小，欧阳健记得。

梁清风说，经过法庭调查、举证质证以及证人发言，被告人的犯罪事实、犯罪动机和犯罪性质都已明确，下面请控辩双方发表意见。一个扎着马尾的女检察官，将麦克风掰到面前，拿起手中的稿子，念道，犯罪嫌疑人王咪，在莫达乃、赵明远案中，完全可以拿起法律的武器捍卫自己的权利，可她背道而驰、不顾国法，将两名受害人残忍杀害，其处理尸体的方式，更是令人胆寒。

女检察官的陈词慷慨激昂，欧阳健心里却愤愤不平，他现在真想站起来，告诉法官，事情根本就不是王咪说的那样。

辩护人周小勇说，被告人杀害莫达乃、赵明远，从另一个角度来看，其实也全非被告人一人之责。莫达乃长期从事高利贷催债工作，据证人陈述，此人催债时手段毒辣，常常恐吓他人，使借款人长期处在恐惧忧虑当中；而赵明远利用被告人对其信任，在被告人不自愿的情况下，多次与被告人发生性关系，应认定为强奸事实；至于孙晓阳，他在与被告人商量用车价格时，口出污秽之词，对被告人的精神与人格造成了严重伤害。另外，鉴于被告人有自首情节，恳请法院酌情判决。

梁清风看向王咪，说，被告人，可以做最后陈述了。

法警将王咪从椅子上架起来，又挪了挪话筒，说了声"可以啦"。王咪望着法官，面无表情，说，我自知罪孽深重，对不起几位被害人的家属，我认罪，至于其他，我无话可说。谢谢我的辩护人。最后我想说一句，杀人偿命，欠债还钱，我愿意承担一切。

梁清风问，被告人，还有别的话吗？王咪说，没有了。梁清风点头道，好，下面宣读本院判决。书记员喊道，全体起立。

梁清风手拿判决书，大声念道，根据被告人的犯罪事实、性质、情节以及对社会的危害程度，依照《中华人民共和国刑法》，判决如下：一，被告人犯故意伤害罪，判处有期徒刑九年，并处罚金四万元；二，被告人犯故意杀人罪，判处死刑，剥夺政治权利终身。数罪并罚，决定执行死刑。如不服本判决，可在接到判决书第二天起十日内，通过本院或直接向上级人民法院提起上诉。被告人王咪，听清了吗？

王咪点头道，听清了。梁清风又问，你上诉吗？王咪说，不上诉了，谢谢你。梁清风敲响法槌，说，今日庭审到此结束，现在闭庭。

法警将王咪带离被告席，陆飞问欧阳健，咋了？怎么流眼泪了？旁听席间，人流开始向外涌动，欧阳健扎进人群，向审判席挺进。陆飞喊道，喂！你干吗去？欧阳健像愤怒的野牛，在人群里左碰右撞，嘴里喊着稍等、等一下！他扒开一个男人肩膀，奋力吼道，梁法官、梁法官，你给我回来！

2

所有人都立住了，不约而同地望着欧阳健。有些人刚起身，立马又坐回去，仿佛马戏团的幕布刚刚拉开。有些人的表情好像在说，这哪儿来的精神病？陆飞紧随其后，拽住欧阳健问，干吗？这是法院！欧阳健甩开陆飞，看了看不远处的王咪，喊道，梁法官，我有话说。

几位男法警从侧门进来，陆飞拦在一旁说，我们和梁法官认识，没别的意思。四周一片寂静，欧阳健抬手指向王咪，说，梁法官，这女人在撒谎，她在撒谎！她杀莫达乃，根本就不是因为一点儿口角！梁法官问，那你说因为什么？欧阳健咬牙，腮帮子鼓起几块儿肌肉，陆飞说，欧阳，你可想好了，这是法院！欧阳健又看了王咪一眼，说，她杀莫达乃，是因为莫达乃要强奸她。梁清风说，强奸？有证据吗？欧阳说，当然。

"什么证据？"

"三年前，这女人住我对楼，每天早晨、晚上，我都用望远镜偷窥她。那天夜里，我全程目击了莫达乃被杀的情景，并且我用手机录了像。莫达乃是去讨债的，这没错，可王咪把钱给他之后……"

王咪突然喊道："你给我闭嘴！"

欧阳健接着说："可王咪把钱给他之后，他起了歹心，要强奸王咪。而且王咪对我说过，那不是第一次，在那之前，莫达乃就强奸过她。"

"录像在哪儿？"

"在我电脑里。"

陆飞说："欧阳，你知道你在做什么吗？你现在说的每一句话，都可能会成为证言。"

"你怕我撒谎吗？"

梁清风坐回法官席，说："这位同志，假如方便的话，能不能把你的口罩摘下来？"

欧阳健迟疑片刻，点了点头，摘下口罩说："我叫欧阳健。"

"职业？"

"推理作家。"

全场一片议论之声。

"这么说，你是因为偷窥，恰巧看到了莫达乃被杀？"

"对！"

"你看到什么了？"

"我看到莫达乃收钱之后，把王咪逼到墙角，强摸她的身体。

王咪忍无可忍，掏出事先准备好的水果刀刺向莫达乃，很可惜，只伤到他的胳膊。尸检报告里应该有这处刺创的记录。王咪的反击效果甚微，却点燃了莫达乃的愤怒，他夺下王咪的水果刀，开始对她拳打脚踢。"

欧阳健转身，面对旁听席众人说："那个男人像踢足球似的踹她肚子、蹬她的脸、用拳头砸她的眼睛和喉咙、把她脑袋狠狠砸向地板砖……"

"这些都在录像里吗？"梁清风问。

"后来，这女人被打得无力还手，大家猜一猜，姓莫那孙子干了什么？他骑在王咪身上，剥开她的睡衣……"

"别说了！拜托你别说啦。"王咪含泪说。

"莫达乃以为自己得手了，可他没想到王咪手里有根笔。她用这根笔刺穿了莫达乃的脖颈，之后才去厨房拿了菜刀。"

梁清风说，你还知道什么？欧阳健说，赵明远被杀的时候我也在现场，当时赵明远想杀我，是王咪救了我，否则此刻站在被告席里的人，应该是赵明远。梁清风问，赵明远为啥要杀你？有证据吗？欧阳健说，有，当时我就怕说不清，所以录了视频。梁清风说，你为什么会出现在案发现场呢？欧阳健说，是王咪让我把赵明远带去的，确切来说，是骗去的。

"什么意思？"

"王咪说了，假如赵明远知道她在那儿，他肯定不会来。"

"也就是说，是王咪让你骗赵明远去案发地点的？"

"没错。"

"她为什么要骗赵明远去那儿？"

"我不知道！可当时的情况是，赵明远一直在殴打王咪，下手十分毒辣，甚至想置她于死地。"

"那你为什么要帮王咪呢？"

"我不是帮她，我有把柄在她手里。"

"什么把柄？"

欧阳健瞥了陆飞一眼，说："莫达乃的尸体，是我帮她丢进黄河的。"

"你为啥要帮她抛尸呢？"

"为了钱，我穷，我缺钱，她答应给我钱，我就做了。"

"就这么简单？"

"就这么简单！另外，孙晓阳那孙子也不是好鸟，王咪割他舌头，并不是因为他侮辱了她。去年年底，王咪的女儿赵秋雨病重，她在市二院门口找到孙晓阳，说想租用他的救护车，把女儿送到罗家镇。二人谈好价格，汽车便向罗家镇进发。当天夜里，突然天降大雪，孙晓阳在距罗家镇几公里的荒山野岭停车，之后向王咪提出增加运费的要求，并且只要现金。王咪身上没钱，让他先把奄奄一息的孩子拉回去，到位付款。可孙晓阳不干，他让王咪打电话，叫家属来送钱，还说人家女儿反正都是死，早到晚到一个样儿。"

"后来呢？"梁清风问。

"王咪背着女儿，离开了。好心的陪车护士自掏腰包，花了八百块钱买下了孙晓阳的轮椅，送给王咪。否则我们很难想象，在那个鹅毛大雪的夜里，这个女人还能不能活着回到罗家镇。当然，我们也不会知道，那可怜的孩子临走之前，有没有再见到亲爱的姥姥。"

旁听席一个男人起身吼道："你放屁！我们家晓阳绝对不是那种人！"

"肃静！"梁清风问，"欧阳健，你说的这些，有证据吗？"

"当晚的陪车护士钱小贝，目前在丰家巷卫生院工作，她可以证明这一切！"

"王咪，欧阳健说的这些，是真的吗？"

王咪轻轻摇头，两颗晶莹的泪珠甩在地上："不，他在撒谎。"

"你为什么非要找死呢？"欧阳健吼道。

"他在说谎。"王咪转头对法警说，"请带我离开，谢谢。"

"我没有说谎！"欧阳健喊哑了嗓子，"梁法官，赵明远的尸体是我烧的，我有视频可以证明，赵明远的尸体一直藏在我的冰箱里，那天晚上，我开车将他带到庙儿乡的废弃小屋，用刀剖开他的肚子和喉咙，浇灌汽油，然后付之一炬。"

此时此刻，旁听席已十分躁动，梁清风说，陆飞，这就是你们办的案子？好了，嫌疑人在这儿，我让法警配合你们，把人带走吧。两位身材高大的法警将欧阳健架起，欧阳健却说，等等，能让我和王咪说句话吗？陆飞给法警说，你们松开，让我来！他独自架着欧阳健走向王咪，来到近前，欧阳健从怀里掏出那个向日葵的钥匙扣，说，这个还给你。王咪满眼是泪，说，原来在你这儿啊。欧阳健笑说，不是我偷的，是你那天夜里落在我这儿的。

陆飞问，愣着干吗？走吧？欧阳健起身说，结束了？陆飞说，不然呢？你刚才想啥呢？欧阳健咧嘴一笑，说，我在幻想一个大闹法庭的情景。

走出法院的时候，天空下起了雨，陆飞说，感觉冬天要来了。

3

魏雨桐独自返回公安局，陆飞开车送欧阳健回家，到别墅门口，欧阳健叫陆飞进去喝茶，陆飞说，算了，还有事儿，问他哪天回大理。欧阳健说，过些天吧，来回坐飞机，累。欧阳健下车，陆飞摇下车窗说，哥，有一事儿我得问问你。欧阳健说，啥事，问呗。陆飞说，有个叫田思梦的女人，你认识吗？欧阳健愣了一下，笑说，干吗，你认识啊？陆飞说，我们发现三个月前，你通过自己和你公司的账户，给一个叫田思梦的人转过两笔钱，数目都不小呢。

欧阳健把双肘搭在车窗上，说，对，业务往来嘛。陆飞说，那就奇怪了，据我所知，这个田思梦有吸毒史，半年前在广播电台做代班播音员，最近不知所踪了，你和她能有啥业务？欧阳健说，这世上还有你陆飞不知道的事儿吗？陆飞说，别打岔儿，回答问题。

欧阳健挠了挠头发，说，你知道，我舍得给女人花钱。陆飞笑说，哥，玩大了。欧阳健，啥意思？羡慕啊？陆飞说，羡慕个屁，说实话，你没吸毒吧？欧阳健一声冷笑，说，安眠药算不算？陆飞说，那你知道这田思梦去哪儿了吗？欧阳健说，不知道，最近没联系。说句心里话，我对一个女人的新鲜感，顶多一个月。陆飞放下手刹说，行吧，那我走了。哦，我姐说你寄来的腊肉不错，能不能再给我弄一些。欧阳健说，小事儿，不过你告诉姐，不能多吃。

陆飞说，你这两天抽时间，咱去趟大兴坪吧，看看阿姨。欧阳健说，行，我等你电话。

回到别墅，端杯红茶，站在窗口望着毛毛小雨，欧阳健有些心神不宁。田思梦手里有他把柄，现在又被陆飞盯上了，看来这小子还没放弃。他给田思梦打电话，对方一直关机。他打开微信，看到最后一次给田思梦发信息，还是数月前在机场那次。几个月来，她没有任何动静，真像人间蒸发了。

他给田思梦发了一个笑脸，说，最近上哪儿了？咱们该结账了吧？许久，仍然杳无音信。

他坐回沙发，拿起博尔赫斯翻了几页，发现根本读不进去。他双手抱头，心里特别难受。茶几上摆着车钥匙，拴着向日葵的钥匙扣，他拿起来看了看、闻了闻，想起那天夜里王咪说过，拿了钱别再找我，还有，别再偷窥我。那你为啥又找我呢？杀赵明远，你自己去杀就好了，为啥要把我卷进去？他想。

欧阳健取回电话，打给周小勇。周小勇说，我正想来找你呢。欧阳健说，王咪现在在哪儿？周小勇说，应该还在看守所。欧阳健说，能不能让我和她见一面？周小勇，稍微有点儿难度，我想想办法。欧阳健说明天下午怎么样？对方说我试试。对了，今天坐陆飞旁边戴口罩的是不是你？他说是我。周小勇说，你也看到了，我尽力啦。

"我知道，谢谢。代理费你算一下，我让助理给你汇过去。"

"不着急。"周小勇顿了一下，说，"我觉着，那女的大概不想活了，有点求死的感觉。"

欧阳健沉默了一下，说："去见她那事儿，我等你回话。"

当天夜里，欧阳健用了过量的安眠药，可还是睡不着。盯着那张和父母的合照，一直盯到天亮。

早晨八点多，周小勇打来电话，说看守所那边安排好了，十点半会面，叫他现在动身。冰箱里没东西，他开车驶离别墅，在路边买了一份煎饼果子，吃饱之后，向看守所进发。

将近九点半，欧阳健和周小勇在看守所门口碰头。周小勇说，待会儿你跟我后头，别说话，全都交给我。欧阳健说听你的。靠近来访登记的窗口时，周小勇让欧阳健在远处等着，他个儿过去说了几句话。没一会儿，屋里出来一个男警察，他指着欧阳健说，跟我来。周小勇说，你跟他去，我在门口等你。

欧阳健被带进一个更大的房间，挺亮堂，正中是一排一排的长凳，坐满了人。男警察给欧阳健说，找个地方坐下，你是第二批，稍后我叫你。这些人都是来探视的，叽叽喳喳，什么都聊。

约莫二十分后，那警察回来了，点了九个人的姓名，最后才喊了王咪。他说这些人的家属跟我来。穿过狭长的走廊、一扇灰色的铁门儿，映入眼帘的是一排黑色折叠椅，对面也是一排折叠椅，中间隔层玻璃窗，每个窗口有两台电话。欧阳健在 10 号窗口坐下，身后是明媚的阳光。头顶的喇叭里说，会见时间不得超过半小时，请各位注意，长话短说。

少顷，对面的侧门开了，走出一溜女犯人，都穿着橘红色坎肩儿。王咪是最后出现的，她被安排在欧阳健对面落座。身旁的男人哭喊着，老婆！我昨天我都梦见你了。远处的警察说，哎，小声点儿，控制情绪，不要影响其他人。

王咪十分冷静，有些心如止水的感觉。她和欧阳健四目相对，许久都没拿起电话。她的眼睛在阳光下，显得格外明亮，就像一个多年未见的老朋友，在等你开口说，好久不见。

4

王咪拿起电话那一刻，欧阳健的心像被谁的手狠狠捏了一把。在他耳畔，是王咪浅浅的呼吸。他抿了抿嘴，说，好久没见了。王咪淡淡一笑，问，大作家，你来干吗？欧阳健说，就是想来看看你。她问有什么好看的？

欧阳健问，你答应给我的东西呢？王咪笑问，啥东西？欧阳健说，别跟我装傻充愣行不行？就那东西，你说你会寄给我的。王咪说，傻子，都是骗你的。欧阳健瞪大眼睛，问，你什么意思？王咪淡淡地说，那把菜刀，早就丢进黄河喂鱼啦。欧阳健问，那你给我录的视频呢？

"根本就没录，我吓唬你的！"

欧阳健的眼眶紧绷，抽动的肌肉好像要把眼珠子挤出来，不知为啥，眼底竟泛起了泪花。他左手拿着话筒，右手缓缓攥成拳头。王咪笑问，怎么了？不开心吗？我以为你会很开心呢。欧阳健怒极反笑，低声说，你为啥要这么对我？王咪说，生气了？不至于吧？欧阳健抹掉眼泪，搓了搓鼻头说，你要我！王咪说，好玩吗？欧阳健点头说，行，那我能问几个问题吗？王咪。好啊，随便问吧。

欧阳健环顾四周，小声道："你叫我把赵明远骗过去，是早就想好要杀他吗？"

"想听真话，还是假话？"

"都到这节骨眼儿上了，能不能不开玩笑？"

"我没想杀他，我就是想让他去小雨的墓碑前，说声对不起。"

"那他为啥要打你呢？"

"因为他说，我生了一个赔钱货，一个没用的贱东西，让他去给一个没用的东西磕头说对不起，那是侮辱他。我骂他是畜生，他就打我，说要打死我。"

"那他为啥要说咱们是狗男女？"

"因为我说，你是我的老相好，假如他要不去给小雨磕头，你会弄死他。"

"为什么你要把我扯进来？我上辈子欠你什么了？"

王咪笑说："这就叫命运，不是吗？命运这东西，哪儿来的答案呢？"

"那你为什么要杀他？"

"我不杀他，他会杀了你。"

欧阳健一声冷笑："合着你是在救我呢？"

"对啊，我怎么能让你死呢？我当然要保护你。"

欧阳健眉头一拧，问："你什么意思？"

"你要活着，要好好活下去，背着那些肮脏的东西好好活下去。假如你死了，岂不是便宜你了？"

欧阳健怔了怔，笑问："你以为我会在意吗？"

王咪惨淡一笑，说："也许所有的人都知道大作家欧阳健，但只有我知道你是一个什么样的人。你就是一个卑鄙无耻的敲诈犯。你以为你高高在上吗？错了，你永远都是个下贱的人，我永远都恨你。"

走出看守所大门，周小勇问欧阳健怎么样？欧阳健说见到了，挺镇定的。周小勇盯着他的脸，问，你咋了？怎么失魂落魄的？欧阳健说，没啥，许是昨天没睡好。周小勇说，你是不是睡眠有问题？他说，没啥问题，可能最近太累啦。周小勇说，你这两年混得风生水起，该注意身体啦，下午有时间没，去球场打球吧？欧阳健抬头看了看，遥远的建筑之上，浮云苍狗，瞬息万变。和周小勇闲聊了一会儿，欧阳健便开车返回别墅，他给罗欣打电话，让她订一张后天去大理的机票。

到二楼卧室，收集穿脏的衣服，回到一楼卫生间，通通塞进洗衣机。听着水流冲进滚筒，他将马桶盖子放下来，坐在上头点了支烟。回想着王咪刚刚说的那些话。

晚上八点多，欧阳健和几个出版社的朋友攒了饭局，席间谈笑风生，不亦乐乎。一个策划编辑说，最近那个杀人抛尸的女人火了，她那作案手法，和你新书里的女主角有点儿像啊。你想想，你的女主抛尸，最起码有男主帮忙吧？这女的狠呀，从头到尾一个人，全包。欧阳健喝干杯里的酒，说，你咋知道是一个人？编辑说，就知道你不看新闻，新闻说了，就是一个人。欧阳健说，我看不一定。编辑说，行，那你给我们分析分析呗？

就在此时，欧阳健手机一震，掏出一看，竟是田思梦。

她终于回了微信，说，欧阳老师，是不是想我了？

第十六章：破晓

1

屋里没光，窗户让帘子封死了，先进门的杨宇闻到一股臭味儿，他看茶几上放着一盘鸡爪，凝住了，表面都是霉，虽然有臭味儿，但和刚才闻的不大一样。魏雨桐伸出手指，在鞋柜表面轻轻一划，一层灰。陆飞喊了两声"有人吗"，又喊"田思梦，我们是警察"。魏雨桐说，别喊了，这地儿可能很久没住人了。

魏雨桐走到沙发前，鼻梁紧了紧，说，陆队，好像是那个味儿。难道田思梦……欧阳健不会这么狠吧？陆飞转头说，小刘，让技侦组进。

这房子约莫九十平方米，两室一厅，位于十四楼。陆飞站在阳台上，能看到小区花园。阳台左侧有台跑步机，地上有副拳击手套和几个哑铃。跑步机后头有几个小纸箱，陆飞戴上手套，一一查看。这三个纸箱都是快递包装盒，上面的信息很清楚，收件人是田思梦。其中两个是打河北来的，寄件时间是今年四月份，另一个来自云南，寄件时间是 8 月 23 日。

雨桐走进客厅，喊道，陆队，你来一下！

在靠北那间卧室，侦查员将大床的盖板儿掀起，底下是一个储物空间，纵向的浅色隔板将其一分为二。左侧有几个大纸箱，右侧填满了黑色颗粒状物体，陆飞顶着恶臭，取了几粒看了看，问，是活性炭吗？小刘戴着口罩，点头说，没错，味儿是打这来的，里面应该有东西。怎么办？雨桐伸出手掌拨了拨，从炭粒中抽出一根棕色的长头发，说，陆队，十有八九了。找些报纸，把这些活性炭慢慢清出来，先放客厅吧，看上面有没有指纹。陆飞说，也行，小刘，这事儿交给你，让大伙手底下轻巧点儿。

炭粒被逐渐清出，一层透明塑料露了出来，小刘细细分辨，好像是透明胶带。胶带下是一只人耳。没多一会儿，大家便从炭粒中拖出一具尸体，不是田思梦，是一个身体强壮的短发男人。他身高至少一米九，被胶带里三层、外三层裹成了木乃伊。

魏雨桐说，凶手用胶带和活性炭，无非是想遮住尸臭，看样子，这人死了应该很长时间了。你们看，他还穿的大短裤。从9月下旬开始，天气越来越冷，很少有人这么穿了。杨宇问，那你说，这人是不是田思梦杀的？魏雨桐说，这人体型壮硕，仅从田思梦的个人资料来看，想要杀他，不太现实。陆飞暗自思忖，你认为，凶手可能是男性？雨桐说，周围没有血迹，眼下死因不明，不好说。陆飞点头道，行了，先把尸体带回去，确认身份，联系家属，之后让陈明道安排尸检。

两天后的下午两点多，小刘在案情分析会上首先发言。他说我们在尸体的裤兜里发现了一个咖啡色钱包，内有死者身份证件，死者叫赵小强，兰市本地人，生于1989年，职业是健身教练。据他同事张先生回忆，最后一次见他，应该是9月1日夜里九点多。当时他结束工作，和一个长发女人一起离开的健身会所。我拿田思梦的照片给张先生辨认，他说，田思梦他见过，但那天夜里不是田思梦。

陆飞问，不是田思梦，那是谁？小刘说，通过监控视频，我们找到了那个女人，她叫许晓，二十八岁，职业模特。据她所说，赵小强是她的健身教练。9月1日晚上，她和赵小强一同入住了凯斯大酒店，9月2日下午，她去健身会所健身，没看到赵小强，她打电话，赵小强一直不接。从那之后，她和赵小强失联了。

陆飞问，她知道赵小强和田思梦同居的事儿吗？小刘说，她说她不知道，赵小强对她说，自己是单身。而且，她和赵小强早在7月份就发生了性关系，在此期间，赵小强给她买过一辆奔驰轿车，可她一直不知道赵小强到底住在哪儿。所以他们每次开房，都在凯斯大酒店。雨桐问，赵小强和田思梦同居了多久？小刘说，房子是田思梦两年前租的，据房东回忆，打一开始两个人就住在一起了。

陆飞双臂抱怀，说，这么看来，是赵小强拈花惹草了？小刘说，应该是。陆飞问，有没有发现欧阳健的指纹？小刘说没有，但雨桐在炭粒中发现的那根头发，应该是田思梦的。陆飞问，你怎么确定的？小刘说，请看这段监控，这是小区大门的一处监控，时间是9月4日上午八点零三分，田思梦拖着黑色行李箱离开小区，从此一去不返。画面比较清晰，我们可以看到田思梦的头发是浅棕色的。陆飞问，还有其他发现吗？小刘说，大家看，这是9月3日晚十一点多的监控画面，一个身穿深色衣服、戴着摩托车头盔的人，骑着一辆小型电三轮驶入小区，车斗里盛着六七个浅色编织袋，袋子比较鼓，里面装了什么不得而知。约莫半小时后，此人离开小区，车里的编织袋不见了。我们依照他的行动轨迹，在东郊一片柳树林里发现了被他遗弃的电三轮，但那片地方没有监控，目前还在排查。

魏雨桐问，电三轮上有指纹吗？杨宇说没有，但我们在车斗里发现了活性炭。陆飞盯着幕布说，从身高、体型来看，这人有点儿像欧阳健，图像还能清晰点吗？小刘说，不行，不过视侦组可以分析还原，需要时间。陆飞问，还发现什么了？小刘说，目前就这些。

雨桐说，这么看来，应该是有帮凶的。陆飞拿笔在纸上打了一个对号，说，行！下面是陈明道，说说赵小强的死因吧。陈明道说，尸体表面没有显著外伤。陆飞满脸讶异，啥？没有外伤？

2

　　欧阳健并未返回大理，他走不了，因为田思梦像把锁头，将他困于牢笼。这几日，他一直在等田思梦的电话，可几天过去，田思梦又像天边的云彩，无影无踪。下午三点多，一场秋雨初歇，陆飞打来电话说，出来吧，我在你小区门口。欧阳健问，咋这会儿来了？干吗去？陆飞说，我买了花，去大兴坪公墓看看阿姨吧。欧阳健愣了一下，说，行，那你稍等，我换件衣服。陆飞说，没事儿，我等你。

　　欧阳健刚一上车，陆飞便问，什么时候去大理？欧阳健系上安全带，说，过些天吧，不急。汽车行驶起来，路上行人不多，枯黄的树叶倒落了一地。在十字路口等绿灯的时候，陆飞问欧阳健，9月3号，你是不是在大理？欧阳健说没错，9月份我都在大理，怎么了？

　　"没回来过？"

　　"没啊。你啥意思？"

　　"有个老同学跟我说，他9月初的某天，好像在中心广场见过你。"

　　"谁啊？哪个老同学？"

　　"没事儿，这家伙八成认错人了。"

　　"哎，你跟雨桐怎么样？有戏没戏啊？"

　　陆飞朝右打轮儿，说："磨呗，铁杵磨成针，我还磨不了她？"

　　"你们年纪可不小了。"

　　"别说我，你呢？就这么玩下去？"

　　欧阳健拄着脑袋说："我这简单，你不一样。"

　　陆飞说，我问一事儿，你别不乐意。欧阳健说问呗。陆飞轻咳一声问，你跟那个叫田思梦的，啥关系？欧阳健说，露水夫妻，这

267

行不？陆飞说，据我所知，那女的有男朋友啊！欧阳健说，有男朋友怎么了？男朋友也不能当钱花，对不？陆飞说，那倒也是，不过你给丫花的钱，有点儿海了吧？欧阳健说，不多，现在小姑娘，拎个包都得好几万呢。

"你和她最近有联系吗？"

欧阳健瞥了陆飞一眼，转头望着正前方，说："上回不是说了嘛！腻了。"

"她电话停机了，你有她微信吗？"

"没有。"

"真没？"

"真没有。"

"手机让我看看呗！"

欧阳健说不行。陆飞问为啥？欧阳健扯着脸问，我是嫌疑人吗？陆飞笑了笑，说，咋还生气了？欧阳健说，少来，有这么开玩笑的吗？你这三番两次的，谁扛得住？陆飞说，别搓火，我就想看看你们这露水夫妻，平时都怎么说话的。

不年不节，大兴坪公墓罕有人至，来到母亲墓碑前，欧阳健潸然泪下。陆飞将一把鲜花放在石板上，说，阿姨，好长时间没来看您了，您别生气啊。欧阳健说，爸、妈，我和小飞来看你们了，不知道你们在那边咋样，总之，我们都挺好。

陆飞开了一瓶泸州老窖，盛了一盖子，倒在墓碑旁说，叔叔，您就好喝泸州老窖，我给您带来了。欧阳健说，老爷子就是让酒害的，给他少喝点儿。敬了三盖酒，陆飞在墓碑对面的石台上坐下，望着远处的高楼大厦，说，哥，咱俩喝一杯？欧阳健往旁边一坐，接过酒瓶吹了一口，说，小飞，你说人这辈子，活着，图个啥？陆飞抱着膝盖说，父母图孩子前程远大，咱们图老人健康长寿，你说呢？

欧阳健问，你就没想过辞职出来，多挣些钱，住个大别墅？陆飞说，我啊？我就算了吧，你那种左拥右抱的生活，我玩不转。

"你就没想过出人头地吗？"

陆飞拿过酒瓶，喝了一口说："那你给我说说，出人头地是啥感觉？"

"你喝酒了，待会儿不许开车啊！"

"废话，叫代驾。"

"出人头地，就是被人尊重，强大到没人会瞧不起你。"

"你累不累？"

"被人瞧不起，更累。"

陆飞刚要开口，欧阳健的电话突然响了，是个陌生来电，欧阳健攥着手机，和陆飞四目相对。陆飞笑说，干吗？接啊？欧阳健起身道，八成是公司有事儿，你坐这儿等我。欧阳健走向墓碑，接起电话，竟是田思梦的声音。她说，欧阳老师，干吗呢？欧阳健瞅了陆飞一眼，笑说，嗨，张总啊，什么事儿这么着急？田思梦一声冷笑，说，欧阳老师，您这演技不赖啊？欧阳健说，方便方便，您有何指教？她说，我哪儿敢指教您呢，我这几天挺忙的，差点儿把您给忘了。欧阳健说，忘了最好，可惜你忘不掉啊。她说您这么一只大肥羊，我敢忘吗？打死也不能忘呀！欧阳健低声说，我多希望你能被原地打死，说吧，你到底怎么想的？她说，您怎么说话的？我要被原地打死，你不会想我吗？

田思梦话音未落，远处的陆飞忽然起身，朝墓碑徐徐走来。

欧阳健哈哈大笑，说，张总，你真会开玩笑，那这样，我晚些时候给您回电话，行吗？田思梦说，行啊，不过最好天黑之前哦，天黑了我一个人，不敢接电话呢。欧阳健说，得嘞，我一定尽快回复，张总再见。

揣起电话，陆飞问他有急事儿吗？欧阳健说，没事儿，离这儿不远有个农家乐，黄河大鲤鱼特别鲜，坐一会儿？陆飞说，不了，我收到雨桐的短信，得赶紧回去。欧阳健说，行，那你叫个代驾，我自己打车回。陆飞说，刚才咱们聊到哪儿了？欧阳健想了想，说，哎呀，我也忘了。陆飞说，哦，你说被人瞧不起更累。欧阳健笑说，得了，这话题有些大，下回慢慢聊。

在陵园前和陆飞分手，欧阳健打车返回别墅。

站在窗前，他拨通那个陌生号码，感觉等待音一声比一声长，搞得心里七上八下。

"欧阳老师，动作挺快嘛！"她说。

"开个价，你把视频毁了，咱们就此别过。"

"这好吗？"

"你什么意思？"

"那好吧，既然欧阳老师这么痛快，我也没理由回绝咯。"

"多少？"

"啊，一千万吧。"

欧阳健喊道："啥？你疯了吗？"

"少了吗？一千五百万怎么样？"

"实话实说，我没一千万。"

"没有啊？那该如何是好呢？要不这样，先给三百万，至于剩下的，以后再说呗。"

欧阳健走到茶几前，望着橱柜上的刀具盒说："等等，你让我想想，我给你一千万，你怎么保证那视频能彻底消失？"

"您要不信，这生意也没法做了。"

"可是这么一大笔钱，我怎么给你呢？"

"老规矩，转账吧。"

"不行，我给你转账已经被警方盯上了，这样，你说一地方，我当面把银行卡交给你。"

她说，你的意思是，警察盯上我了？欧阳健说，没错，警察还在怀疑我，查了我的转账记录。不过，你最近怎么消失了？她说，这不用你管，明天晚上，三水大厦的地下车库，不见不散。欧阳健沉默了两秒，说，行啊，这地方挺好，不见不散。

3

欧阳健确实没有一千万，而且眼下，田思梦已经被警察盯上，万一落在陆飞手里，后果不堪设想。当天夜里，欧阳健把工具箱翻了三遍，找出那把瑞士军刀，抽出刀刃，明晃晃的。

第二天一早，空中电闪雷鸣，随后大雨滂沱。欧阳健去工作室待了会儿，见了几个影视公司的人，约莫九点多离开。开车途径法院门口时，他看到一个面容消瘦的老太太，独自站在雨中，一见来人便又拉又拽，脸上是哭诉的神态。路过的行人避之不及，打着伞匆匆跑开了。欧阳健摇下车窗看了会儿，依稀听到王咪的名字。

他将车靠边停下，打了双闪，从后排座拿了雨衣穿上，箭步来到一棵槐树下。这儿离老太太有七八米远，他见老太太浑身湿透，花白的头发被雨打得凌乱不堪。她声嘶力竭，喊着"求你救救我女儿，我女儿叫王咪，救救她"。

她左眼有些发白，可能是白内障，看穿着打扮，大概是农村老太太。黑色的布鞋沾满黄泥，走路还有些跛，根本追不上路过的行人。她向前伸手的时候，露出半截手腕，粗细像小树枝，感觉轻轻一掰就能断。

欧阳健走过去，她一把拽住欧阳健的胳膊说，求你救救我女儿。欧阳健忍着眼泪，脱下雨衣，罩在她身上说，老太太，您快点儿回家吧，再这么下去，身体吃不消的。老太太说，我女儿叫王咪，我女儿，她被法院判了死刑，可我知道，她不会杀人的。她小时候很乖、很听话的。

欧阳健觉得眼眶灼热，心头似乎扎了几千根刺，他说，阿姨，您跟我来，我送您回家。老太太缓缓松开他，将雨衣脱下，塞回他手里，然后朝几个路人走去了。

她背影摇摇晃晃，渺小无助，路人当她是疯子，可欧阳健知道，她是一位母亲。

欧阳健掏出电话，打了110，等警察来了，他才悄然离开。回去的路上，他流了许多眼泪，不知为啥，满脑子都是母亲的样子。王咪为了女儿，不怕粉身碎骨。王咪的母亲为了王咪，在大雨中四处求救。而母亲为了他，承受了无数的恐惧，日日夜夜，难以成眠。

回到别墅，他冲了热水澡，出来的时候听到手机在响，又是那个陌生号码。田思梦说，欧阳老师，今晚的时间提前到八点钟，希望你准时到。欧阳健说，没问题，我会等你。

将近中午，欧阳健给罗欣打电话，让她送点儿吃的过来。罗欣说，你想吃啥，我给你叫份儿外卖吧。欧阳健说，我叫你送来，听不懂吗？罗欣说，好啦好啦，我马上就来。

不到十二点半，罗欣来了，她买了两个全家桶，放在桌上说，你一桶我一桶，您这儿有咖啡吗？欧阳健说，没有，只有白开水。罗欣说，能给我来一杯吗？我有点儿冷。欧阳健说饮水机在橱柜旁边，自己接。

欧阳健拿起汉堡包，望着对面的罗欣说，喂，你觉得我这人怎么样？罗欣说，干吗问这个？欧阳健说，缺素材，你实话实说。罗欣说，实话实说，你不会生气吧？欧阳健说，放心，我八风不动，你就用全世界最恶毒的词儿形容我，放开点儿。罗欣说，嗯，你是个有才华的人……

欧阳健说，没让你拍马屁，捡不好听的说。罗欣拿起薯条，边吃边说，你这人吧，太风流了，除此之外都挺好。欧阳健说，不全面，继续。罗欣望着天花板，说，你比较冷，好像挺绝情的，反正我觉得，你不在意别人的感受。比如明明很晚了，你非要打电话，让别人帮你办事儿，你有没有想过，别人可能刚睡着？欧阳健说，对不起，我以后注意。罗欣说好吧，那我原谅你。对了，你这人太自负，总觉得自己了不起，上回跟你同台那位作家问我，欧阳健老师是不是瞧不起他，他本来想和你交朋友，结果很失落。欧阳说，你下回告诉他，我没有，帮我说声对不起。罗欣说，你今天怎么了？你这个样子，我有点儿陌生。

欧阳健嚼着一口汉堡包，说，既然我浑身毛病，你为啥不辞职呢？罗欣说，我觉得，你也没那么坏。欧阳健微微一笑，说，是吗？我还有好的一面啊？罗欣说那当然，任何人都有，你也是。

"比如呢？"欧阳健问。

"比如你对你母亲就很好呀，一旦养老院打电话，无论你有多重要的事儿，都会第一时间接电话。无论去任何地方，都会想买些东西给阿姨。"

"除此之外呢？"

"反正我觉得，你这人虽然有这样那样的毛病，但总体来说，还不错。"

欧阳健放下汉堡包，点了支烟，问，假如有天，我是说假如，我不写小说了，你有啥打算？罗欣说，我可以去影视公司啊，那边早有人挖我了。欧阳健说，可以，那你好好干，争取早日实现你的愿望。罗欣眉头一皱，问，不会吧？你不会告诉我你不想干了吧？欧阳健说，开玩笑，我现在红得要上天，怎么可能不干了？罗欣说，啊，那我就放心了，我可不想突然下岗。

送罗欣离开，欧阳健给她塞了五百圆现金，罗欣问干吗？欧阳说这顿算我的。罗欣说那也太多了。欧阳健说，你陪我这么久，算是服务费。罗欣绽开一个灿烂的笑容，说，那谢谢老板啦。欧阳健站在门口，望着罗欣打着伞，和她的小书包一起消失，心头竟拂过了一丝暖意。这种久违的感觉，陌生而熟悉。

将近六点钟，他将自己最喜欢的那件黑色西服取出熨了，又将皮鞋擦亮，给身上喷了香水。准备好一切，去赴这场生死之约。

4

三水大厦的地下车库，和往常一样安静。欧阳健吸了支烟，将车窗摇起。调频广播里说，今日夜间至明天白天，多云转阵雨，二十四小时内将出现大幅降温，请广大司机朋友注意夜间保暖。

几分钟后，一辆白色大众轿车驶入对面的停车位，发动机声浪骇人，在整个车库里传开了去，熄火之后，余音绕梁。主驾上是一长发男人，副驾上是田思梦，她弯腰下车，展开一袭蓝色短裙，黑色丝袜和高跟儿鞋，描出修长的双腿。她长发披肩，手拿咖啡色小包，烈焰红唇仍旧妖艳。主驾上的男人也下车了，不是之前那猛男，看上去约莫三十岁，留着小胡须，头发油光水滑。他点了根烟，和田思梦说了几句话，然后坐在引擎盖儿上，掏出手机给欧阳健拍了几张照。

欧阳健摁了声喇叭，田思梦才走过来，拽开副驾车门儿，笑说，不好意思，让欧阳老师久等啦。欧阳健说上来吧。田思梦说不必了吧，银行卡呢？欧阳健说，好歹一千万，就不能陪我聊一会儿？她转头望了男人一眼，上车关门，说，是不是有礼物要给我呀？欧阳健下巴一扬，问，那谁啊？好像不是你男朋友。她说这不用你管，说吧，想聊啥？

欧阳健转头打量田思梦，说，啧啧啧，还那么妖艳动人啊。她说别扯旁的，说正事儿。欧阳健问，你那猛男去哪儿了？田思梦扯了扯裙摆，跷起二郎腿说，你问这干吗？跟你有关吗？欧阳健靠在中控台上，小声说，这么快就换了？还以为你挺重感情呢，不是爱得死去活来吗？田思梦说，你想多了，那是我亲弟弟。

"亲弟弟？难怪啊。"

"难怪啥？"

"难怪跟你有点儿像，小伙儿真帅。"欧阳健说，"哎，你拉你亲弟弟过来一块儿敲诈，心里没疙瘩吗？"

"他就是送我过来，你那些事儿，他不知道。"

欧阳健"哦"了一声，挺直身子问，那你男朋友咋没来？她眉头一紧，不耐烦地说，你是不是有病啊？老问他干吗？欧阳健说，没有，我就好奇嘛，往常你来刮油，他都在，这次赶上大生意，他不来我还有点儿不习惯。她说，你可真是贱骨头。欧阳健挑眉问，他不会让你弄死了吧？田思梦猛然转头，盯着欧阳健，嘴角微微一颤说，你有病吧？行了，少废话，银行卡呢？欧阳健，说别着急啊，再陪我聊一会儿。她说，那你废话少说。欧阳健，说成，我问你，你这段时间上哪儿了？她说旅游。欧阳健问去哪儿旅游了？她说，你问的有点儿多。欧阳健握住方向盘，问，我说，你要一千万干吗呀？她说，你少废话，东西给我。欧阳健说，你今天不对啊，干吗这么着急呢？她说，你到底想说啥？

欧阳健说，钱可以给你，那视频怎么办？我怎么相信你？她说，你放心，拿到钱我会立马出国，从此再不回来。

"不回来？我怎么相信你不回来？你这人满嘴胡呲，有数吗？万一你过些年穷了，回来了，又拿那事儿要挟我，你说我咋办？"

"我给你写张保证书。"

欧阳健捧腹大笑："保证书？保什么证？就你这人渣品质，那玩意儿有用吗？"

"你把钱给我，再给我办两个人的美国签证。"

"啥？美国签证？"

"对，等我出国之后，我永远都不找你。"

"两个人，谁啊？"

"我和我弟。"

欧阳健看向窗外，问，就那位？她说没错。欧阳健问，为啥不是你男朋友？她说他有美国绿卡。欧阳健点头说，可问题是，美国签证你可以自己办啊，为啥让我给你办？她说，这你别管！好了，银行卡给我，签证你抓紧。欧阳健说，不对啊，你是不是犯事儿啦？她说，别瞎猜，我们打算在美国结婚。

"那就更不对了……"

"你给我闭嘴！"田思梦凶巴巴地说，"欧阳老师，别跟我讨价还价，我没那工夫。现在是你被我拿在手里，拜托您搞搞清楚。"

欧阳健往后一挺，伸了个懒腰说，美国好吗？我没去过，你跟我说一说，闹不好我也想去呢？她说，我不知道，你自己查。欧阳健，你男朋友干吗的？怎么拿到绿卡的？她说，别跟我扯闲篇儿，东西呢？欧阳问啥东西？她说别跟我装傻，钱！欧阳健说，钱啊，钱没带。田思梦重重点了点头，说，成，耍我是吧？欧阳老师，你就等死吧！

田思梦伸手开门，发现门被下了锁，她盯着欧阳健，恶狠狠地问，老东西，你想干吗？欧阳健说，给你说了一千遍，别着急走，来都来了，好好聊一会儿怎么了？田思梦摇下车窗，探出脑袋看向对面，刚想喊声救命，这才发现她弟弟不见了。她攀住车顶，想从车窗蹿出去，不料被欧阳健一把拽回来。她大喊"田波、田波"，窗外却毫无回应。欧阳健扯住她的领子，摇起车窗说，傻姑娘，别喊了，那哥们儿已经让人挪走啦，不过你放心，我不会弄死他。

田思梦双目潮红，说，敢动他一根儿头发你试试？欧阳健说，你先别关心他，关心一下自个儿好不好？她说，你啥意思？欧阳健掀起中控台，从里头掏出那把瑞士军刀，弹开刀刃说，田思梦，你以为我是傻子吗？你以为我不知道欲壑难填是啥意思吗？田思梦不禁向车窗挪了挪，看看军刀，看看欧阳健，说，欧阳老师，我劝你最好别这么做。欧阳健说，这刀能杀牛，你信吗？她狠狠咽了口唾沫说，欧阳老师，我要提醒你，那视频在我男朋友手里，你要杀了我，你也跑不了。欧阳健望着刀刃说，可是我不杀你，你会一直勒索下去，我活得不舒服啊。她说，就算你杀了我，你以为我男朋友会善罢甘休吗？

"眼下我可管不着，到时候再说吧！"

田思梦将长发拨到耳后，说："行啊，那你杀吧，我今儿敢来，早就想过和你同归于尽，来吧，你个老东西。"

欧阳健从中控台下取出一个苹果，笑说："临死前吃个苹果呗。"

"我劝你别动我弟弟。"

"我要动了呢？"

"那我做鬼也不放过你。"

欧阳健用军刀削着苹果皮，说："你父母在钢铁厂上班，你六岁那年，他们被一辆面包车撞死了，肇事者至今没找着。从那之后，你和弟弟跟你奶奶生活，你十岁那年奶奶去世了，你们被送到叔叔家……"

"你怎么知道的？"

"你婶婶经常揍你们，你们不敢回家，据一个卖包子的大叔回忆，你们姐弟俩经常睡在黄河边的废弃小屋里。"

"你放屁！"

"后来你三姨收留了你们，她经济条件一般，没让你们短吃少穿。不过你发现，你三姨对她亲生女儿比对你们好，比如过年的新衣服，你们没有……"

"你到底是怎么知道的？"

"田思梦，你本可以好好生活的，干吗非要找死呢？你也看到了，冰箱里的尸体被我处理得一干二净，警察至今拿我没办法，好好想想，你敢在一个杀人犯身上刮油，哪儿来的胆子？"

"那尸体，你怎么处理的？"

"把你那手从包里取出来。"

田思梦莞尔一笑："欧阳健，知名推理作家欧阳健，不好意思，我已经拨了110。"

"……"

"说啊，冰箱里的尸体怎么了？警察同志等着呢。"

5

田思梦拿起手机，晃了一下，摁了免提说，警察同志，我在三水大厦地下车库，有个叫欧阳健的男人要杀我，他开了一辆白色奥迪Q7，车牌号是AS666。电话里的女警说，我们民警马上过去，请先找地方隐藏起来。欧阳健把军刀搭在田思梦喉咙上，说，挂了！快挂了。田思梦仰着脖子，撂下手机说，欧阳老师，现在回头还来得及。欧阳健问怎么回头？她说您先把刀搁下，我不喜欢被刀架着。欧阳健把刀挪回来，接着削苹果。

田思梦说，咱们的交易仍然有效，你给我钱，帮我们弄签证，待会儿警察来了，我就说咱是情侣，吵架了，你行为有点儿偏激。等我去了美国，绝不会再来找你，您说怎么样？欧阳健说，这提议不错，而且我好像没得选啊！她说，这就对了，识时务者为俊杰，叫你的人先把我弟放了。欧阳健说，可我没一千万啊，你说怎么办？她说，小事儿，我给你打七折，这行吧？欧阳健一声冷笑，七折？这可是超市酸奶快过期的促销价啊，挺好。

欧阳健将苹果一分为二，送到田思梦面前说，喏，你半个，我半个。田思梦拧着眉心，说，吃个屁，快把我弟弟放回来！欧阳健说，不吃啊？她说您留着自个儿嚼吧。欧阳健说你不吃有人吃。他微微侧身，后排突然伸来一只手，拿走了半个苹果，田思梦惊得"啊呀"一声。欧阳健问，小飞，这苹果咋样？陆飞探出脑袋说，甜，真甜，比田小姐的声音还要甜。田思梦靠在车窗上，问欧阳健这谁？欧阳健说这不是你要找的人吗？她问啥意思？欧阳健嘿嘿一笑，你不是要找警察吗？我帮你找来了。

陆飞啃着苹果说，你好啊田小姐，我叫陆飞，这是我的警官证。田思梦扭头一笑，说，刑警？欧阳老师，你脑门儿出血了吧？就这货色，跑龙套都没人要，还演刑警呢？知道刑警戴啥颜色的帽子吗？

田思梦话音未落，旁边驶来一辆警车，下来俩年轻男警察，他们胯上别着枪，敲响田思梦那边的玻璃。欧阳健摇下车窗，警察看了看欧阳健，又盯着田思梦说，女士你好，刚才是你报的警吗？陆飞从后窗探出脑袋，喊道，小张！警察转头一看，满脸惊讶，陆队？您怎么在这儿呢？陆飞说，你们回去吧，这儿有我呢。小张又瞅了一眼田思梦，转头对陆飞说，您没问题吧？陆飞说，没问题，周围都是咱的人，放心吧。

田思梦见俩警察走了，似乎明白些啥，又有些蒙，脑瓜里糊了一坨糨子。陆飞说，田小姐，我们怀疑你和一起谋杀案有关，赵小强是不是你杀的？她带着反问的语气说，赵小强？他怎么了？陆飞说，他死了，被人毒死了。

"毒死了？怎么搞的？"

"我们在赵小强的尸体内，检测出一种毒素，学名儿叫鹅膏毒素，这东西一般来源于一种蘑菇，毒鹅膏菌。田思梦，这东西你熟吗？"

"我不知道，从没听过。"

"云南本地人叫它白毒伞，你没听过？"

"不知道。"

"你在云南吸了三年毒，不应该吧？"

"就算听过又怎样？难道你怀疑，是我让他吃了毒蘑菇？"

"今年 8 月底，你是不是在网上买过一点东西？"

"我经常在网上购物，有问题吗？"

"有一个云南寄来的快递，有印象吗？"

"快递多了，谁能记清楚。"

"那我来提醒你，云南警方找到了你的卖家，据老板交代，他卖给你的正是真空包装的白毒伞。"

田思梦挺直身子，说："好，我承认我买过白毒伞，只是出于好奇心，就想看看那东西长什么样。但我发誓，我没害过任何人。"

陆飞问："那你买的白毒伞去哪儿了？"

"我放在冰箱里了，后来被赵小强误食了。"

"你的意思是，赵小强把毒蘑菇当菜给炒了？"

"对。"

"那你为啥没救他？"

"我那两天没回家，回去的时候他已经死了。"

"之后，你把他尸体用胶带封了，塞进床底下，又用活性炭埋了？"

田思梦扔掉烟头说："是。"

"有必要吗？既然不是你下的毒，何必如此呢？"

"我害怕，我怕我说不清。"

"田思梦，你吸过毒，缉毒大队那儿有你的指纹，我们在厨房那些厨具上找到的指纹，只有你的，你说赵小强炒菜，这不是开玩笑吗？另外，你弟弟田波也被你害了，那辆拉活性炭的电三轮，我们找到卖家了，经他辨认，购买电三轮的人就是田波。"

田思梦咬了咬下唇，含着眼泪说："这跟他没关系，人是我杀的，是我干的！"

欧阳健说："梦梦啊，你比黑寡妇还毒啊。"

"欧阳老师，咱半斤八两，你就别在这儿丢人啦。"

陆飞问："为什么要杀赵小强？"

"他说他只爱我，他说过，他只爱我一个人！为了他，我宁愿把自个儿献给这个虚伪的老东西，可他呢？他拿我骗来的钱到处寻欢作乐，他必须付出代价！"

欧阳健说："哎！'虚伪的老东西'？田思梦，你可以说我虚伪，但我不是老东西。"

"都不是好东西！你们男人没一个好东西！"

刑警队的人从车后涌来，将汽车包围，欧阳健弹开车锁，魏雨桐拉开副驾的门，摘下耳机说："田思梦，下车吧。"

田思梦说："我要告发欧阳健，他是杀人犯，我有证据！"

欧阳健笑说："梦梦啊，难道你忘了我是学法律的？我会不知道什么叫自首吗？"

田思梦死命咬着牙："欧阳健，算你狠！"

"我好歹是个写悬疑推理的，被你玩得团团转，已经很丢脸了，好吗？还有一点你可能不知道……我这人天生反骨，不爱让人拿着，你坑我，那是你自个儿找死！"

田思梦淡淡一笑："欧阳老师，别吹牛啦，咱黄泉路上见！"

田思梦上了手铐，被带走了。陆飞背起书包，下车说，走吧，去学校，图书馆门口坐一会儿？我背了二锅头。欧阳健说，不喝茅台呀？陆飞说，咱上学那会儿，谁喝茅台？欧阳健说，成二锅头就二锅头。魏雨桐说，那你们早去早回，欧阳哥，你的车我开回局里啦。欧阳健说行，这车往后就归雨桐了，早点儿跟小飞办了，这车，就当哥给你的嫁妆。

二人打车到学校，在图书馆门口的石阶上坐下，天空下着毛毛雨，凉飕飕的。这个点儿，学生们还在上自习，几个姑娘打伞路过，好像在聊谁的男朋友。小瓶二锅头，开了盖儿，碰杯。欧阳健说，这东西好久没喝，还那么冲。陆飞说，冲就对了，这是年轻的感觉。陆飞点着头，望着远处黑漆漆的花园说，小飞，你在那儿撒过尿，被保安罚了二十，全院通报批评，记得不？陆飞说，都是你们害的，我说回宿舍尿，你们非说那儿没人，你们尿完撒了，留我一个在那儿抖，真不仗义。欧阳健哈哈大笑，谁知道你尿等待啊！

陆飞说，哥，后悔不？欧阳健长长出了口气，说，后悔，倒不是后悔自首，我后悔啊，三年前应该劝王咪自首的，那会儿要是带着证据去自首，她的生活应该没后来这么糟。都怪我，为了几千块钱，我何必呢？陆飞问，所以，你想救她？欧阳健淡淡一笑，摇头说，不对，我不想救她，我是不想让她的诡计得逞。陆飞问啥意思？欧阳健说，她说她恨我，她要用她的死恶心我，她要让我带着我干过的脏事儿活下去，我天生反骨，不会受制于任何人。所以我不会让她得逞的。

陆飞和欧阳健碰杯，啜了一口说，莫达乃那身份证，是你叫人放在我车上的吗？欧阳健说，对啊，是我。陆飞说，你生我气了，所以要跟我对着干？欧阳健说，我写了六年小说，一事无成，你瞧不起我，我必须给你点儿颜色看看。陆飞说，哥，我再说一遍，我从没瞧不起你，我就是担心你。欧阳健说，现在回想一下，我都怕我自己，你说一个人得要多自负，才会冒那么大风险去证明自己的能力呢？陆飞说，你牛，我佩服你。

"有些事儿我一直没想清楚，小飞，你给我解释一下呗？"欧阳健问。

"行啊。"

"三年前你去调查王咪那天，你来找过我，没错吧？"

"是。"

"为什么要反复问我，认不认识对楼那个女人？你到底发现什么了？"

第十七章：她

　　图书馆顶上的大钟敲了十下，还有半小时，自习室就关了，学生们会陆续离开，结束一天的学习。钟声在阴郁的空中回荡，陆飞笑意从容，似乎对欧阳健的问题早有准备。他放下酒瓶，从包里取出一顶米色棒球帽，带着纽约扬基队的标志。欧阳健瞥了一眼，说，干吗呢？回答问题还得戴帽子啊？陆飞说，好好看看，这帽子你眼熟吗？欧阳健绷着眼睛，嗯？是你送我那顶吗？陆飞说，你看看。

　　"你啥时候拿走的？我咋没印象。"

　　"几个月前，我们搜查王咪住处时，在她衣柜里找到了这顶帽子。"

　　"啥？这王咪的帽子呀？"

　　"不，是我送你那顶。"

　　"不可能，你送我的帽子，怎么会在王咪的衣柜里？估计是一模一样的帽子吧？"

　　"你仔细看看，这帽子里有红线绣的两个英文字母，LF。"

　　"看到了。"

　　"这帽子是我二姐送我的，字是她绣的，陆飞的意思。咱毕业那天夜里喝酒，我说我戴这帽子捡了一百块钱，你说是财运帽，我就送给你啦。"

　　欧阳健缓缓点着头："哈，想起来了，我帮她抛尸那天晚上，这帽子我戴过，后来不知去哪儿了。"

284

"三年前去王咪那房子调查的时候，这帽子就放在电视机附近。"

欧阳健狠狠拍了下脑门儿："妈呀，我咋会犯这么低级幼稚的错误呢？"

"所以打那会儿起，我就知道你跟那女的肯定有关系，你不承认，我只当你是害臊，至于别的我还真没往深了想。直到赵明远的尸体被发现，你的汽车出现在河口镇和兰定公路，我才确信，你的出现绝非巧合。"

"那又如何呢？我不自首，你还是拿我没辙，不对吗？"

"那可不一定，在你自首之前，田思梦已经被我们锁定了。以她的行事风格，只要拿她弟稍做文章，你认为她不会把你供出来吗？"

欧阳健说，我还有一件事儿，赵明远的身份，你们怎么确认的？陆飞说，牙模，这家伙镶了几颗金属烤瓷牙。欧阳健说，写了这么多年悬疑推理，法医学的书看了不少，竟把这事儿给忘了。陆飞说，哥，就给我留条活路吧，你要再把赵明远的牙给碎了，我可真没地方哭去。欧阳健哈哈大笑，二人碰杯，痛饮起来。

陆飞说，无论如何，你能来自首，我还是很欣慰的。欧阳健说，实话实说，我早动过这念头，可每次从床上醒来，看看我拥有的这一切，我没法说服自己。陆飞说，理解你。欧阳健点了两支烟，给陆飞递了一支，说，就我提供那些视频，王咪能活吧？陆飞说，不会死，但她割了孙晓阳的舌头，故意伤害罪是免不了啦。

"小飞，王咪要改判了，赔什么钱我来出，争取宽大处理吧。"

"行，我记着了。"

"从毕业到现在，给你添了不少麻烦，哥对不住你。"

"说啥呢？我相信阿姨要看见你能自首，她会欣慰的。"

"她说过，希望我有个正确选择，我对不住她，让她受苦啦。"

雨下大了，二人在屋檐下避雨，十一点半才返回局里。进楼前，欧阳健伸出双手说，来吧，让我试试手铐有多重。犯人要有犯人的样子。陆飞淡淡一笑，给欧阳健上了铐，问，重吗？欧阳健说，没啥感觉，是不是我罪孽太重了？陆飞说，你说反了，罪孽越重，手铐越沉。

当天夜里，欧阳健攥着向日葵的钥匙扣，睡得很香。他又梦见那辆列车，身边那些拎手铐的人不见了。列车仍在疾驰，窗外遥远的天边，起伏的山峦之间似乎有了光亮。他感觉列车速度在逐渐放缓，一个身穿红裙的女人从车厢另一头走来。他定睛一看，是王咪。她化了妆，一头栗子色短发。欧阳健问，你怎么在这儿啊？她说，到站了，该下车啦。欧阳健起身说，哦，这是哪一站啊？她莞尔一笑，说，傻子，当然是终点站咯。她牵起欧阳健的手，下了车，走下站台的楼梯，是一片辽阔无垠的平原。目力所及，种满了向日葵。天边一抹晨曦，头顶纤云缭绕，她放开欧阳健的手，向前跑去，红色的裙摆漫天飞舞。欧阳健喊道，喂，你去哪儿啊？王咪站下来，转头说，快来啊，我带你去。欧阳健问去哪儿啊？她说，穿过这片向日葵，会有一座城市，那儿的人热爱生活，都很善良。来啊，跟着我。

两个月后的圣诞节，没有下雪。陆飞早晨醒来，接到魏雨桐的电话，她说王咪改判了，有期徒刑九年。听检察院的朋友说，他们会以故意毁坏尸体罪起诉欧阳哥。陆飞问，最高判几年？雨桐说，三年以下。陆飞，说知道了，你今天有空吗？魏雨桐说，有空，但我没时间跟你吃饭。陆飞说，不吃饭，你上回说想买些历史书，去书店转转吧。魏雨桐说，行，去哪儿呢？陆飞说，比目鱼书店，你先去，我稍后就到。

十点刚过，二人在比目鱼书店碰头，魏雨桐去了二楼，陆飞在一楼的小说区溜达。他对销售员说，请问，欧阳健的小说在哪儿啊？销售员说，不好意思，他的小说都下架了。陆飞问，为什么下架呢？

销售员抱起一沓书说，他好像是杀人犯吧！你不知道吗？陆飞说，那你们还有他的书吗？销售员说，库里好像有几本，不过得加价，您要吗？陆飞说为啥要加价呢？

"他的书全网下架了，物以稀为贵，都在加价卖。"

"哦，那给我来一本吧。"

这是欧阳健最后一本小说，《沉默的凶手》。陆飞来到二楼咖啡厅，叫了壶茶，边喝边看。小说男主角偷窥女主，看到女主杀人，最后帮女主抛尸，这些情节竟和他的遭遇如出一辙。小说最后，女主被判死刑，男主选择了沉默，在一个冬日的黄昏，他畏罪自杀。陆飞感慨万千，后悔自己没早些阅读这本书，不过庆幸的是，欧阳健并没像男主角那样，走向极端。欧阳健在后记中说，每个人心里都有秘密，有的闪闪发光，有的阴暗无比，虽然你看不到、摸不透，但它们永远存在，并偷偷改变着你的命运。

欧阳健说得没错，就拿魏雨桐来说，她内心隐藏着关于父亲的秘密，一位老刑警之死。假如没这事儿，魏雨桐可能早跟他结婚了。

合起书，陆飞喟然长叹。他瞥了眼手表，将近十二点，桌上手机震了一下，是魏雨桐发来的短信。她说，不好意思，我去见一个人，他说他知道关于我爸的事情，午饭你自己吃，别等我。陆飞打去电话，一直无人接听。